C000081436

Walter Scott

Schloss Douglas am Blutsumpf

Übersetzt und mit einer Einführung in das
Gesamtwerk versehen von Walter Heichen

Walter Scott: Schloss Douglas am Blutsumpf. Übersetzt und mit einer Einführung in das Gesamtwerk versehen von Walter Heichen

Schloss Douglas am Blutsumpf:
Erstdruck: »Castle Dangerous«, Edinburgh, Robert Cadell, 1832. Erstdruck dieser Übersetzung: Berlin, A. Weichert, 1904, übersetzt und mit einer Einführung versehen von Walter Heichen unter dem Pseudonym Erich Walter.

Neuausgabe
Herausgegeben von Karl-Maria Guth
Berlin 2019

Der Text dieser Ausgabe wurde behutsam an die neue deutsche Rechtschreibung angepasst.

Umschlaggestaltung von Thomas Schultz-Overhage unter Verwendung des Bildes: Illustration der Ausgabe The Poetical Works of Sir Walter Scott, Boston, 1888

Gesetzt aus der Minion Pro, 11 pt

Die Sammlung Hofenberg erscheint im
Verlag der Contumax GmbH & Co. KG, Berlin
Herstellung: BoD – Books on Demand, Norderstedt

ISBN 978-3-7437-3118-9

Bibliografische Information der Deutschen Nationalbibliothek

Die Deutsche Nationalbibliothek verzeichnet diese Publikation in der Deutschen Nationalbibliografie; detaillierte bibliografische Daten sind im Internet über www.dnb.de abrufbar.

Einführung in das Gesamtwerk
von Walter Scott

Walter Scott wurde am 15. August 1771 zu Edinburgh geboren als neunter Sohn des Sachwalters Walter Scott, eines Abkömmlings des altberühmten, in ferne Zeiten zurückreichenden »Clans« der Scotts und seiner Ehefrau Anne, eines Sprösslings der ebenfalls uralten schottischen Familie der Rutherfords. Ein echtes Kind der Hochlande und von Abstammung somit aus reinstem Schottenblut, entwirft er selber einmal von seinen Ahnen die launige Charakteristik: »Mein Großvater war ein Pferde- und Viehhändler und hat sich ein Vermögen erworben; mein Urgroßvater war ein Jakobit und Verräter (so hieß man sie damals) und hat ein Vermögen durchgebracht. Vor diesem kamen ein paar halbverhungerte ›Lairds‹, die auf abgehetzten Gäulen ritten und hinter denen noch abgehetztere Jagdhunde trotteten. Die knauserten mit Mühe von hundert Pächtern hundert Pfund heraus, duellierten sich, trugen die Hüte herausfordernd auf den Ohren und nannten sich ›edle Herren‹. Dann kommen wir zu den alten Grenzerzeiten, wo sie Vieh stahlen und an den Galgen kamen und so weiter, wo, wie ich fürchte, von Ehrsamkeit, im modernen Sinne des Wortes, kaum die Rede sein kann.«

Das beste Denkmal hat Walter Scott seiner Familie in seinen eigenen Werken gesetzt, in denen er fast alle seine Ahnen rühmend geschildert und verherrlicht hat – wie es dem alten Glanze eines so untadelhaften Stammbaumes gebührte, auf den selbst ein so hervorragender Abkömmling wie Sir Walter, der Vater des historischen Romans, mit Recht stolz sein durfte.

Der Vater Sir Walters war das erste Mitglied der Familie, der das Land verließ und in die Stadt zog. Sein Beruf als »writer« nötigte ihn hierzu. Diese »writers« sind Rechtsgelehrte zweiter Klasse – welche lediglich das Material für Prozesse vorbereiten und durcharbeiten, aber nicht persönlich an den Verhandlungen teilnehmen. Sir Walters Vater hatte sich 1758, 29 Jahre alt, mit Anne Rutherford verheiratet, einer Tochter des Mediziners Dr. Rutherford, die von hoher Bildung und poetischer Veranlagung war.

Der Ehe entsprangen zwölf Kinder, von denen die ersten sechs in zartem Alter starben. Das neunte, unser Dichter, war ein gesundes und kräftiges Kind, das aber von einer Krankheit im zweiten Lebensjahre her eine Lähmung des rechten Beines zurückbehielt – ein Körperfehler, den er mit seinem großen Nebenbuhler und Kameraden Lord Byron teilte, den er aber im Gegensatz zu der nervösen Verbitterung dieses Schöngeistes mit robuster Gleichgültigkeit ertrug.

Zu seiner Stärkung kam das Kind auf das Gut des Großvaters Robert Scott nach Sandy-Knowe. Der Aufenthalt hier ist für seine geistige Entwicklung von grundlegender Bedeutung. Hier war er auf dem Heimatboden seiner Ahnen und seiner Poesie. Hier in der patriarchalischen Umgebung eines altschottischen Grundsitzes, im täglichen Anblick einer romantischen Landschaft, über der Sagen und Märchen webten, im täglichen Umgang mit Hirten und Mägden und andern echten Kindern des schottischen Volkes sog er tiefe Liebe zur Natur seiner Heimat und zu den Legenden seines Volkes ein.

Es zeigte sich jedoch, dass dieser Aufenthalt für sein Fußleiden nicht vorteilhaft war, und die Eltern schickten den Knaben mit seiner Tante Johanna nach Bath, wo er die heißen Quellen gebrauchte. Während des fast ein Jahr währenden Aufenthalts in diesem Modebad besuchte er eine Elementarschule und lernte lesen. Nach Edinburgh zurückgekehrt, kam er aufs Gymnasium. Er hat sich als Schüler nicht sonderlich hervorgetan, war aber groß in allen Spielen – gleichfalls eine Eigenschaft, die er mit Lord Byron gemein hatte. Unter seinen Kameraden war er besonders beliebt, weil er wie kein andrer allerlei Geschichten und Märchen zu erzählen verstand.

Vom 13. Lebensjahre ab besuchte er die Universität in Edinburgh, um seine humanistische Bildung zu vollenden. Dieses Studium währte drei Jahre und blieb infolge der Übereilung, die von Walters Vater ausging, unvollständig, obendrein wurde es noch durch eine Krankheit unterbrochen – die Sprengung eines Blutgefäßes, die ihn wochenlang ans Bett fesselte.

Diese Krankheit warf ihn, wie er selber sagte, »wieder ins Reich der Dichtung zurück«, und er benutzte diese Zeit unfreiwilligen Müßiggangs zur Vervollständigung seiner literarischen Kenntnisse. In diese Zeit fallen auch seine ersten dichterischen Versuche – lyrische und episch-romantische Stammeleien, die er später selber vernichtete.

Im Jahre 1786 nahm ihn der Vater als Lehrling in sein Geschäft auf und Walter wurde laut förmlichem Kontrakt auf fünf Jahre verpflichtet. In diese Lehrjahre fällt seine erste Jugendliebe zu Margareta, der Tochter des Baronets John Stuart Belcher. Die dem Mädchen gewidmeten Gedichte hat er später gleichfalls selber vernichtet.

Der Beruf seines Vaters vermochte ihn nicht zu befriedigen. Der Vater löste 1789 den Vertrag und erklärte sich damit einverstanden, dass Walter abermals die Universität bezog, um sich dem Studium der höheren Rechtswissenschaft zu widmen. 1792 bestand Walter dann die Advokatenprüfung und wurde in die Fakultät feierlich aufgenommen. Hiermit kam sein Jünglingsalter zum Abschluss, und er trat ins bürgerliche Leben ein.

»Sein Jünglingsalter«, schreibt Elze, »verrät in keiner Weise den künftigen Dichter, sondern zeigt nur den jungen Gentleman. Wir sehen da keine Sturm-und-Drang-Periode wie bei Goethe, keine gewaltsame Selbstbefreiung wie bei Schiller; keine jugendlichen Fehltritte und dadurch herbeigeführte Losreißung von Haus und Familie wie bei Shakespeare; keine die Schranken überspringende Eigenwilligkeit und wilde Melancholie wie bei Byron; alles bewegt sich bei ihm glatt und eben in dem natürlichen Geleise des gesellschaftlichen Lebens, und wer das Genie eines Dichters an dem gewaltsamen Durchbruche seines Jünglingsalters erkennt, der muss Walter Scott allerdings jeden Funken Genie absprechen. Scott hat nie mit der Gesellschaft gebrochen, und warum hätte er es gesollt? Das Feld für seine Tätigkeit und seinen Ehrgeiz war so geräumig, als er es sich nur wünschen konnte.«

Seinem Advokatenberuf widmete er sich mit großem Eifer, scheint es indessen nie zu einer großen Praxis gebracht zu haben. Von weit größerer Bedeutung war die Art und Weise, wie er seine Mußestunden verwertete. Seine literarischen Neigungen führten ihn zum Studium der deutschen Sprache, dem wir vorzügliche Übersetzungen von Götz von Berlichingen, mehreren Ritterschauspielen und namentlich einigen Balladen Bürgers (»Lenore«, »Der wilde Jäger«) verdanken. Die Gerichtsferien brachte er in seinem heimischen Hochlande zu, das er zu Ross und zu Fuß unermüdlich durchquerte, immer neu an dem alten Sagenbrunnen sich labend.

Im Jahre 1797 lernte Walter Scott Charlotte Margarete Carpenter (die englische Umbildung ihres eigentlichen Namens Charpentier) kennen, die Tochter eines französischen Beamten, dessen Witwe mit ihrem Kinde während der Revolution nach England entkommen war. Sie wurde im selben Jahre seine Braut und Gattin.

Die ersten zwei Jahre nach der Trauung verlebte das junge Paar in Lasswade im Esktale. Hier widmete er sich von Neuem der Literatur und lieferte zu einer von Lewis herausgegebenen Sammlung »Wunderbare Geschichten« einige poetische Beiträge.

1799 wurde er zum Sheriff von Selkirkshire ernannt. Im Jahre 1802 veröffentlichte er dann, nachdem die Bekanntschaft mit dem Buchdrucker und Zeitungsverleger James Ballantyne den Anstoß dazu gegeben hatte, seine erste Arbeit, eine Sammlung schottischer Volkslieder unter dem Titel: »Die Volksdichtung des schottischen Grenzgebietes« in zwei Bänden, denen 1803 ein dritter folgte. Im Jahre 1804 verließ er Lasswade und zog nach dem Gute Ashestiel am Tweed. Die von seinem Oheim Robert ererbte Besitzung Rosebank hatte er verkauft und dafür das obengenannte Gut, gleichfalls einem seiner Oheime gehörig, der zur selben Zeit starb, in Pacht genommen. Hier vollendete er das schon in Lasswade begonnene Werk »Lied des letzten fahrenden Sängers«, das den Dichter mit einem Schlage berühmt machte.

Diese Dichtung ist der Anfang zu einer großen Reihe romantischepischer Dichtungen, die sich auf zwölf Jahre erstreckt: Marmion (1808), Die Jungfrau vom See (1810), Die Vision Don Roderichs (1811), Roteby (1812), Die Hochzeit von Triermain (1813), Der Herr der Inseln (1815), Das Schlachtfeld von Waterloo (1815) und Harold, der Furchtlose (1817).

Im Jahre 1812 war ein neues blendendes Gestirn am literarischen Himmel aufgegangen: Ein Meteor, der durch sein blendendes Licht alle andern überstrahlte. Die ersten Gesänge von Lord Byrons »Thilde Harold« waren erschienen und hatten die Aufmerksamkeit nicht nur Englands, sondern der ganzen gebildeten Welt auf den jungen Dichterlord gelenkt, neben dessen poetischer Zaubermacht kein andrer bestehen konnte.

Den vorzüglichsten Beweis für seine eigne Reife erbrachte Walter Scott damit, dass er den Thron des Dichters diesem neuen ihm überlegenen Genius neidlos einräumte und die poetische Dichtung aufgab, indem er erklärte: »Ich habe die Poesie aufgegeben, weil Lord Byron mich aus dem Sattel hob, mich übertraf in Beschreibung starker Leidenschaften und in tiefer Kenntnis des menschlichen Herzens.«

Auch in Walter Scotts äußeren Verhältnissen war eine Änderung vor sich gegangen. Seine Werke hatten ihm bisher viel Honorar eingebracht, aber er hat es auch selber zugestanden, dass er nur um Geld schrieb, wie er denn auch ohne Rücksicht auf innere Neigung Arbeiten übernahm, die eine gute Einnahme versprachen. Passionen, die ihm zur zweiten Natur gehörten, wie Reiten, Jagen und Fischen, und jene ihm unentbehrliche Lebensart eines schottischen Edelmannes erforderten viel Geld, und Scott verstand es denn auch, in seinem stets praktischen Sinne sein Genie wie keiner vor ihm auszumünzen. Seine Honorare sind in der Tat enorm, und noch nie zuvor waren für Werke des Geistes ähnliche Summen herausgeschlagen worden. Aber die ständige Sorge, seine Kraft möchte erlahmen bei der Hast, in der er zu arbeiten pflegte, machte die poetische Ader bald versiegen, ließ den Dichter sich gleichzeitig nach einem einträglichen Amt umtun, und dies erhielt er in der Anstellung eines Sekretärs des Sitzungshofes, die mit einem Gehalt von 26.000 Mark jährlich verbunden war. Seine stets nicht sehr lohnende Rechtsanwaltspraxis gab er auf.

Zur gleichen Zeit kam er, ebenfalls in dem Bestreben, die ohnehin bedeutenden Erträge seiner Arbeiten zu steigern, auf den verhängnisvollen Gedanken, sich in dem Geschäft seiner Verleger als stillen Teilhaber eintragen zu lassen und sich an der Firma John Ballantyne & Co. finanziell zu beteiligen. Der Anfang dieses geschäftlichen Verhältnisses fällt bereits in das Jahr 1802. Durch größere Vorschüsse hatte er es seinem Verleger James Ballantyne ermöglicht, nach Edinburgh zu ziehen und sein Geschäft zu vergrößern. Das Verlangen, sich andern Verlegern gegenüber auf festen Fuß zu stellen, führte nun dazu, dass er den Bruder James Ballantynes, John, bewog, ein eignes Verlagshaus mit Druckerei zu gründen und ihn als stillen Teilhaber in dieses Geschäft aufzunehmen. Dies geschah 1809, aber schon vom Jahre 1805 ab hatte Scott etwa 9.000 Pfund in die Druckerei und den Verlag von James Ballantyne hineingesteckt. Seine Teilhaberschaft an dem Geschäfte John Ballantynes blieb Geheimnis, bis der Zusammenbruch des Geschäftes zur Entdeckung des Verhältnisses führte. Zunächst brachte diese Geschäftsverbindung neue schriftstellerische Arbeiten größern Umfanges mit sich. Die riesenhafte Arbeitskraft Walters begann sich in ihrer ganzen imposanten Regsamkeit zu entfalten.

Die Gebrüder Ballantyne waren in der Tat des Dichters Verhängnis, und es ist unbegreiflich, wie der sonst so sehr mit praktischem Sinn begabte Mann so völlig in ihre Netze fallen konnte. Diese Leute haben in der Tat von seinem Gelde gelebt, und während der eine sich gar nicht um das Geschäft kümmerte, verstand der andre nichts davon. Die Vorschüsse, die Walter Scott leistete, gehen ins Unberechenbare. Im Jahre 1813 wurde das Geschäft John Ballantynes aufgelöst, und für die über 200.000 Mark betragenden Schulden musste das Haus James Ballantyne & Co., das heißt vorzugsweise Walter Scott, aufkommen. Dennoch brach der Dichter seine Beziehungen zu den Ballantynes nicht ab. Nach wie vor unterstützte er sie in unbegreiflich leichtgläubiger Freigebigkeit.

Eine neue Epoche in Scotts literarischer Tätigkeit beginnt in dem Jahre 1814 mit dem Erscheinen seines ersten Romans »Waverley«. Der Erfolg war außerordentlich, und es kamen nun in erstaunlich schneller Folge jene historischen Romane auf den Markt, auf denen eigentlich das Verdienst und der unvergängliche Ruhm Walter Scotts beruhen:

»Guy Mannering oder der Sterndeuter« – »Der Altertümler« – »Der schwarze Zwerg« – »Der alte Sterblich«, engl. »Old Mortality« – »Das Herz von Midlothian« – »Lucie von Ashton, Die Braut von Lammermoor« – »Legende von Montrose« – »Ivanhoe« – »Das Kloster« – »Der Abt« – »Kenilworth« – »Der Seeräuber« – »Nigels Schicksale« – »Peveril vom Gipfel« – »Quentin Durant« – »St. Ronans Brunnen« – »Der Verlobte« und »Der Talisman« – »Erzählungen eines Kreuzfahrers« – »Woodstock« – »Chronik von Canongate: Die Witwe vom Hochland« – »Zwei Viehhändler« – »Die Tochter des Arztes« – »Redgauntlet« – »Das schöne Mädchen von Perth« – »Anna von Geierstein« – »Graf Robert von Paris« – »Das gefährliche Schloss«

Eine neue Epoche in Scotts äußerem Leben – um die biografischen Daten zu vervollständigen – beginnt mit dem Jahre 1812, wo er nach seinem neu angekauften Besitztum Abbotsford übersiedelte. »Abbotsford wurde nun der Mittelpunkt, um welchen sich Scotts Dichten und Trachten bewegte, der Zweck seines Lebens, auf welchen sich jede andere Tätigkeit unterordnend bezog. Er lebte und webte nur für Abbotsford; Abbotsford war seine Arbeit bei Tag und sein Traum bei Nacht. In demselben Maße, in welchem Scotts schriftstellerischer Ruhm an Ausdehnung zunahm, wuchs auch der Ruf von Abbotsford. Einer half den andern tragen und erhöhen. Der bekannte Ausspruch eines französischen Reisenden, Abbotsford sei ein Roman aus Stein und Mörtel, ist auch insofern zu einer Wahrheit geworden, als die ganze gebildete Welt sich dazu drängte und sich für berechtigt hielt, auch diesen Roman des großen Zauberers ebenso gut wie seine gedruckten zu lesen. Niemals ist der Wohnsitz eines Dichters, noch dazu bei seinen Lebzeiten, ein so besuchter Wallfahrtsort gewesen wie der Scotts, und man sagt schwerlich zu viel, wenn man behauptet, dass durch Abbotsford und seinen Erbauer Schottland der gebildeten Welt bekannt gemacht und aufgeschlossen worden ist.«

Die Jahre in Abbotsford bildeten den Höhepunkt in Scotts äußerm Leben und in seinem dichterischen Ruhm.

In diese Jahre fällt die Erteilung der Würde eines Baronets, der Ritterschlag, der Tod seiner Mutter, die Hochzeit seiner ältesten Tochter mit dem Advokaten und Schriftsteller Lockhart.

Auf diese Zeit des höchsten Glanzes folgte jäh das Unglück. Im Jahre 1826 brach das Geschäft Ballantynes zusammen, und Walter Scott sah sich über Nacht mit einer Schuldenlast von 2½ Millionen Mark belastet. Auch des Dichters Gesundheit hatte durch plötzlich eintretende Magenkrämpfe eine heftige Erschütterung erhalten. Sein Unglück war kaum ruchbar geworden, als – ein Zeichen seiner großen Beliebtheit im ganzen Volke – eine Unzahl Anerbietungen zur Hilfeleistung einliefen, die er aber alle in selbstbewusstem Stolze von sich wies. Hier in diesem jähen Sturz zeigte er all seine Männlichkeit und Tatkraft. Er wusste wohl, dass er sein Unglück durch seine große Unvorsichtigkeit und Leichtlebigkeit zum Teile selber verschuldet hatte, nun wollte er auch selber dafür aufkommen. Er verpflichtete sich, die ganze Schuld durch seine Arbeit zu tilgen. Abbotsford, das er seinem Sohn Walter als Heiratsgut abgetreten hatte, wurde mit einer Hypothek von 200.000 Mark belastet. Das Verlagsrecht der bisher erschienenen Romane wurde für 170.000 Mark verkauft, der eben vollendete Roman »Woodstock« für gleichfalls 170.000 Mark. So war im ersten Jahre schon fast ein Viertel der Schuld getilgt.

Die Weise, wie er nun arbeitete, musste seine Kräfte übersteigen. Obendrein kam jetzt mancherlei Unglück über die Familie. Scotts Gattin starb am 15. Mai 1826. Eine Menge kleinerer und größerer Arbeiten (»Leben Napoleons«, 360.000 Mark Honorar, »Erzählungen eines Großvaters«, »Geschichte Schottlands«) liefen neben seinen Romanen her, und in der Tat hatte Walter Scott 1830 schon die riesenhafte Schuld um über die Hälfte abgetragen.

Aber nun brach auch seine Kraft zusammen. Ein Schlaganfall zerrüttete seine Gesundheit, von dem er sich nie wieder erholen konnte. 1830 musste er sich seines Amtes entbinden und pensionieren lassen. 1831 erfolgte ein neuer Schlaganfall und eine gänzliche Entkräftung nötigte ihn, eine Reise nach dem Süden anzutreten.

Auf der Rückreise traf ihn am 9. Juni bei Rymwegen ein dritter Schlaganfall. Fast einen ganzen Monat musste er noch in London warten, ehe er auch nur die Kraft hatte, sich nach Abbotsford zurückbringen zu lassen. Hier traf er am 9. Juli ein. Seine Lebenskraft war vernichtet, er lebte noch zwei Monate, die er ganz im Bette zubrachte. Am 21. September 1832 starb er. Er wurde an der Seite seiner Frau in der Abtei Dryburgh nahe am Tweed bestattet.

Sir Walter Scotts Poesie ist eng mit dem Lande verwachsen, aus dem sie geboren ist. Schottland – eine Heimat der Poesie wie bei uns das traute Schwabenland – hat eine große Zahl bedeutender Männer hervorgebracht, die auf allen Gebieten menschlicher Betätigung Verdienstliches, teils Erstaunliches geleistet haben. Walter Scott ist einer seiner größten Söhne. Man hat nicht mit Unrecht gesagt, er hätte das Interesse nicht nur der Engländer im Großen und Ganzen, sondern der ganzen Reisewelt auf Schottland gelenkt. Durch ihn wäre die Schönheit dieses eigenartigen Stückchens Erde erschlossen worden. Durch seine Werke vor allem – obgleich Burns und andere ihm vorangegangen waren – durch seine Epen und Romane, in denen die ganze zauberische Anmut, die raue Wildheit, das nebelschwere Düster der Berge und Schluchten und der sonnige Glanz der Seen sich widerspiegelt, sei der Strom der Schaulustigen in die einsamen Gebiete gelockt worden. Zum Teil trifft das zu – zum Teil kommt das Verdienst auch noch anderen Dichtern zu – in jedem Falle aber sind keines anderen schottischen Dichters Werke so weit in alle Welt gedrungen und haben das Lob und den Ruhm seiner Heimat so weit in alles Volk getragen, wie die Romane Walter Scotts. Sie zählen zu denjenigen Büchern der Weltliteratur, die am meisten gekauft und gelesen worden sind – sie zählen zu den bleibenden Werken, deren Reize über dem Wandel der Jahrhunderte steht.

Walter Scotts poetische Werke beschäftigen uns hier nicht, sie seien aber der Vollständigkeit halber hier genannt. Nachdem er die Gedichtsammlung »Volksdichtung des schottischen Grenzgebietes« veröffentlicht hatte, ließ er 1805 »Das Lied des letzten fahrenden Sängers« folgen, 1808 »Marmion«, 1810 »Die Jungfrau vom See« – dasjenige unter seinen

Epen, das am meisten Anklang gefunden hat – 1811 »Die Vision Roderichs«, 1812 »Rokeby«, 1813 »Die Hochzeit von Triermain«, 1815 »Der Herr der Inseln«, 1817 »Harold der Furchtlose«.

Zwischen diesen dichterischen Werken und seinen Romanen stehen »Pauls Briefe an seine Verwandten«, »Die Schlacht bei Waterloo«, eine sehr mittelmäßige Ode, das Drama »Das Haus von Aspern«, »Das Leben Napoleons«, ein heftig angefochtenes Werk, das zu Scotts Lorbeerkranz kein neues Blatt hinzuzufügen vermochte, eine »Geschichte Schottlands«, »Die Erzählungen eines Großvaters« und eine Menge kleinerer Arbeiten.

Die Reihe seiner Romane beginnt, wie aus der schon gegebenen chronologischen Reihenfolge hervorgeht, mit »Waverley«.

Diese Erzählung knüpft an die Kämpfe des Prätendenten Karl Eduard, an dessen Sieg bei Preston Pans und seine völlige Vernichtung bei Culloden durch Georg II. In seinen Gedichten war Scott auf entlegenere Zeit zurückgegangen und hatte seine Handlung im 16., im »Herrn der Inseln« sogar im 14. Jahrhundert spielen lassen – hier im ersten seiner Romane legt er die Begebenheiten in eine Zeit, von der es unter den alten Leuten noch Augenzeugen gab, denn die Schlacht bei Prestonpans fällt in das Jahr 1745. Die geschichtliche Episode von Alexander Stuart von Inverasyle, der den englischen Oberst Allan Whiteford von Ballochmyle gefangen nimmt und dann von ihm vom Tode errettet wird, lässt der Romancier sich zwischen seinem Helden Eduard Waverley, dem Oberst Talbot und dem Baron von Bradwardine abspielen. Hinein verwoben ist die Liebesgeschichte des Helden mit Rosa von Bradwardine.

Dem nächsten Roman »Guy Mannering« liegen zwei verschiedene Geschichten zugrunde. Die eine stellt die Erbschleicherei eines Oheims dar, welcher seinem Neffen nach dem Leben trachtet, um dessen Vermögen an sich zu bringen. Der Neffe ist aus einem Jesuitenkloster geflüchtet, in das der Vater ihn gebracht hat, ist gemeiner Soldat geworden und durch merkwürdige Schicksalsfügungen in seine Heimat, die Grafschaft Galloway, zurückgelangt, wo er endlich in sein Familienbesitztum eingesetzt wird. In diese Geschichte ist die zweite eingesponnen. Ein junger Mann, der in Oxford seine Studien beendet hat, hat auf der Reise einem eben geborenen Kinde das Horoskop gestellt und ihm vorausgesagt, dass es bis zu seinem einundzwanzigsten Lebensjahre viel Mühsal zu erdulden habe. Wenn es aber bis dahin sich die Tugend rein halte und schuldlos bleibe, werde ihm großes Glück zufallen. Der dieses Horoskop stellt, ist Guy Mannering, der Sterndeuter, und das Kind ist Harry Bertram von Ellangowan, der durch Schmuggler geraubt wird, allerlei Abenteuer besteht, nach Indien gelangt, dort als Soldat dient und endlich in die Heimat zurückkehrt, wo er als Laird von Ellangowan anerkannt wird. Die Erzählung spielt in der Jugendzeit des Dichters.

Der »Altertümler« kann als eines der besten Werke Scotts bezeichnet werden. Oldbuck ist ein leidenschaftlicher Sammler von Raritäten, der allerdings keine große Kennerschaft besitzt. Er zeigt sich uns als ehrbarer schlichter Mann, ein wenig derb und hagebüchen, aber doch nicht ohne edlere Züge. Neben ihm ist die Hauptfigur der wundervoll gezeichnete Landstreicher Edie Ochiltree – eine echt schottische Gestalt. Zu dritt kommt – abermals ein völlig eigenartiger Charakter – der heruntergekommene Edelmann Sir Arthur Wardour, der sich nicht eben als großes Geisteslicht präsentiert und dessen Tätigkeit darin besteht, Fische zu fangen, auf die Jagd zu ziehen, Pferderennen zu besuchen, auf Wahlversammlungen zu gehen und sich seines Stammbaumes zu rühmen. An weiblichen Charakteren sind zu nennen die Schwester des Altertümlers, die harmlose naive Nichte Marie MacIntyre und Isabella Wardour. Die Handlung ist meisterhaft angelegt und in wundervoller Straffheit und Spannung durchgeführt.

Unter den als »Erzählungen meines Wirtes« bezeichneten war »Der schwarze Zwerg« die erste. Wir haben es hier nicht mit einer geisterhaften Person zu tun, nicht mit einem fantastischen Hirngespinnst. Der schwarze Zwerg hat wirklich gelebt, er ist 1811 gestorben und er hieß David Ritchie. Er war das Kind blutarmer Leute, und da seine Missgestalt überall ihm Spott und Hohn zuzog und ihn zum Abscheu aller Welt machte, zog er sich in tiefe Einsamkeit zurück. In einem Tale der Grafschaft Perbles siedelte er sich an, und von den Erträgnissen eines kleinen Gartens fristete er sein Leben. Bei Scott heißt er Elshie und haust im Moor von Mucklestane. Auch hatte er ein Gesicht von grauer Farbe mit dichtem, schwarzem Barte, seine Augen sind von buschigen Brauen verdüstert, die Adlernase und die zurückliegende Stirn geben seinem Angesicht ein wildes, barbarisches Aussehen. Auch Elshie wird als mit Riesenkräften begabt und als völlig verwachsen geschildert. Der Charakter, wie man ihn von Ritchie berichtet, entspricht dem der Scott'schen Figur. 1831 schuf ein französischer Dichter eine ähnliche Figur, die gleich berühmt in der Literatur geworden ist: Quasimodo in Viktor Hugos »Notre Dame de Paris«. Zehn Jahre später überraschte Charles Dickens, der große Nachfolger Scotts auf dem Throne des Romanciers, die Leserwelt mit einer wiederum völlig eigenartig aufgefassten und dargestellten Figur eines Kretins: dem koboldartigen Ungeheuer in Menschengestalt Daniel Quilp im »Raritätenladen«. Alle drei großen Dichter haben ihren seltsamen Gestalten besondere charakteristische Züge zu geben gewusst, und wer diese drei äußerlich einander so ähnlichen Charaktere nebeneinander stellt und prüft, vermag interessante und in das Wesen ihrer Schöpfer dringende Schlüsse zu tun.

Als zweite der »Erzählungen meines Wirtes« erschien »Der alte Sterblich«. Unter diesem Namen war im Süden Schottlands, besonders in jener Gegend, die durch den Aufstand und dessen Niederkämpfung verheert worden war, ein echtes schottisches Original allgemein bekannt. Die Erzählung spielt zu einer Zeit, die für Schottland schwere Not und furchtbares Elend mit sich brachte. Nicht lange nach der Wiedereinsetzung wollte Karl II., wie er es in England getan hatte, so auch in Schottland die Hochkirche einführen. Seine strengen Maßregeln brachten die Schotten, die eifrige Presbyterianer und Anhänger des Covenant waren, in heftige Erbitterung, und sie widersetzten sich mit harter Energie. Hunderte von Geistlichen wurden ihres Amtes entsetzt, durchzogen das Land und predigten gegen die englische Staatskirche. Nun zog der König mit den Waffen gegen die Rebellen und General Dalziel warf sie im Jahre 1666 nieder in der blutigen Schlacht bei den Hügeln von Pentland. Aber der Widerstand war damit noch nicht gebrochen, und im Jahre 1679 wurde John Graham von Claverhouse nach Schottland geschickt, der einen entscheidenden Sieg errang und nun die mörderischste Verfolgung ins Werk setzte, die je ein Land verheert hat. Der ganze Westen Schottlands wurde verwüstet. Eine kraftvolle Gestalt des Romans ist Cameron, der Gründer der nach ihm benannten Sekte der »Cameronier«, der im Beginn der sechziger Jahre voll Todesverachtung zündende Reden gegen des Königs eigene Person gehalten hat. Gleich interessant dargestellt ist der eifernde Presbyterianer Balfour von Burley. Markante Gestalten der Gegenpartei sind Claverhouse und der Dragoner Bothwell.

»Robin der Rote« ist der berüchtigte Bandenführer Robert MacGregor Campbell von Glengylle in der Grafschaft Perth. Das Leben dieses Mannes führt uns in das Grenzerleben früherer Jahrhunderte zurück, an das es lebhaft erinnert. Rob hatte von dem Herzog von Montrose eine seiner Auffassung nach ungerechte Behandlung erfahren und sein Besitztum Craijodstane war ihm weggenommen worden. Um Rache zu nehmen, sammelte er eine Bande bewaffneter Burschen um sich, mit der er sich in der Umgegend der herzoglichen Güter herumtrieb. Bei hellem Tage machte er Streifzüge in das Gebiet seines Todfeindes. Die Landbewohner waren auf seiner Seite und hatten ihn lieb. Sie warnten ihn daher stets rechtzeitig vor jeder ihm drohenden Gefahr, so dass es – sooft auch Abteilungen von Militär gegen ihn ausgesandt wurden – nie gelang, seiner habhaft zu werden. Ungestraft führte Robin der Rote dieses Räuberdasein bis zu seinem Tode 1740.

Es folgte eine zweite Reihe der »Erzählungen meines Wirtes«, deren erster Band »Das Herz von Midlothian« war. Dies ist eine schlichte, aber sehr ergreifende Erzählung, der ein wahres Geschehnis zugrunde liegt. Johann Deans ist niemand anders als die im Volksmunde berühmte Helene Walker. Die Schwester der Helene war wegen Kindesmordes zum Tode verurteilt worden und sollte hingerichtet werden. Helene fasste den Entschluss, durch Vermittlung des Herzogs von Argyle dem König ein Gnadengesuch zu überreichen, sie machte sich auf und ging zu Fuß nach London. Es wäre ihr möglich gewesen, durch eine Lüge ihrer Schwester das Leben zu retten, aber davon wollte das charaktervolle Mädchen nichts wissen. Sie erlangte denn auch ihren Zweck. Die Schwester wurde begnadigt und ist nachher die glückliche Frau eines wackeren Mannes geworden. 1791 ist Helene gestorben.

Die zweite Erzählung in dieser zweiten Reihe ist »Lucie Ashton, die Braut von Lammermoor«, eine düstere Familiengeschichte. Auch sie beruht auf wahren Begebenheiten, denn die Heldin ist nach der bekannten Johanna Dalrymple gezeichnet. Diese, die Tochter des Lord Stair, war heimlich mit Lord Rutherford, in der Erzählung Lord Ravenswood, verlobt. Die Eltern waren gegen diese Verbindung und zwangen das Mädchen, ein Verlöbnis mit einem anderen Manne einzugehen. Das Mädchen fügte sich anscheinend und die Hochzeit fand statt. Aber nun verfiel die Unglückliche in Wahnsinn, griff ihren jungen Gatten tätlich an, verwundete ihn schwer und starb selbst nach einigen Tagen. Ihr erster Bräutigam hatte England verlassen und man hat nie wieder etwas von ihm gehört.

Auch die dritte Erzählung, »Die Sage von Montrose«, ist düsteren Charakters. Ihr geschichtlicher Hintergrund ist der große schottische

Aufstand unter Montrose, der aber selber nicht die Hauptfigur des Romans ist. Dies ist vielmehr Allan MacAulay, der mit der Fähigkeit des zweiten Gesichtes begabte Sohn einer in Wahnsinn verfallenen Mutter. Die »Kinder des Nebels« – ein schottisches Räubergeschlecht – hatten den Bruder dieser in glücklicher Ehe lebenden Frau getötet, waren in Abwesenheit ihres Gatten auf ihr Schloss gekommen und hatten zu essen und zu trinken begehrt. Während des Mahles hatten sie den noch blutigen Kopf des gemordeten Bruders ihrer Gastgeberin mitten auf den Tisch gelegt. Über diesen Anblick gerät die Frau in Irrsinn, flüchtet aus dem Schlosse und bleibt lange verschwunden. In diesem Zustande der Geistesstörung gebiert sie Allan. Später findet man sie und ihr Kind. Allan ist nun infolge der unglücklichen Umstände seiner Geburt ein düsterer, unheimlicher Charakter, der bei sehr scharfem Verstande Anfälle geistiger Verwirrung hat und unter dem Banne lebt, selber einmal eine blutige Tat verüben zu müssen, und zwar an einem, dem sein Herz zugetan ist. Die Kinder des Nebels haben auch das Schloss eines Duncan von Campbell verwüstet und seine Kinder gemordet bis auf ein kleines Mädchen, das sie mit sich nahmen. Auf einem der blutigen Rachezüge der MacAulays gegen die Kinder des Nebels ist dieses Mädchen von den Aulays mitgenommen worden und ist nun unter dem Namen Annot Lyle bei ihnen aufgewachsen. Allan liebt sie, aber er hat einen glücklicheren Nebenbuhler, Lord Menteith, der dem Mädchen, von dem er sich geliebt weiß, nur deswegen nicht seine Liebe erklärt, weil er sie für ein Kind unbekannter, vielleicht verworfener Herkunft hält und als solches nicht zu seiner Frau machen kann. Aber das Geheimnis ihrer Geburt wird durch Ranald MacCagh, einen Sohn des Nebels und den Anführer jenes Raubzuges gegen Duncan, aufgedeckt, und Lord Menteith lässt sich mit Annot trauen. Am Tage der Trauung erscheint Allan MacAulay, fordert Menteith zum Zweikampfe auf und stößt ihm, als er sich weigert, den Dolch in die Brust. Dann flieht er und bleibt verschollen. Menteith wird geheilt und genießt noch lange Jahre des Glückes an der Seite seiner jungen Gattin. Neben den genannten Figuren ragt noch hervor die historische Gestalt des Herzogs von Argyle, von dem man auch sagen kann: »Durch der Parteien Gunst und Hass verwirrt, schwankt sein Charakterbild in der Geschichte.« Eine sehr glückliche Gestalt, die aber vielleicht im Vergleich zu anderen wichtigeren mit zu großer Vorliebe ausgearbeitet worden ist, ist die prachtvolle, humoristische Landsknechtsfigur des Major Dugald Dalgetty von Drumthwacket.

Die bisher genannten Romane spielen in Schottland. »Ivanhoe« ist der erste, der auf rein englischem Boden und obendrein in sagenhafter Zeit spielt, nämlich gegen Ende des 12. Jahrhunderts. Die Hauptfigur ist Richard I. Löwenherz, der nach langer Gefangenschaft in Palästina in sein Land zurückkehrte. Wie er nun gegen die verlotterte Ritterschaft auftritt, wie er gegen seinen Bruder John, der sich bereits als König aufspielt, zu Felde zieht – das alles ist wunderbar anschaulich und höchst spannend geschildert. Wir sind Zeuge der allmählich sich vollziehenden Aussöhnung des Angelsachsentums mit dem Normannentum, dem es lange Zeit feindselig gegenüber gestanden hatte. Die volkstümliche Gestalt des Robin Hood, seines Bruders Tuk und andere Spießgesellen Hoods treten in dem Roman auf. Auch die hineinverflochtene Episode des Juden Isaak von York und seiner Tochter Rebekka ist im höchsten Grade ergreifend. All diese Vorzüge haben dieses Werk zu einem der beliebtesten und am meisten gelesenen des Dichters gemacht. Es ist mehrfach zu Jugenderzählungen verarbeitet worden, und noch heute gehört es zu den Zierden jeder Bibliothek und zur empfehlenswertesten Lektüre für jedermann.

Der Roman »Das Kloster« spielt in der Abtei Melrose, der Scott schon in seinem »Liede des letzten fahrenden Sängers« eine berühmt gewordene poetische Beschreibung gewidmet hatte. Auch der Turm von Smailholm wird zum Schauplatz der spannenden Handlung erkoren. Die Zeit des Beginns der Reformation und der Kampf des Protestantismus gegen den Katholizismus bildet den historischen Hintergrund. Scott hat hier versucht, das Märchenhafte und das Historische miteinander in Einklang zu bringen. Das Märchenhafte tritt in der geisterhaften weißen Dame von Avenel in Erscheinung, die öfters gespenstisch auftaucht und das Schicksal der handelnden Personen beeinflusst. Aber diese Verflechtung des Geisterhaften in ein historisches Gemälde – das auf dem Kontinent in Grillparzers »Ahnfrau« (1817) so großen Erfolg gehabt hatte – gefiel in England nicht, und Scott gab in der folgenden Erzählung »Der Abt« diese Neuerung wieder auf. »Der Abt« spinnt die Begebenheiten des »Klosters« zum großen Teil weiter und kann als Fortsetzung dieses Romans gelten. Den geschichtlichen Vorwurf bildet die Vergangenheit der Maria Stuart und ihre Flucht aus dem Schlosse Lochleven.

Der Roman »Kenilworth« spielt am Hofe der Königin Elisabeth. Robert Dudley, Graf von Leicester, den Scott hier, einer alten Volksüberlieferung gemäß, als Verbrecher zeichnet, opfert seine Gemahlin Amy Robsad seinem Ehrgeiz auf und ermordet sie. Die Figur der Amy ist eine der schönsten Frauengestalten, die ein Dichter je geschaffen. Leicester trachtet nach der Hand der Königin selber, die Scott als Schotte in weit weniger günstigem Lichte hinstellt, als es wohl ein Engländer gewagt hätte. Sein Charakter ist mit scharfen Strichen hingestellt und gleichfalls eine Meisterleistung der Charakterisierung. Ebenso vortrefflich sind die Nebengestalten, unter denen der dämonische Barney und der gutherzige Tressilian hervorragen. Das Schloss Kenilworth steht noch heute in romantischen Trümmern, und alljährlich pilgern Reisende dorthin. »Kenilworth« ist gleichfalls einer der allerbesten Romane Scotts und erfreut sich in aller Welt, wo gelesen wird, hoher Beliebtheit.

Gar keinen Vergleich mit diesen Meisterwerken vermag das nächste auszuhalten: »Der Pirat«. Zwar sind Udaller und die Seinen lebenswahr und packend dargestellt, aber die Erzählung, die in ihren einzelnen Teilen an störender Zusammenhangslosigkeit krankt, ist voller Unwahrscheinlichkeiten und Flüchtigkeiten, und man erkennt in ihm eine jener Geschichten, bei denen die Überarbeitung des Verfassers auffallend ans Licht tritt und sein Genie nicht über die Flüchtigkeit hinwegzuhelfen vermag, sondern unter der Vielschreiberei gelitten zu haben scheint.

»Nigels Schicksale« führt uns an den Hof König Jakobs I. und gibt uns ein prachtvolles Bild des damaligen Lebens, das in der ganzen englischen Literatur unerreicht dasteht. Zu derartiger Höhe der Darstellungskunst großer vielgestaltiger Gemälde ist selbst ein Zola, ein Victor Hugo nicht gelangt. Die Gestalten des Königs und anderer geschichtlicher Persönlichkeiten sind ausgezeichnet, während man an den frei erfundenen Personen manche von Scotts schriftstellerischen Schwächen nachzuweisen vermöchte.

In der Zeit der großen Revolution, der Restauration und der papistischen Umtriebe unter Karl II. spielt der Roman »Peveril vom Gipfel«. Der erste Teil schildert die Schicksale des Barons Peveril, des puritanischen Majors Bridgeworth und ihrer Frauen, im zweiten Teil geht die Handlung auf die Kinder über, Julian Peveril und Alice Bridgeworth. Alice kommt an den Hof Karls II., und wir lernen nun hier den Grafen von Buckingham und die charaktervolle Gräfin von Derby kennen.

Das zügellose Hofleben und die verrottete Gesellschaft der damaligen Zeit werden hier in meisterhafter Lebenswahrheit dargestellt.

Der Roman »Quentin Durward« spielt in Frankreich, wo der Schotte Durward unter Ludwig XI. sein Glück zu machen sucht. Die Handlung baut sich auf dem historischen Boden der Kämpfe zwischen Ludwig XI. von Frankreich und Karl dem Kühnen von Burgund auf. Der Stoff ist aus alten Chroniken geschöpft, die geschichtlichen Personen sind ausgezeichnet dargestellt, das ganze Werk streitet mit den besten Romanen Walter Scotts um die Palme. Gleich »Ivanhoe« und »Kenilworth«, gleich der »Braut von Lammermoor« und »Waverley« zählt es zu den am meisten gelesenen, und man darf Johannes Scherr wohl glauben, wenn er sagt: »Es ist eine der frühesten Erinnerungen meiner Knabenjahre, dass ich in den ›Kunkelstuben‹ meiner dörflichen Heimat von den jungen Leuten abwechselnd Scotts ›Kreuzfahrer‹ und ›Quentin Durward‹ vorlesen hörte.«

»St.-Ronans-Brunnen« erregte großes Aufsehen – es war ein Werk besonderer Gattung und lässt sich als Sittenroman der modernen Zeit bezeichnen – während »Redgauntlet« wieder zur Historie zurückkehrt. Dieses Werk ist gleichfalls den vorzüglichsten seines Verfassers zuzuzählen: Der geschichtliche Hintergrund sind die Jahre des Niedergangs des Hauses Stuart. Dem Advokaten Squnders Hairford hat der Dichter große Ähnlichkeit mit seinem Vater verliehen.

Die »Kreuzfahrererzählungen« enthalten die beiden Romane »Die Verlobte« und »Der Talisman«: Der erstere fand wenig Anklang, umso mehr der zweite, der abermals Richard Löwenherz zur Hauptperson hat. Dieser englische Nationalheld wird uns hier im Morgenlande gezeigt, und den ganzen Zauber orientalischer Romantik hat der Dichter um seine Gestalt gewoben. Die Naturschilderungen sind, obgleich Scott nie den Orient bereist hat, mit bewundernswerter Fantasie entworfen, wenn auch nicht mit der unerreichten Treue, mit der Scott seine Heimat uns vor Augen stellt.

Der folgende Roman »Woodstock« ist bereits unter der drückenden Last des über den Dichter hereingebrochenen Unglücks geschrieben, aber seltsamerweise tragen die Personen hier weit mehr humorvolle Züge als in den meisten anderen Romanen. Die Zeit ist dieselbe wie in »Peveril vom Gipfel« – die Zeit der großen Revolution und vor allem das Jahr der Hinrichtung Karls I. 1649. Flora MacDonald, die durch ihre Umsicht dem Prinzen Karl die Flucht ermöglicht, spielt eine Rolle.

Abgesehen von den humorvolleren Schattierungen, macht sich aber hier bereits ein leises Nachlassen der dichterischen Schaffenskraft bemerkbar. Freilich musste auch selbst eine so unerschöpfliche Fabulierungsgabe wie die Walter Scotts allmählich auf Schwierigkeiten stoßen, immer wieder neue interessante Stoffe zu finden.

Es folgte wieder eine Serie von Erzählungen unter dem Titel »Die Chronik von Canongate«, bald größeren, bald kleineren Umfangs, wie »Die zwei Viehtreiber« (Hochländer-Ehre), »Der Zauberspiegel«, »Das tapezierte Zimmer« (Eine Schreckensnacht) einbegriffen waren. Das erste größere Werk dieser Serie war die »Hochlandshexe«, ein ergreifendes Drama, in welchem Mutterliebe und Vaterlandsliebe in wilden Konflikt geraten. Der Sohn der Witwe, der sich unter die von England geworbenen hochländischen Regimenter hat anwerben lassen, wird von der Mutter aus Hass gegen England in den Tod gejagt.

Darauf folgte »Die Tochter des Wundarztes« (auch: »Ein Kind der Sünde«), eine seltsam aufgebaute Erzählung, die die meisterhafte Fabulierungskunst ihres Verfassers, aber auch die Überspannung seiner Arbeitskraft deutlich erkennen lässt. Sie führt uns nach dem Märchenlande Indien, das damals im Höhepunkt des Interesses stand. Der Charakter des Richard Middlemas – des unglücklichen Kindes einer verführten Mutter – und die Gestalt seines Nebenbuhlers Hartley sind trefflich gezeichnet. Die Tochter des Arztes Gray, die von Middlemas, ihrem Bräutigam, der im Hause ihres Vaters unter geheimnisvollen Umständen vier Jahre vor ihr geboren und dort erzogen worden ist, nach Indien gelockt, aber von Hartley gerettet wird, ist eine treffliche Frauengestalt – an denen Scotts Romane ja überhaupt reich sind. Die Erzählung zeichnet sich durch spannende Entwicklung, ergreifende Szenen und prachtvolle Schilderung aus.

Als zweite Reihe der »Chronik von Canongate« erschien »Die schöne Maid von Perth«. Diesem Roman liegt wiederum eine historische Begebenheit zugrunde. Dreißig Mann vom Clan Hattam sollen, um eine alte Fehde zum Austrag zu bringen, gegen dreißig Mann vom Clan Kay vor den Augen des Königs kämpfen. Einer unter diesen Kämpfern ist geflüchtet, und ein junger Bürgerssohn von Perth ist für ihn eingetreten. In diese historische Episode spielt die Liebesgeschichte zwischen diesem Helden der Erzählung und der schönen Katharina, der Heldin, hinein.

»Anna von Geierstein« spielt wieder auf dem Kontinent, und zwar in der Schweiz – auch einem Lande, das der Dichter nie gesehen hatte. Die Kämpfe der Schweizer gegen die Österreicher und Burgunder interessierten den Dichter, er fand in ihnen offenbar einen Zug der Ähnlichkeit mit den schottischen Grenzerkriegen. Der Roman hat daher auch in der Schweiz großen Beifall gefunden.

Den Schluss von Scotts Tätigkeit bildete eine neue Serie der »Erzählungen meines Wirtes«: »Graf Robert von Paris« und »Schloss Douglas am Blutsumpf«. Der erstere Roman spielt in entlegenem Lande und in ferner Zeit, nämlich in Byzanz während des ersten Kreuzzuges. Der zweite Roman, der letzte, den Scott überhaupt geschrieben hat, spielt wieder in seiner Heimat, um das Schloss und sonstige Besitztum des ältesten aller Adelsgeschlechter, der Grafen Dhu Glas (oder, wie der Name zumeist geschrieben wird, Douglas). Einer der bedeutendsten und interessantesten Grafen Douglas, der erste des Beinamens Sholto, tritt hier in Gegensatz zu einer kraftvollen angelsächsischen Ritterfigur. Der Ringkampf beider Helden und Vertreter zweier in Blutfehde lebenden Grenzvölker wird freundlich aufgehellt durch die aus Liebe und unter Geleit eines fahrenden Sängers in das Kriegslager ziehende jugendliche Heldin aus altsächsischem Blute.

In diesen Werken ist die phänomenale Arbeit eines Riesen des Geistes niedergelegt. Man staunt über die große Fruchtbarkeit, wie sie nur wenig Dichtern beschieden gewesen ist. Der Reichtum an Stoffen, an spannenden Handlungen und Episoden ist großartig, der Reichtum an Charakteren ist großartig. Wenn man all diese Gestalten an sich vorüberziehen ließe, würde man eine Welt für sich haben, belebt von einer bunten Menge der verschiedensten Erscheinungen, vom Fürsten bis herab zum Strauchdieb, vom reichen Edelherrn bis herab zum verworfensten Bettler. Die meisten dieser Romane können vor der Kritik ehrenvoll bestehen, und mehrere unter ihnen sind derart hochstehende Meisterwerke, dass sie ihrem Verfasser einen dauernden Ehrenplatz in der Literatur aller Zeiten und Völker zuweisen. Neben diesem dichterischen Wert steht der historische Wert, der so bedeutend ist, dass ein so ernster und unbestechlicher Geschichtsforscher wie Schlosser sich veranlasst gesehen hat, die Romane Walter Scotts unter die Quellen der englischen und schottischen Geschichte einzureihen.

Es ist von Interesse, diesem geistigen Bilde Walter Scotts eine Beschreibung seines Wesens als Mensch und seiner äußeren Erscheinung anzuhängen. Karl Elze entwirft in seiner Biografie ein treffliches Bild, und wir tun am besten, ihn als Autorität wörtlich zu zitieren:

»In seinem Privatleben bietet Scott durchaus ein Bild biederer und ritterlicher Männlichkeit dar. Pflichttreue und Wohlwollen zeichneten ihn in allen Verhältnissen des Familienlebens, als Sohn, Bruder, Gatte und Vater aus, wenngleich wir nur in dem Verhalten zu seiner Mutter, seiner ältesten Tochter und seinem ältesten Sohne eine tiefere Innigkeit zu entdecken vermögen. Wie er sich die ungeteilte Hochachtung und Liebe seiner Freunde, seiner Untergebenen wie seiner Mitmenschen überhaupt erworben hatte, haben wir zur Genüge kennengelernt. Sein Umgang trug im Einklang mit seinen Ansichten über Schriftstellerei keinen literarischen Charakter, vielmehr zog er die aristokratischen und die praktischen Kreise des bürgerlichen Lebens vor. Von seiner Unterhaltung waren nicht nur seine eigenen Schriften ausgeschlossen, sondern er machte die Literatur nur ausnahmsweise zum Gegenstande derselben. Auch über Wissenschaft und Politik liebte oder verstand er sich nicht zu unterhalten. Daher mochte es auch kommen, dass seine Unterhaltung in gewissen Kreisen Edinburgs für alltäglich galt. Die Sentenzenarmut, die Carlyle seinen Schriften vorgeworfen hat, erstreckte sich auch auf sein Gespräch; auch hierin war er nicht reflektierend. Es gibt daher keine Tischreden von ihm, wie von Dr. Johnson oder Coleridge. Auch sind keine witzigen Einfälle von ihm berühmt geworden. Scott war der Ansicht, die höhere Art des Genies sei dem Talente der Unterhaltung nicht günstig. Der Charakter seiner Unterhaltung war, um ihn mit einem Wort zu bezeichnen, episch-antiquarisch, also vollständig im Einklang mit seiner Poesie und seinem innersten Wesen. Er war unerschöpflich und unnachahmlich im Anekdotenerzählen. Eine Geschichte rief immer die andere hervor, und Ballade folgte auf Ballade in endloser Folge. Hundert Federn, sagt Kapitän Basil Hall, können die Anekdoten nicht aufschreiben, welche Scott unaufhörlich ›ausströmte‹. Er konnte den Mund nicht öffnen, ohne dass eine Anekdote herauskam. Er war der König aller Geschichtenerzähler und verstand auch das Gewöhnlichste in einen Diamant zu verwandeln. Das Merkwürdigste und Liebenswürdigste dabei war, dass darin nicht das mindeste Gemachte, sondern alles durchaus natürlich war, und dass er sich niemals vordrängte oder gar die Unterhaltung an sich riss. Auch Scotts Briefwechsel ist selten literarischen Inhalts, sondern besteht meist aus gutmütiger, freundschaftlicher und scherzhafter Plauderei, soweit er nicht geschäftlicher Natur ist.

Auch in Scotts äußerer Erscheinung glauben wir den sächsischen Typus deutlich zu erkennen. Er maß über sechs englische Fuß, war breitschultrig, fast herkulisch gebaut und besaß eine wahrhaft eiserne Muskulatur. Trotz seiner Lahmheit galt von ihm der Spruch: ›Eine gesunde Seele in einem gesunden Leibe.‹ Carlyle bezeichnet Scott ganz richtig als einen der gesündesten Menschen. Sein ganzes Wesen war in leiblicher und geistiger Hinsicht ein Muster von Gesundheit; nichts an ihm war krankhaft. Als Jüngling war er imstande, mit seinen langen Armen einen Amboss aufzuheben, doch, wie er selbst sagt, nur des Morgens vor dem Frühstück. Wir wissen, dass auch sein Geist in der Morgenstunde am kräftigsten war. Seine Hände, sagt er, seien fast die größten in Schottland, und wenn es Siebenmeilenhandschuhe gäbe, so dürften sie dem Gegenstände am angemessensten sein. Seine Gesichtszüge beschreibt Miss Seward mit folgenden Worten: ›Weder die Konturen seines Gesichts noch seine Züge sind fein; seine Farbe ist gesund und einigermaßen blond ohne Röte. Wir finden bei ihm die Seltenheit braunen Haares und brauner Wimpern bei flachsfarbenen Augenbrauen, sowie einen offenen, geistvollen und wohlwollenden Ausdruck.‹

Nach Cunningham war seine Farbe allerdings frisch und rötlich. Das Haar war sehr weich und wurde später ganz weiß. Seine Augen waren klein und hellgrau, und die Brauen außerordentlich buschig. Die Oberlippe war zu lang, als dass der Mund hätte schön sein können. Die Nase war stumpf und das Kinn im Verhältnis zu klein. Alle Angaben stimmen darin überein, dass seine Züge etwas Kräftiges und Entschlossenes, zugleich aber auch etwas Gewöhnliches und Grobes hatten und in keiner Weise den Dichter verrieten; ebenso übereinstimmend sind sie darin, dass eine merkwürdige Veränderung mit dem Gesichte vorging, wenn es sich belebte, und dass alsdann Scotts Züge wie seine Stimme außerordentlich lebhaft und ausdrucksvoll waren. Seine Augen hatten dann eine geheimnisvolle Tiefe. In seinem Jünglingsalter und der Blüte seiner Mannesjahre war der Ausdruck seines Gesichtes viel öfter heiter als nachdenklich. Der Sonnenschein des Humors erleuchtete dann das ganze Gesicht. Oft nahm Scott eine außerordentlich komische Miene an, wobei die zahlreichen Linien um seine Augen tätig mitwirkten, und die Augen sich ebenso weit von unten wie von oben schlossen. Eine besonders charakteristische Äußerung seines befriedigten Gemüts war sein Lachen, von welchem Mr. Adolphus eine ausführliche Beschreibung gegeben hat. ›Niemand‹, sagt er, ›machte wohl alle Steigerungen des Lachens mit so vollkommenem Genusse und einem so strahlenden Gesichte durch. Das erste Aufsteigen eines launigen Gedankens pflegte sich öfters, wenn er stillschweigend dasaß, durch eine unwillkürliche Verlängerung der Oberlippe zu äußern, begleitet von einem scheuen, unbeschreiblich komischen Seitenblick auf seine Nachbarn, welcher in ihren Blicken zu lesen schien, ob der Funke der Lustigkeit unterdrückt werden solle oder zur Flamme werden dürfe. In der vollen Flut der Fröhlichkeit lachte er in der Tat wie Walpole das Lachen des Herzens, allein es war nicht lärmend oder überwältigend, noch hemmte es den Strom seiner Rede; er konnte fortfahren zu erzählen und sich zu unterhalten, während seine Lungen ›krähten wie der Hahn‹, wobei die Silben in dem Kampfe immer empathischer, sein Akzent immer schottischer und seine Stimme im Übermaß der Lustigkeit klagend wurde.‹

Der auffallendste Teil in Scotts Erscheinung war die Form seines Kopfes, welcher von den Augenbrauen fast kegelförmig aufwärtsstieg. Das Gesicht von den Augen abwärts maß nach Allan volle anderthalb Zoll weniger, als die Schädelhöhe oberhalb der Augen. Diese Höhe des Schädels macht den Eindruck, als ob da oben, über den niederen Geistestätigkeiten, ein besonders großer Raum für ein freies und erhabenes Gedankenspiel gewesen wäre. Scott verdankte dieser Kopfform einen von ihm selbst und von seiner Familie in Gebrauch genommenen Beinamen. Kurz nach Erscheinen des ›Peveril vom Gipfel‹ ging er eines Morgens in der Halle des Parlamentshauses auf eine Gruppe jüngerer Advokaten zu, deren Mittelpunkt der seines stets schlagfertigen Witzes wegen bekannte Patrick Robertson bildete. ›Still, Jungen‹, flüsterte dieser seinen Genossen zu, ›still, dort kommt Peveril, ich sehe schon den Gipfel.‹ Ein schallendes Gelächter folgte, und seitdem wurde Scott scherzweise Peveril oder der alte Peveril genannt.«

* *
*

Über Walter Scotts Bedeutung als Dichter geben die folgenden Urteile aus der Weltliteratur ein vollständiges und umfassendes Bild:

Goethe: Walter Scott ist ein großes Talent, das nicht seinesgleichen hat, und man darf sich billig nicht verwundern, dass er auf die ganze Lesewelt so außerordentliche Wirkungen hervorbringt. Er gibt mir viel zu denken, und ich entdecke in ihm eine ganz neue Kunst, die ihre eigenen Gesetze hat.

Man liest viel zu viel geringe Sachen, womit man die Zeit verdirbt und wovon man weiter nichts hat. Man sollte eigentlich nur das lesen, was man bewundert, wie ich in meiner Jugend tat und wie ich es nun an Walter Scott erfahre. Ich habe jetzt den Rob Roy angefangen und will so seine besten Romane hintereinander durchlesen. Da ist freilich alles groß, Stoff, Gehalt, Charaktere, Behandlung, und dann der unendliche Fleiß in den Vorstudien, sowie in der Ausführung die große Wahrheit des Details! Man sieht aber, was die englische Geschichte ist und was es sagen will, wenn einem tüchtigen Poeten eine solche Erbschaft zuteil wird.

Überall finden Sie bei Walter Scott die große Sicherheit und Gründlichkeit in der Zeichnung, die aus seiner umfassenden Kenntnis der realen Welt hervorgeht, wozu er durch lebenslängliche Studien und Beobachtungen und ein tägliches Durchsprechen der wichtigsten Verhältnisse gelangt ist. Und nun sein großes Talent und sein umfassendes Wesen! Sie erinnern sich des englischen Kritikers, der die Poeten mit menschlichen Sängerstimmen vergleicht, wo einigen nur wenig gute Töne zu Gebote ständen, während andre den höchsten Umfang von Tiefe und Höhe in vollkommener Gewalt hätten. Dieser letztern Art ist Walter Scott.

Lord Byron:

> Schottland, sei stolz darauf, dass er dein Sohn,
> Dein Beifall sei sein erster, schönster Lohn!
> Doch nicht mit dir nur soll sein Name leben,
> Hoch über Welten mög er sich erheben!
> Fällt Albion, so wird in ihm man lesen,
> Was dieses Land in frührer Zeit gewesen;
> Durch ihn wird dann noch Schottlands Ruhm erschallen,
> Wenn es vielleicht in Trümmer schon zerfallen.

Scott ist ohne Frage der wundervollste Schriftsteller unsrer Zeit. Seine Romane sind eine neue Literatur in sich und seine poetischen Werke halten jeden Vergleich aus. Ich mag ihn gern wegen seines männlichen Charakters, der außerordentlichen Liebenswürdigkeit seines Umgangs und seiner Gutmütigkeit, besonders gegen mich persönlich. Möge ihm alles gedeihen – denn er verdient es. Ich kenne keine schriftstellerischen Werke, über die ich mit solchem Ungestüm herfalle, wie über ein Werk Walter Scotts.

Charles Dickens: Ich habe nie von irgendeinem meiner eignen Charaktere geträumt, und mir kommt dies so unmöglich vor, dass ich wetten möchte, auch Scott hat nie von den seinen geträumt, so lebenswahr sie auch sind.

»Die Sage von Montrose« und »Kenilworth« habe ich eben mit dem größten Genuss gelesen, und ich denke, alle Welt muss gleich hohe Freude darüber empfinden.

Karl Elze: Shakespeare mag überhaupt nach dem, was wir wissen, in seinen Ansichten über den Wert der Literatur mehrfach mit Scott übereingestimmt haben. Eine natürliche Folge dieser Anschauungsweise war es, dass Scott nicht recht an poetische Unsterblichkeit glauben wollte und sogar einmal meinte, die von ihm gepflanzten Eichen würden seine Lorbeeren überdauern. Ob seine Eichen noch stehen, wissen wir nicht, das aber lässt sich jetzt prophezeien, ohne dass man fürchten muss, von der Zukunft Lügen gestraft zu werden, dass er nicht den Eichen, sondern gerade der von ihm gering geschätzten Schriftstellerei seine Unsterblichkeit verdanken wird.

Grillparzer: Walter Scotts Poesie ist eine *Wahrnehmungs*poesie, im Gegensatz zu der *Anschauungs*poesie. Man ist soweit gegangen, Walter Scott mit Shakespeare zu vergleichen, ja wohl gar zusammenzustellen. Etwas Verrückteres lässt sich wohl nicht leicht denken! Gerade das, worin man sie verwandt finden will: die *Charakteristik*, begründet die ungeheuerste Verschiedenheit. Alle Charaktere Shakespeares haben das bestimmteste *Leben*; durch eine geniale *Anschauungs*gabe, einen Blick in die innerste Werkstätte der menschlichen Natur aufgefasst, entwickeln sie sich mit einem eigentümlichen *Organismus*, sie *sind* da; selbst ihre scheinbaren Widersprüche gleichen sie durch die siegende Beweiskraft der *Existenz* aus. Shakespeare gab seinen Personen keine Charaktere, sie stellten sich ihm schon mit einem vollständigen Charakter begabt vor. Scott *macht* Charaktere: manchmal mit mehr, manchmal mit weniger Geschick; immer *will* er vorher, eh er schafft, und seine gelungensten Züge können die *Absicht* nie verleugnen. Er ist ein scharfer Beobachter; was er beobachtet hat, weiß er lebhaft und gewandt hinzustellen, aber jede seiner Personen ist, genau betrachtet, eine *Mehrheit* von Zügen, die erst ein ordnender Verstand zur Einheit gebracht hat, indes bei Shakespeare alles aus der Einheit der innern Anschauung hervorgeht und aus dieser erst die Mannigfaltigkeit der oft scheinbar widersprechenden Eigentümlichkeiten hervorgeht. Was man durch Welt- und Menschenkenntnis, durch Studium der Geschichte und Psychologie, durch Beobachtungsgeist und Scharfsinn erlangen kann, hat Scott alles, und er sei gepriesen um deswillen!

Was die Anordnung der *Fabel* betrifft, so sind mir die Details darüber nicht so gegenwärtig, da ich leicht vergesse, was ich ohne besonderen Anteil lese. Meistens scheinen aber die Begebenheiten interessant zu sein (wobei freilich nicht entschieden wird, ob sie diesen Vorzug der Erfindungskraft des Verfassers oder der Treue des Chronisten verdanken, aus dem sie genommen sind). Die Verknüpfung derselben ermangelt selten der Konsequenz.

Die *Wahrheit der Darstellung* nun ist beinahe durchgehends sehr groß, und hierin liegt eigentlich das Hauptverdienst des Verfassers und der Hauptgrund seiner Wirkung auf das Publikum. Seine Schilderungen aller Art sind unübertrefflich.

Schopenhauer: Walter Sott, dieser große Kenner und Maler des menschlichen Herzens und seiner geheimsten Regungen! Walter Scott, in seinen »Erzählungen meines Wirtes«, schildert Szenen, die zwischen den verworfensten und scheußlichsten Straßenräubern in ihren Schlupfwinkeln vorgehen, mit einer Wahrheit und Lebendigkeit, die uns beim Lesen bis zur Angst bewegt, indem wir das Richtige und Treffende davon empfinden; und doch hat weder er, noch wir je dergleichen gesehen.

G. Brandes: Wenden wir uns zu einem besseren Manne, zu dem Dichter, der die eigentümliche britische Romantik auf dem Grunde der Volksnatur und Geschichte gestaltete, der nicht wie die Männer der Seeschule sich zum Renegaten machen musste, um in religiöser und politischer Hinsicht konservativ zu werden, sondern der es ohne Hass oder Groll gegen die Geister der entgegengesetzten Richtung war, rein und ruhig von Naturell, edel und fest von Charakter, poetisch so übersprudelnd reich begabt, dass er länger als zwanzig Jahre hindurch alle Länder Europas mit einer gesunden und unterhaltenden Lektüre versorgte, und so tief und originell in seinen Anschauungen über Menschenrassen und Weltgeschichte, dass sein Einfluss auf die europäische Geschichtsschreibung nicht geringer ward als sein Einfluss auf die Romandichtung in allen zivilisierten Ländern. –

Walter Scott ist doch der eigentliche Entdecker und Durchführer jener Lokalfarbe in der Dichtung, welche die Grundlage für die ganze Poesie des Romantismus in Frankreich wurde. Und nicht genug, dass er durch seinen historischen Sinn der Wegweiser einer ganzen Dichterschule ward, übte er auch durch seine anspruchslosen Romane den größten Einfluss auf die Geschichtsschreibung des neuen Jahrhunderts aus. Man darf nicht vergessen, dass Walter Scotts »Ivanhoe« Augustin Thierry auf den Gedanken brachte, hinter den Taten Chlodwigs, Karls des Großen und Hugo Capets den Rassenkampf zwischen Normannen und Sachsen und die Spuren einer französischen Eroberung als die wahren Ursachen der Ereignisse zu suchen. Dieser Dichter, dessen Blick für das Seelenleben der einzelnen Menschen nicht tief war, und welcher der modernen individualistischen Zeit gegenüber auf mancherlei Weise durch nationale, monarchistische und religiöse Vorurteile gebunden und befangen erschien, besaß kraft seines gewaltigen Naturalismus, sobald er die Menschen als Clan, als Volk, als Stamm oder Rasse vor sich sah, den schärfsten Entdeckerblick für die Natursubstanz in ihnen. Er, welcher gewohnt war, stets an den Gegensatz zwischen Schotten und Engländer zu denken, fand leicht und wie durch eine plötzliche Inspiration die Bedeutung des Rassengegensatzes zwischen Angelsachsen und Normannen, und seine Schilderungen erhielten dadurch ebenso große Bedeutung für die Völkerpsychologie, wie die Schilderungen Byrons für die Schilderungen des Einzelnen.

Joh. Scherr: Man hat Scott den Dichter des Adels genannt, und insofern nicht mit Unrecht, als er mittels seiner hinreißenden Erzählungsgabe der Romantik der Feudalwelt eine außerordentliche Popularität zu verschaffen verstand; allein weit entfernt, sich auf *einen* Stand zu beschränken, hat er alle Stände und Klassen mit objektiver Meisterschaft in dramatische Beziehung zueinander gesetzt, nicht als Stände wohlverstanden, sondern als Individuen, denn seine Figuren sind nicht nach einem Schema zugeschnitten, sondern frisch aus der Geschichte und dem Leben gegriffen, und daher die Masse origineller Charaktere, die er uns vorführt. Man könnte Scott ohne Anstand auch den Dichter des Volkes nennen, denn kein Dichter hat mit solcher Vollendung wie er die im Volke lebende wirkliche Kraft, Verständigkeit und Treue gezeichnet.

Scott ist ohne Frage für den eigentlichen Begründer des historischen Romans anzusehen. Es gab zwar vor ihm Versuche in dieser Gattung, aber es waren eben Versuche, und zwar misslungene, geblieben. Scott war der erste, welcher die Poesie der Geschichte in ihrer ganzen Macht und Größe aufzeigte und das poetische Bedürfnis mit dem pragmatischen Sinne der neuen Zeit aufs Glücklichste vermittelte. Über den ästhetischen Wert des historischen Romans hat man viel gestritten, aber die gebildete Gesellschaft des Erdkreises hat über diese Frage ein für alle Mal entschieden. Scotts Romane besitzen in unvergleichlichem Grade – abgesehen von ihrer anerkannten historischen Treue der Sittenschilderung, ihrer vollendeten Kunst der Charakteristik, ihrer sittlichen Hoheit – die Eigenschaft, auf alle Bildungsstufen gleich anziehend und befriedigend zu wirken, so dass sie, während sich die Aristokratie Europas daran entzückte, mit gleichem Entzücken auch in der Blockhütte der amerikanischen Hinterwäldler und im deutschen Bauernhause gelesen wurden.

Karl Bleibtreu: Scott ist der Gründer des historischen Romans. Er war der erste, der die gewaltige Poesie der Geschichte urbar machte. Allerdings sind nur Kostüme und Äußerlichkeiten leidlich echt; Handlungen und Gefühle sind oft unhistorisch modern zugestutzt, wenn auch äußerlich die Redeweise entlegener Zeiten richtig getroffen scheint. Obschon uns Scott in alle möglichen Länder und Zeiten führt, ist der Kreis, in welchem er sich bewegt, in Wirklichkeit nicht groß. Mit dem hellen und achtsamen Auge eines fabulierenden Waidmanns ritt er in ebenmäßigem Trott über seine Grampians dahin, in patriarchalischem Behagen den Dingen seiner Heimat ins Herz schauend und mit der derben Bildlichkeit eines frischen Naturkindes, wie der alte Homer es war, sie gestaltend. Und in diesem höheren Sinne kann man auch von

Scott sagen – wie von den eigentlichen Genies, zu denen er nicht gehört – dass er nur dichtete, was er selbst empfunden und durch lebendig in ihm fortwirkende Tradition selbst erlebt. Wohl sind diese bunten Mären nicht mit der unwiderstehlichen Nötigung der durch persönliche Anlässe befruchteten Triebkraft aus Weh und Jubel der eigenen Seele geboren. Aber so verwachsen fühlte sich Scott mit den Denkmalen und Überlieferungen seiner Heimat, unter welchen er beschaulich wie ein Antiquar in seinem Museum saß, dass ihm alle historischen Vorfälle in seiner Heimat ein Selbstgeschautes wurden.

Deswegen sind auch die eigentlichen schottischen Romane Scotts diejenigen, in welchen sich seine soliden Vorzüge entfalten. Und unter diesen stehen wieder weitaus diejenigen am höchsten, in denen eine nicht zu fern gelegene oder sogar nahe liegende Zeit geschildert wird.

Es ist ferner mit besonderem Nachdruck hervorzuheben, dass Scott auch der Schöpfer des modernen englischen Gesellschaftsromans geworden ist, indem er zuerst das bürgerliche Leben in treuherziger Breite darstellte und alle Gesellschaftsklassen in den Kreis seiner Gemälde zog. In der Tat, wenn wir die Fülle der von ihm geschaffenen Charaktere überschauen, so können wir nicht in Abrede stellen, dass – »Shakespeare allein ausgenommen« – kein Schriftsteller das menschliche Leben so umfassend darzustellen versuchte.

Ferner sei noch darauf hingewiesen, dass Scott die Gabe besaß, große politische Verhältnisse in anschaulicher Form zu entwickeln – worin er ebenfalls ohne Vorgänger dasteht und eine sehr gesunde Reaktion sowohl gegen das Ifflandsche Niederländern als gegen die erotische Idyllik der landläufigen Damenliteratur bildete. Nur Schiller, Kleist, Grabbe, Alexis, sowie einige Ansätze de Vignys sind gleichen Zielen gefolgt. Die ungemeine Klarheit, Leichtigkeit und Anschaulichkeit seiner wundersamen Fabulierungsgabe kommt Scott hier besonders zustatten.

Ja, dieser Mann, so beschränkt in seinem Privatleben, erhob sich weit über sich selbst, sobald das Medium der Geschichte ihn inspirierte. Fast alle Dichter erscheinen im tiefsten Sinne subjektiv; Scott aber gestaltete objektiv durch und durch, wie es dem geborenen Epiker ziemt.

Ein Ewigkeitsmensch war er nicht. Er verstand weder die Gegenwart, noch ahnte er die Zukunft. Allein wie wir Burns als einen Shakespeare des Liedes begrüßten, so könnte man Scott füglich einen Shakespeare der Fabulierung nennen. Und zwar der echten künstlerischen Fabulierung, welche man ja nicht mit der gequälten Fantasieauspumpung der

Dumas und Sue verwechsele. Mit dem glücklichsten Takt eines reifen Künstlertums verschmolz er die verschiedenen Elemente des Lebens, das Tragische und Burleske, zu geschlossener Komposition. Und auch ein wundersames Talent psychologischer Kombinierung blieb ihm nicht versagt. Aus diesem Grunde verehren wir ihn noch heute als Vorbild.

Wenn wir aber somit den größten Romankünstler, den Meister epischer Erzählung im Sinne Homers, in Scott erkennen, so zeigt schon ein Vergleich mit Fielding und Richardson seine Schranken. Er streifte nur die Dinge und ging selten in die Tiefe. In der Breite der Lebensdarstellung hingegen wird er von keinem übertroffen.

Julius Hart: Walter Scott, wie Robert Burns ein Schotte, schuf diese nationalpatriotische Geschichtsdichtung, die überall in Europa als etwas ganz Neues angestaunt und aufs Eifrigste nachgeahmt wurde, besonders als Scott statt der Verserzählung Prosaromane auf den Markt warf. Das hatte Walter Scott von der deutschen Poesie schon gelernt: die rechte künstlerische Gestaltungsfreude an den Dingen selbst, den Sinn für das Sinnliche der Poesie. Und wenn er jetzt in großen Bildern die schottische Landschaft schildert, so ist sie kein Totes mehr wie bei den älteren, über das man philosophiert und moralisiert, sondern Hintergrund und Schauplatz großer Geschichtsereignisse. Scott schreitet über die Heiden und an den Seen nicht mehr wie ein englischer Nachmittagsprediger dahin, sondern wie ein rechter altgermanischer freier Mann, der seinen Sitz und seine Stimme im Volksrat hat, der die Geschichte seines Volkes genau im Kopfe trägt und in den alten Büchern wohlerfahren ist. Er ist ein leidenschaftlicher Antiquitätensammler und weiß in allen alten Burgwinkeln vortrefflich Bescheid. Das Romantische an ihm ist vor allem die Freude an den alten Zeiten und der Vergangenheitskultus.

Julian Schmidt: Es gibt keinen Beruf, dem er nicht gerecht geworden wäre, sobald derselbe nur einen gesunden Inhalt hat. Er hatte ein Herz für das Volk, ein liebevolles Auge für seine Sorgen und seine kleinen Genüsse, und sein konservativer Sinn bezog sich auf alles, was der Erhaltung wert war.

Adolf Stern: Seine Stärke liegt in der Situationsfülle, nicht in der straff durchgeführten Handlung, in der Wiedergabe fertiger Charaktere, nicht in der schwereren Spiegelung innerlicher Charakterwandlung. Die

Tiefen der Leidenschaft sind ihm vielfach, wenngleich nicht immer, verschlossen; bei aller Frische und Natürlichkeit steht er zu Zeiten dem Konventionellen näher als der Natur. So war er der Dichter und Erzähler einer in sich befriedigten Gesellschaft, einer Zeit mit festen Anschauungen und Zielen, und musste mit dem Wachsen der Gärung, des leidenschaftlichen rastlosen Dranges nach dem Neuen, mehr und mehr in den Hintergrund der Teilnahme treten. Die wahrhafte Bedeutung Scotts kann natürlich durch die Launen der Mode nicht gemindert werden, kein Nachweis der Schranken seiner Begabung kann die Kraft und den Reichtum aufheben, den er innerhalb dieser Begabung entfaltet.

Prof. Dr. Wülker: Das Hauptverdienst Walter Scotts, des Dichters wie des Romanschriftstellers, war seine große Natürlichkeit und seine außerordentlich naturgetreue Schilderung. Dadurch war er wie kein zweiter befähigt, Sittenbilder aus den verschiedensten Zeiten zu geben und der Begründer des historischen Romans zu werden. Allerdings darf man von einem Dichter nicht verlangen, dass er sich stets eng an die Geschichte hält: Er darf sie mit Sage umgeben, darf Gestalten eigener Erfindung neben die geschichtlichen stellen, wenn er den Leser nur lebhaft in den Charakter der behandelten Zeit zu versetzen weiß. Und dies verstand Scott meisterhaft. Daher gilt er noch heute für das Muster eines Romanschriftstellers.

Erich Walter

Schloss Douglas am Blutsumpf

Ein Roman aus dem schottischen Hochland

1.

Es war zu Frühlingsanfang in einer kalten Provinz Schottlands. Die Natur war aus dem Winterschlaf erwacht. Wenn auch noch nicht die Vegetation verriet, dass die kalte Jahreszeit im Weichen begriffen, so doch die Luft.

Zwei Wanderer, ihrer Tracht nach als solche auf den ersten Blick kenntlich, kamen in der Richtung aus Südwesten her und zogen in der Richtung nach dem Schloss Douglas zu, an einem Flusslaufe gelegen, dessen Tal zu der seltsamen mittelalterlichen Feste eine Art Eingangstor bildete.

Der Fluss, im Verhältnis zu dem Ruf, in welchem er stand, klein, zeigte den Weg an dem Dorfe vorbei zu dem Schlosse hinauf. Es war ein rauer Pfad. Die mächtigen Feudalherren, denen das Schloss schon seit Generationen zu eigen gehörte, hätten sich leicht bequemeren Zugang schaffen können. Allein zu jener frühen Zeit war man noch nicht so klug wie jetzt, und man hielt noch nicht dafür, dass es besser sei, einen Umweg um den Fuß eines Berges zu machen, als in schnurgerader Richtung auf der einen Seite hinauf und auf der anderen hinunter zu steigen.

Noch viel weniger hatte man Ahnung davon, dass der Welt ein MacAdam beschert werden würde, der aus unwegsamen Naturpfaden durch künstliches Pflaster Salonwege schuf.

Wozu hätten indes die alten Schlossherren vom berühmten Geschlechte der Douglas solche Grundsätze zu den ihrigen machen und anwenden sollen, selbst wenn sie schon bekannt gewesen wären? Von Wagen, die auf Rädern liefen, hatte man, den plumpsten Ackerkarren ausgenommen, noch keine Kenntnis. Selbst die zarte Damenwelt war auf das Ross als einziges Beförderungsmittel angewiesen, im Fall schlimmer Krankheit höchstens auf eine Sänfte oder besser Trage, die aus Weiden geflochten oder aus Brettern zusammengefügt wurde. Die Männer brauchten die eignen derben Gliedmaßen oder den kräftigen Gaul, um von einem Orte zum anderen zu gelangen. Wanderern und besonders Frauen entstanden durch die raue Natur des Bodens keine geringen Beschwernisse. Dass ein angeschwollener Wasserlauf ihren Weg schnitt und sie zum Halt nötigte, bis sich das Wasser verlief, war keine Seltenheit; auch nicht, dass ein schweres Gewitter eine Überschwemmung oder ein anderes Naturereignis andere Schäden bewirkte. Wen dergleichen auf seiner Wanderschaft traf, war dann angewiesen auf seine eigne Kenntnis der Gegend, denn sich Kunde bei Leuten über Wegrichtung oder dergleichen zu schaffen, war insofern fast immer ausgeschlossen, als Leute im Freien, auf die Verlass war, so gut wie nicht zu finden waren. Wer zu jener Zeit seine Scholle nicht verlassen musste, setzte den Fuß nicht von ihr hinweg.

Der Douglas entspringt in einem Amphitheater von Gebirgen, das nach Süden zu das Tal abschließt, aus dessen Bächen er sein geringes Wasser bekommt, das sich freilich oft durch starke Regengüsse zum Strome mehrt. Das Land, durch das er seinen Weg nimmt, bietet im Allgemeinen das gleiche Bild, wie alle Viehzucht treibenden Gebirgsstriche des südlichen Schottlands mit ihren ärmlichen, einsamen Pachthöfen in wilder Gegend.

Zur Zeit, da unsre Geschichte spielt, waren viele dieser Striche, wie ja ihre Namen noch heute besagen, mit Wald bestanden. Die unmittelbar am Douglas gelegenen Striche waren Äcker, schon damals reich ergiebig an Hafer und Roggen; in nicht zu weiter Entfernung vom Ufer mischte sich der Ackerboden mit Viehweide, weiterhin mischte die Viehweide sich mit Waldboden, der dann zu ödem, meist unzugänglichem Moorland sich wandelte.

Damals war Schottland im Kriegszustand; Rücksichten auf Bequemlichkeiten des Lebens mussten der ständigen Lebensgefahr, die den Menschen umgab, weichen. Niemand fiel es ein, Weg oder Steg gangbarer zu machen: Je ungangbarer er war, desto sicherer konnte man sich fühlen, desto leichter war es, dem Feinde oder auch nur Fremden den Zugang zu wehren.

Was der Mensch im Hochlande brauchte, um sein karges Leben zu fristen, lieferte ihm Natur und Boden. Andere Bedürfnisse als diese kannte er nicht. Für die Rindvieh- und Schafherden brachten die besseren Striche im Gebirge und in den mit Wald bestandenen Tälern das Futter. Ackerbau war in geringem Maße vorhanden und wurde roh betrieben; die Viehzucht war das eigentliche Element. Zudem fehlte es in den tiefen Wäldern, die außer vom Jäger kaum von einem Menschen betreten wurden, nicht an allerhand Wild, vornehmlich zu solcher Zeit, wo der Grundherr dem Kriegshandwerk oblag und das Weidwerk an den Nagel gehängt hatte, die Tiere also »frei tanzen« durften. Wen damals der Weg durch die raueren Striche dieses gebirgigen wilden Landes führte, der stieß nicht allein auf alle Arten von Rotwild, sondern auch auf das dem schottischen Hochland eigentümliche wilde Rind; die Wildkatze war in der wilden Gebirgsschlucht, im sumpfigen Dickicht keine Seltenheit; der Wolf, in den dichter bewohnten Strichen der Lothian-Grafschaften schon damals fremd, behauptete sich im Gebirge noch tapfer gegen seinen Urfeind, den Menschen. Zur Winterszeit, wenn ihnen das Futter knapp wurde, zogen sie in Rudeln auf die Kirchhöfe nach Leichenfraß oder umschlichen, wie heute der Fuchs, den Hühnerstall, den einsamen Pachthof, gierig auf Beute lauernd.

Aus dem hier Gesagten vermag sich der Leser ein ziemlich richtiges Bild von dem oberen oder dem »wilden« Douglas-Tale, wie es um die Zeit des 14. Jahrhunderts herum aussah, zu machen.

Die untergehende Sonne warf ihre Strahlen über ein Moorland, das nach Westen zu langsam aufstieg, um in dem Gebirge zu endigen, das als »großer« und »kleiner Cairntable« bekannt ist. Der »große Cairnta-ble« war gleichsam der Vater der umliegenden Höhen, der Hunderten von Bächen das Leben gab, und der höchste Berg der Kette, auf seinen finsteren Hängen von noch finsterern Schluchten durchklüftet und mit jenem Urwald bestanden, der damals noch alles hochgelegene Land und vor allem die Berge deckte, unter dem die Wald- und Gießbäche und größere Wasserläufe, die nach Osten zu laufenden ebensowohl als die in den Solway mündenden, nach Einsiedlerweise ihre spärlichen Quellen versteckten.

Der ältere und stärkere der beiden Wanderer, von denen eingangs gesprochen wurde, war ein stattlicher Herr, in der prunkhaften Tracht der damaligen Mode, und trug auf dem Rücken, nach damaligem Sängerbrauch, einen Ledersack, in welchem eine Harfe, Leier oder Geige oder sonstwelches Musikinstrument geborgen war, das seine Stimme begleiten musste.

Der Wanderer trug ein blaues Wams und violettfarbenes Beinkleid mit blau abgefütterten Schlitzen. Den Mantel, der nach Landessitte zur Kleidung gehörte, hatte er, der warmen Sonne wegen, zusammengelegt und über die Schultern geworfen. Die Akkuratesse, mit welcher er diese Arbeit verrichtet hatte, ließ in ihm einen Wandersmann von guter Erfahrung vermuten, der gewohnt war, alle Mittel auszunützen, die durch den Witterungswechsel zum Vorteil ausschlugen. Statt der vielen schmalen Bänder oder Schnüre, mit denen Wams und Beinkleid geknüpft wurden, taten Blumen oder Knoten von violettem Band an dieser Tracht den Dienst, und als Kopfbedeckung trug der Sänger die vierkantige Mütze, mit der man in der Regel Heinrich den Achten und seinen Sohn Eduard den Sechsten abgebildet sieht. Nach dem schmucken Zeuge, aus dem sie gefertigt war, zu urteilen, war sie mehr für den Auftritt als Sänger als für Reisen in Sturm und Wetter berechnet. Sie war bunt, denn sie war aus verschiedenfarbigen, meist braunen und violetten Streifen zusammengesetzt. Die Feder von beträchtlicher Länge wies die gleichen, also offenbar Lieblingsfarben des Sängers, auf. Die Gesichtszüge, die von der Feder beschattet wurden, zeichneten sich durch irgendwelchen besonderen Ausdruck nicht aus. Nichtsdestoweniger war es in solch öder, einsamer Gegend wie dem westlichen Schottland nicht eben leicht, an dem Manne vorbeizugehen, ohne ihn genauer ins Auge zu fassen – was ihm vielleicht anderswo, wo der Charakter der Landschaft den Blick mehr auf sich gelenkt hätte, nicht passiert wäre.

Sein Gesichtsausdruck war munter und offen, ermangelte auch nicht einer gewissen Festigkeit, die ihn für ernste Vorfälle gewappnet erscheinen ließ, wie ihrer auf solchen Wanderungen genug an ihn herantreten mochten. Sonst war aber von Waffen, die ihm Schutz hätten sein können, außer einer Art von Krummsäbel, den er an der Seite trug, nichts an ihm wahrzunehmen. Sein Gefährte, sichtlich um vieles jünger, war ein sanfter artiger Jüngling, dessen slowenischer Kittel, das rechte Pilgergewand, dichter um den Körper geschlungen war, als die Kälte notwendig zu machen schien. Sein Gesicht war unter dem Pilgerhute nur wenig sichtbar, zeigte aber Züge von höchst einnehmendem Ausdruck; auf seiner Stirn lagen Spuren von Kummer, in seinen Augen standen Spuren von Tränen. Der Degen, den er an der Seite trug, schien mehr einen Tribut gegen die herrschende Mode darzustellen, als dass er auf Absicht, sich seiner zum Schutze zu bedienen, hätte schließen lassen. Er schien von solcher Müdigkeit übermannt zu sein, dass selbst sein rauer veranlagter Gefährte sich des Mitgefühls nicht erwehren konnte, während er anderseits sichtlich Anteil, wenn auch nur geheimen, an dem Grame nahm, der auf solch liebenswürdigem Antlitz sichtbare Spur hinterlassen hatte.

Beide sprachen zusammen. Der Ältere, in dessen Mienenspiel deutlich jene Achtung zum Ausdruck kam, die dem Manne untergeordneten Ranges dem höher gestellten gegenüber zukommt, verriet seine Teilnahme und Zuneigung im Ton und im Benehmen.

»Freund Bertram«, sprach der jüngere Wanderer, »wie weit sind wir noch von Douglas Castle entfernt? Wir sind doch schon über zwanzig Meilen gewandert, und du sagtest doch, weiter sei es von Cammock aus nicht. So nanntest du doch die letzte Herberge, die wir bei Tagesanbruch verließen?«

»Cumnock, teuerste Dame! – Ach, gnädigster junger Herr, wollte ich sagen – bitte tausendmal um Verzeihung!«

»Nenne mich Augustin, Bertram«, versetzte der Jüngere, »wenn du mich anreden willst. Es schickt sich besser für diese Zeiten.«

»Was das anbetrifft«, sagte Bertram, »muss ich sagen, dass meine persönliche Erziehung, wenn sich auch Eure Ladyschaft herbeilässt, ihren Stand beiseite zu setzen, nicht so mit mir verwachsen ist, dass ich sie ablegen und anlegen dürfte, ohne dass Stiche dabei verloren gingen! Geruht nun Eure Ladyschaft, der ich Gehorsam gelobt habe, mir zu befehlen, dass ich sie behandle als meinen Sohn, so wäre es doch eine Schande für mich, wollte ich ihr nicht die Liebe eines Vaters erweisen, vornehmlich wenn ich meinen heiligsten Eid ablegen kann, dass ich ihr solche Pflicht schuldig bin, trotzdem hier, wie ich recht wohl weiß, der Fall vorliegt, dass der Vater von seines Kindes Güte und Freigebigkeit das Leben fristet. Denn wann wäre nicht, wenn es mich hungerte oder dürstete, der Seitentisch von Berkeley für mich gedeckt gewesen?«

»So wenigstens war es mein Wille«, versetzte der junge Pilger. »Wozu sollen die Berge von Rindfleisch, die unser Vieh gibt, und das Meer von Bier da sein, das, wie es heißt, auf unseren Gütern gebraut wird, wenn sich Hungrige unter unseren Vasallen befinden? Wenn gar du hungern oder dursten solltest, du, Bertram, der unserm Hause mehr denn zwei Jahrzehnte als Sänger gedient hat?«

»Freilich, edle Dame«, erwiderte Bertram, »das wäre ja ähnlich der Katastrophe, die man vom Baron von Fastenough erzählt, als die letzte Maus in seiner Vorratskammer verhungert war. Entgehe ich solchem

Unglück auf dieser Reise, so lasse ich mir nicht mehr ausreden, dass Hunger und Durst mir mein Lebtag nichts mehr anhaben können.«

»Ein paarmal hast du wohl schon recht darunter gelitten, mein armer Freund?«, fragte die junge Dame.

»Was ich gelitten, hat wenig zu sagen. Undankbar wäre ich, wollte ich solcher geringfügigen Unbequemlichkeit, wie dem Mangel eines Frühmahls oder andern Essens, solch ernste Benennung geben. Aber kaum zu begreifen bin ich imstande, wie Eure Ladyschaft solchen Marsch länger ertragen soll. Dass es kein Spaß ist, in diesen Hochlanden zu wandern, wo uns der Schotte solch reichliches Maß von seiner Meile gibt, müsst Ihr nun selber fühlen; und was Schloss Douglas angeht, so muss ich wohl sagen, gute drei Meilen ist es noch immer bis zum Fuße des Berges, auf welchem es steht.«

»Es fragt sich also«, antwortete die Dame mit mattem Seufzer, »was hier zu tun ist, wenn wir noch solch weiten Weg haben; denn es lässt sich wohl annehmen, dass das Schlosstor längst geschlossen sein wird, ehe wir hinkommen.«

»Die Tore des Schlosses Douglas stehen unter Obhut von Sir John de Walton und öffnen sich nicht so leicht wie die Wände von unserem Butterschrank in Eurem Schlosse, wenn die Angeln gut geschmiert sind. Wenn sich Eure Ladyschaft meinem Rate fügen und umkehren will, dann sind wir nach höchstens zwei Tagen wieder in einem Lande, wo für menschliche Bedürfnisse in guten Gasthöfen schnell gesorgt wird. Dann wird außer uns beiden, so wahr ich beeidigter Sänger und ein Mann von Wort bin, kein Sterblicher je von dem Geheimnis dieser kleinen Wanderung etwas erfahren.«

»Vielen Dank für deinen ehrlichen Rat, Bertram«, antwortete die Dame, »aber ich kann keinen Gebrauch davon machen. Solltest du bei deiner Ortskenntnis irgendwo in der Nähe ein anständiges Haus wissen, gleichviel ob es reichen oder armen Leuten gehört, so würde ich gern dort nächtigen, falls ich bis zu morgen früh dort Unterkunft bekommen könnte. Die Tore vom Schlosse Douglas werden sich dann für Gäste solch friedlichen Aussehens schon öffnen – und – nun ja, warum soll ich es nicht sagen? – wir würden dann wohl auch Zeit finden, solcherart für unseren äußeren Menschen zu sorgen, dass wir uns freundlicher Aufnahme für sicher halten könnten!«

»Ach, teure Lady«, versetzte Bertram, »käme nicht Sir John de Walton infrage, so möchte ich fast lieber sagen, eine ungewaschene Stimme und ungekämmtes Haar und schmutzige Tracht waren geeigneter, die Maske eines Sängerknaben zu bewahren, für den Ihr im gegenwärtigen Kostüm doch gehalten sein wollt.«

»Ist es dir wirklich recht, Bertram, dass deine Zöglinge solch täppisches, unsauberes Äußere haben?«, fragte die junge Dame. »Ich wenigstens mag ihnen nicht nachtun, und sollte nun Sir John im Schlosse Douglas sein oder nicht, so will ich auch den Soldaten nicht, denen solch ehrenvolle Wache übertragen, mit ungewaschener Stirn und ungekämmtem Haar aufspielen. Dass ich Kehrt machen sollte, Bertram, ohne ein Schloss gesehen zu haben, das mir sogar im Traum erscheint, das ist ausgeschlossen. Du kannst umkehren, wenn du willst, Bertram; aber in meiner Begleitung wird es nicht geschehen.«

»Wenn ich mich von Eurer Ladyschaft trennen sollte auf solche Bedingungen hin«, versetzte der Sänger, »so könnte mich, nachdem Eure Maskierung fast völlig gelungen ist, nur der Böse in Person oder ein andres feindliches Wesen, aber nicht geringer als er, von Eurer Seite reißen. Bis zum Hause eines gewissen Tom Dickson von Hazel-Side ist es nicht weit von hier. Er ist einer der ehrlichsten Bursche im ganzen Tal und, wenn auch bloß Bauersmann, von gleich hohem Range wie je ein Krieger oder Edelmann, der mit den Scharen der Douglas ritt, als ich noch hier im Lande war.«

»Er ist also Soldat?«, fragte die Dame.

»Soldat, wenn sein Vaterland oder sein Lehnsherr sein Schwert braucht«, versetzte Bertram; »und da die Schotten selten ruhig sitzen, kommt ja sein Schwert nicht zum Rosten. Sonst aber ist er bloß den Wölfen feind, die seine Herde zerfleischen.«

»Vergiss nicht, Bertram«, warf die Dame ein, »dass englisches Blut in unsern Adern fließt, dass wir demnach Gefahr zu besorgen haben vonseiten aller, die sich als Feinde des roten Kreuzes bekennen.«

»In die Treue des Mannes setzt keinen Zweifel«, sprach Bertram; »Ihr dürft ihm trauen wie dem besten Ritter oder Edelmann des Landes! Vielleicht erwerben wir uns Quartier durch ein Lied, und ich möchte hier daran erinnern, dass ich es unternommen habe, mich mit den Schotten auf etwas guten Fuß zu stellen. Der Schotte liebt Musik. Wollen wir es also bei Tom Dickson auf solche Art hin versuchen?«

»O, seine Gastfreundschaft wollen wir gewiss annehmen«, erwiderte die Dame, »da du dein Wort als Sänger gegeben hast, dass er treu und verlässlich ist. Tom Dickson nanntest du ihn?«

»Ja, so heißt er«, sagte Bertram, »und da wir dort Schafherden sehen, befinden wir uns, wie ich glaube, schon auf seinem Grund und Boden.«

»Was du sagst!«, rief die Dame nicht ohne Überraschung. »Wie und woran kannst du das sehen?«

»Die Schafe tragen, wie ich sehe, die Anfangsbuchstaben seines Namens«, entgegnete der Sänger; »Gelehrsamkeit und Weisheit, meine Dame, bringen einen Mann durch die Welt, als besäße er den Ring, durch dessen Zauberkraft, wie alle Dichter sagen, Adam die Sprache der Tiere im Paradiese verstand. Ach, Madame! Weit klügere Dinge werden in Schäferhütten gelehrt als Damen glauben, die sich in der Sommerstube ihr buntes Kleid nähen.«

»Es mag wohl so sein, Bertram, wenngleich ich in der Kenntnis des geschriebenen Wortes nicht so bewandert bin wie du! Drum wandern wir, bitte, auf nächstem Wege zu Tom Dicksons Hütte, den uns übrigens seine Schafe wohl auch weisen. Hoffentlich haben wir nicht mehr weit; die Gewissheit, unsre Wanderung für heute um ein paar Meilen zu kürzen, macht mich übrigens so frisch und munter, dass ich den ganzen übrigen Weg ohne Mühe bezwingen könnte.«

2.

Die Reisenden kamen zu einer Wegbiegung, die einen freiern Blick gestattete als die zerklüftete Landschaft bisher. Eine Bergwiese, mit Erlen, Haselsträuchern und Eichen bestanden, bot einen freundlichen Anblick. Der Pachthof oder das Herrenhaus – nach Größe und Aussehen waren beide Annahmen zulässig – war ein geräumiger, aber niedriger Bau, mit Mauern so stark, dass sie jedem räuberischen Überfall hätten standhalten können. Etwa eine halbe Meile entfernt stand eine halbverfallene Kapelle gotischen Baustils von mäßigem Umfange, die von dem Sänger als Abtei Saint-Bride bezeichnet wurde.

»Wie ich gehört habe«, erklärte er weiter, »sind die Ruinen stehen geblieben, weil im Anbau noch ein paar alte Mönche und Nonnen hausen, denen von der englischen Regierung gestattet worden ist, an der alten Stätte ihrem Herrn zu dienen, auch schottischen Wanderern ein Viatikum zu spenden. Demgemäß haben Mönche und Nonnen dem Sir Walton gehuldigt und einem Geistlichen sich untergeordnet, auf den sich Sir Walton verlassen zu dürfen glaubt. Indessen sollen, wenn Gäste dort Geheimnisse offenbaren oder durchschimmern lassen, die Mönche Anzeige an die englische Regierung gelangen lassen. Ich möchte es also für am besten halten, wenn Eure Ladyschaft nicht anders zu bestimmen geruht, dass wir dort keine Gastfreundschaft nachsuchen.«

»Allerdings nicht«, pflichtete die Dame bei, »falls du ein Quartier mit verschwiegenerem Wirt für uns aufzufinden vermagst!«

In diesem Augenblick kamen zwei Personen in Sicht, die in einer den beiden Wanderern entgegengesetzten Richtung auf den Pachthof zuschritten und sich in so lautem Tone zankten, dass die Stimmen trotz der nicht unerheblichen Entfernung deutlich zu hören waren.

Bertram hielt eine Weile lang, um besser zu sehen, die Hand über die Stirn. Dann rief er:

»Bei Gott! Es ist mein alter Freund Dickson! Was bringt ihn so auf gegen den jungen Burschen, der meines Wissens sein Sohn Karl ist, der kleine Wildfang, der vor etlichen zwanzig Jahren herumzuwildern und Binsen zu flechten pflegte? Ein Glück, dass wir unsre Freunde noch auf den Beinen treffen; denn ich wette, Tom hat ein tüchtiges Stück Fleisch im Topfe und müsste seinen Sinn völlig verändert haben, wenn er nicht für einen alten Bekannten davon übrig haben sollte. Wer weiß aber, ob er später den Riegel von seinem Tore gelöst hätte? Liegt doch feindliche Besatzung in der Nähe! Wollen wir das Ding beim rechten Namen nennen, so gilt doch englische Besatzung im Schlosse eines schottischen Laird als feindliche Besatzung!«

»Tor, der du bist!«, versetzte die Dame. »Urteilst über Sir John de Walton, als sei er ein grober Bauer, dem der Kamm schwillt, wenn er merkt, dass er die Hände frei hat? Mein Wort könnte ich dir geben, dass du hierzulande, vom Streit um den Besitz der Königreiche abgesehen, der natürlich von beiden Teilen in ritterlichem Kampfe ausgefochten wird, Engländer und Schotten in friedlich-freundlichem Beisammenleben unter Sir Waltons Zügel finden wirst, wie keine Schaf- und Ziegenherde unter Obhut eines Schäferhundes friedlich-freundlicher zusammenleben kann. Sir John de Walton mag den Schotten als Feind gelten, vor dem sie bei gewissem Anlass fliehen; er wird ihnen aber auch als Beschützer gelten, unter dessen Schirm sie sich flüchten, wenn sich ein reißender Wolf zeigt.«

»Eurer Ladyschaft meine Meinung hierüber zu äußern getraue ich mir nicht«, versetzte Bertram; »ein junger Ritter in Rüstung ist aber ein ander Ding als ein junger Ritter in Balltracht, der bei den Damen scharwenzelt.« Mit Donnerstimme rief er hierauf: »Dickson! Holla, Tom Dickson! Erkennt Ihr etwa den alten Freund nicht, der auf Eure Gastfreundschaft rechnet für Nachtmahl und Nachtquartier?«

Der Schotte, durch den Ruf aufmerksam geworden, blickte über den Douglas hinüber, dann auf die kahle Böschung und ließ den Blick endlich auf den beiden Gestalten haften, die den Weg ins Tal hinunterstiegen.

Der Pächter vom Douglas-Tal hüllte sich, als er aus der windgeschützten Niederung heraustrat, den Wanderern entgegenging, fester in seinen groben Mantel, der dem schottischen Schäfer ein so romantisches Aussehen leiht, ob er gleich geringere Farbenpracht und kargeren Faltenwurf aufweist als der Kriegsmantel der Hochländer.

Als er näher kam, sah die Dame, dass er ein rüstiger, kräftiger Mann war, über die mittleren Jahre schon hinaus, mit Spuren des nahenden Greisentums, aber noch immer mit mannbarem, trutzigem Zug auf dem Antlitz, das manchen Sturm bestanden hatte, und noch immer mit Augen so scharf, dass man es ihnen auf den ersten Blick ansah, welch scharfe Wache sie zu halten gewohnt seit Jugend waren.

Auch Verdruss zeigten sie noch, diese Züge: Verdruss über den schmucken Jüngling, der ihm zur Seite schritt und dessen Gesicht deutliche Kunde gab, dass es keine sanften Äußerungen gewesen sein mochten, durch die sich des Vaters Grimm gegen ihn Luft gemacht hatte.

»Gedenkt Ihr denn meiner nicht mehr, Tom«, hub Bertram an, als beide nahe genug beieinander standen, um ein Gespräch zu beginnen, »oder haben zwanzig Jahre, die über unsere Köpfe gezogen, alle Erinnerung an Bertram, den englischen Spielmann und Sänger, mit sich genommen?«

»Nun, nun«, versetzte der Schotte, »an Landsleuten von Euch fehlt es ja nicht bei uns, die einem die Erinnerung an Euch wachhalten. Aber wir sind nun doch mal so ungehobelt, dass man das Gesicht eines alten Freundes vergisst und kaum von Weitem erkennt. Es hat aber in jüngster Zeit viel Unruhe hier gesetzt. Oben in dem schlimmen Schlosse Douglas halten tausend Landsleute von Euch Besatzung, und an anderen Plätzen im Tale auch: Das ist kein lustiger Anblick für einen Schotten! Sogar in meinem armen Hause ist ein Schwerbewaffneter mit ein paar Bogenschützen quartiert worden, und als Dreingabe hat's ein paar mutwillige Jungen gesetzt, Pagen mit Namen, die einem

Manne das Maul verbieten, wenn er an seinem Herde davon spricht, der Platz, wo er stände sei sein Eigentum! Indessen hegt darum, alter Freund, keine üble Meinung von mir, wenn ich Euch mit kälterem Willkomm begrüße, als Ihr von einem Freunde erwarten könnt; denn bei Saint-Bride am Douglas! – es ist mir kaum was geblieben, Euch willkommen zu heißen!«

»Auch karger Willkomm reicht«, versetzte Bertram; »mein Sohn, mach dem alten Freunde deines Vaters dein Kompliment! Mein Augustin, Freund Dickson, erlernt mein lustiges Handwerk; bis er aber die Mühsal, die es im Gefolge hat, ganz wird bewältigen können, wird wohl noch mancherlei Übung erforderlich sein. Wollt Ihr ihm ein wenig Nahrung und für die Nacht ein ruhiges Bett geben, dann geht's uns beiden bei Euch besser als gut! Reist Ihr mal mit Eurem Karl – denn der hübsche schlanke Jungmann neben Euch ist doch kein anderer als mein Taufpate – so werdet Ihr Euch wohl auch erst recht behaglich fühlen, wenn für seine Bedürfnisse gesorgt ist.«

»Satan soll mir die Suppe salzen, wenn es mal so sein soll!«, rief der schottische Landmann. »Mag er's doch allein wissen, aus welchem Stoffe heute die jungen Kerle geschaffen sind: aus dem ihrer Väter ganz sicher nicht! Soll er sie holen, wenn's ihm passt! Solche Nahrung und Unterkunft hat der wackere Lord Douglas, bei dem ich Leibdiener war, – Ihr wisst's ja, Freund Bertram – als Page bei Gott nicht begehrt, wie sie jetzt solchen Patron, wie Euren Taufpaten Karl, nicht mal zufriedenstellt.«

»Nun, mein Augustin«, meinte Bertram, »ist nicht wählerisch; aus anderer Ursach muss ich aber um ein besonderes Bett für ihn ersuchen. Er ist in letzter Zeit unpass gewesen.«

»Hm, ich verstehe«, meinte Dickson, »Euer Sohn hat wohl was von der Krankheit gehabt, an der Eure Engländer so häufig draufgehen und die mit dem schwarzen Tode ausgeht? Wie hier verlautet, soll die Krankheit im Süden arg gewütet haben. Kommt sie auch hierher?«

Bertram nickte.

»Nun, in meines Vaters Hause«, nahm der Pächter wieder das Wort, »sind der Stuben mehr denn eine, und Eurem Sohne soll eine luftige, geräumige Stube zurechtgemacht werden! Essen müsst Ihr halt mit Euren Landsleuten, müsst zusehen, was die für Euch übrig lassen; muss halt ein Dutzend solcher Mäuler jetzt füttern! Schäme mich, sagen zu müssen, dass ich im eigenen Hause nach ihrer Pfeife tanzen muss! Ha, besäße mein guter Lord noch sein Schloss, so möchte es auch mir an Herz und Hand nicht fehlen, das ganze Gesindel aus dem Hause zu schmeißen! Aber – ein Trost für uns arme Schlucker: Der edelste Laird in Schottland befindet sich kaum in besserer Lage!«

»Tom Dickson«, warf Bertram ein, »jetzt siehst du den Fall durch bessere Brille. Ich will durchaus nicht sagen, dass der weisere, reichere und stärkere Mann ein Recht darauf hätte, den schwächeren, ärmeren und dümmeren Nebenmenschen zu tyrannisieren; lässt sich ein solcher aber in Streit ein, so muss er sich dem Laufe der Natur auch unterwerfen; und gleichwie kein Wasser den Berg hinaufläuft, so kann auch im Kriege der Vorteil bloß dem zuteil werden, der den andern überrascht.«

»Mit Verlaub aber«, versetzte Dickson, »kann der schwächere Teil, wenn er bis zum Äußersten ausholt und seine Kraft bis zum Äußersten anstrengt, schließlich Rache an dem Urheber seiner Leiden nehmen! Also doch zu leidlichem Ausgleich der Unterjochung gelangen! Ganz gewiss handelt jeder als Mensch töricht, und jeder Schotte unverantwortlich dumm, der solche Unbill mit Stumpfsinn trägt und, statt die vom Himmel gesetzte Zeit abzuwarten, voreilige Rache zu nehmen sucht! Aber durch solche Reden werde ich Euch, wie schon manchen Eurer Landsleute, von Haus und Hof scheuchen, dass Ihr weder Nachtmahl noch Nachtquartier in einem Haufe nehmen wollt, wo Euch am Morgen blutige Entscheidung unseres Rassenkampfes treffen könnte.«

»Keine Sorge in solcher Hinsicht«, versetzte Bertram; »wir sind seit alters Freunde miteinander, und ich versehe mich von Eurer Seite ebenso wenig liebloser Aufnahme, als Ihr erwarten werdet, der Zweck meiner Herkunft sei, neue Kränkungen zu jenen, über die Ihr Klage führt, zu fügen.«

»Recht so«, antwortete Tom Dickson; »seid also in meinem Hause ebenso willkommen, alter Freund, wie zu der Zeit, als sich bloß Gäste darin befanden, die ich selber geladen hatte. Für Euren Sohn, den Herrn Augustin, gilt, wie ich wohl nicht hinzuzufügen brauche, das gleiche.«

»Aber nun sagt mir doch, Tom«, fragte Bertram, »was hat Euch Anlass gegeben zu solchem Verdruss über meinen Taufpaten?«

Bevor der Vater Zeit fand zum Sprechen, hatte der Jüngling erwidert: »Der Vater, Herr Pate, mag die Sache hinstellen wie es ihm beliebt, so bleibt doch bestehen, dass in solch unruhvollen Zeiten die klügsten

Leute schwach im Kopfe werden. Er hat's mit angesehen, dass ein paar Wölfe sich unsere besten Widder holten, und weil ich der englischen Besatzung zurief, Alarm zu blasen, ist er so ergrimmt, dass er mich hätte morden können! Und weshalb? Weil ich den Widder aus Wolfsrachen retten wollte, damit er in anderer Wölfe Rachen käme!«

»Eine seltsame Meldung über dich, alter Freund!«, rief Bertram. »Gönnst du den Wölfen, sich an deiner Herde zu mästen?«

»Reden wir nicht weiter davon, wenn du mir Freund sein willst; Karl könnte dir von Dingen sprechen, die näher liegen. Schweigen wir aber jetzt darüber!«

Als der Sänger inne wurde, dass sich der Landmann ärgerte, drängte er nicht weiter in ihn. Zudem setzten sie gerade den Fuß über die Schwelle und Soldatenstimmen schallten ihnen entgegen.

»Still, Anthony«, rief eine raue Stimme; »still, Mensch! Um der gesunden fünf Sinne halber, wenn nicht der guten Manieren halber. Auch Robin der Rote hat sich früher an keinen Tisch gesetzt, als bis der Braten fertig war!«

»Fertiger Braten?«, rief eine andere, nicht minder raue Stimme. »Das ist mir ein Braten, wie er sich elender kaum denken lässt! Und verflucht wenig Anteil davon kommt diesem Schuft von Dickson zu, seit unser Kommandant, der würdige Sir John de Walton, ausdrücklich befohlen hat, dass alle Soldaten auf Vorposten den Wirten alle Vorräte abliefern, die ihnen vom eigenen Lebensunterhalt übrig bleiben.« – »Schäme dich, Anthony, schweige!«, erwiderte der Kamerad des Schreiers. »Wenn ich jemals den Schritt unseres Wirtes gehört habe, dann jetzt! Lass das Geknurr, denn unser Kommandant hat strenge Strafe auf jeden Unfrieden zwischen seiner Mannschaft und den Landbewohnern gesetzt!«

»Ich habe zu Unfrieden keinen Anlass gegeben«, versetzte Anthony; »aber recht wäre es mir schon, ich würde, von meinem Misstrauen gegen unseren finsteren Wirt, diesen dickköpfigen Schuft von Tom Dickson, erlöst. Ich gehe in seinem Loche selten zu Bett ohne den Gedanken, dass mir der Hals mal beim Aufwachen klaffen wird wie einer durstigen Auster die Schale … Da kommt er aber«, setzte er hinzu, seine laute Stimme mäßigend, »in den Kirchenbann mögen sie mich tun, wenn er nicht das tolle Vieh, seinen Jungen Karl, und noch ein paar Fremde dazu herschleift, bloß um uns das Abendbrot zu verweigern, wenn sie nichts anderes zu unserem Schaden vorhaben.«

»Pfui, Anthony«, rief sein Kamerad; »du bist doch ein so tüchtiger Armbrustschütz, wie kaum einer den grünen Rock trug, und tust doch gerade, als fiele dir das Herz in die Hosen, wenn dir zwei müde Wanderer vor die Augen kommen! Fürchtest dich wohl gar davor, dass sie uns den Trank heut Abend dünn machen? Wozu hätten wir denn Armbrüste und Partisanen, wenn wir uns mit solchem Quark befassen wollten? He! Sieh da! Quartierherr Dickson! Was bringt denn Ihr? Bekannt ist Euch doch aus unserer Instruktion, dass wir Fremden, die den Fuß zu Euch setzen, außer solchen, die ungebeten kommen wie wir, auf den Zahn fühlen sollen, bevor Ihr sie aufnehmt? Seid Wohl, wie mir scheint, ganz so bereit zum Nachtmahl, wie das Nachtmahl für Euch? Nun, mein Freund Anthony brennt vor Ungeduld, ich möchte deshalb ihn und Euch nicht länger aufhalten, als die Antwort auf ein paar Fragen in Anspruch nehmen wird.«

»Bogenspanner«, versetzte Dickson, »du bist ein recht höflicher Geselle! Und wenngleich es hart ankommt, Rechenschaft über Freunde abzulegen, denen man bei sich Quartier geben will, so unterwerfe ich mich doch den Zeitumständen und bin Euch zu Willen. Schreibt Euch also in Euer Meldebuch: Am 14. Tage vor Palmsonntag hat Thomas Dickson in sein Haus am Hazelside, worin Ihr auf Befehl des Gouverneurs als Besatzung liegt, zwei Freunde aufgenommen und bewirtet, was ihm zurzeit und am Ort nicht zu wehren war.«

»Aber wer sind die Fremden?«, fragte Anthony schroff.

»Eine schöne Welt«, brummte Tom Dickson, »in der man gezwungen ist, jedem gemeinen Gesellen zu antworten!« Dann aber fügte er hinzu: »Der ältere meiner Gäste ist Bertram, ein englischer Spielmann und Sänger, mir seit zwanzig Jahren bekannt und nie anders denn als ehrlicher und braver Mensch; der jüngere ist sein Sohn, seit Kurzem in Genesung begriffen von der englischen Krankheit, die in Cumberland und Westmoreland so arg gewütet hat!«

»Ist es derselbe Bertram, der vorm Jahr im Dienst einer edlen Dame in England drüben stand?«, fragte der Bogenspanner.

»Gehört habe ich davon«, versetzte Dickson.

»So werden wir sie wohl passieren lassen, denke ich; denn von Gefahr scheint nichts vorhanden.«

»Ihr seid mein Vorgesetzter und seid der ältere«, sagte Anthony; »aber erinnern möchte ich daran, dass wir einem jungen Menschen, der an solcher Krankheit gelitten, ohne besondere Vorfrage nicht Einlass ins Schloss gewähren dürfen. Lieber sähe, glaube ich, Sir John de Walton den schwarzen Douglas mit tausend Teufeln, so schwarz wie er selber, da es doch seine Farbe ist, im Besitze von Hazelside, als solche Person mit solchem Ansteckungsstoff oben im Schlosse.«

»Deine Worte sind wahr, Anthony«, antwortete sein Kamerad; »es ist nach meiner Meinung wohl am gescheitesten, wir machen ihm Meldung und fordern Befehle, wie mit dem Grünschnabel verfahren werden soll.«

»Mir recht«, sagte der Armbrustschütze; »zuvörderst stellen wir dem Gelbschnabel wohl ein paar Fragen: Wie lange er krank gewesen; welcher Arzt ihn kuriert hat; wie die Zeugnisse über seine Heilung lauten. Wir müssen doch zeigen, dass wir ungefähr wissen, was für solchen Fall in Betracht tritt.«

»Stimmt, Bruder«, pflichtete der Bogenspanner bei; »du hörst doch, Spielmann, dass wir deinen Sohn befragen wollen – wo steckt er denn, er war doch eben noch da?«

»Freilich«, lautete Bertrams Antwort; »aber er ist auf seine Stube gegangen. Aus Rücksicht auf Euer Gnaden Gesundheit hat ihn der fürsorgliche Wirt sogleich auf seine Stube gebracht, wo er am besten aufgehoben sein wird.«

»Wir müssen aber bei einem Falle wie dem vorliegenden, bevor wir Euch erlauben dürfen, nach Schloss Douglas weiter zu ziehen, ein paar Fragen an Euren Sohn stellen, wohin er, wie Ihr sagt, Botschaft zu bestellen hat.« – »Die Botschaft wird mehr meine als seine Sache sein, Herr«, bemerkte der Sänger.

»Dann genügen wir unserer Pflicht am besten und einfachsten, wenn wir Euch beim Tagesgrauen ins Schloss hinaufschicken und Euren Sohn im Bett lassen, bis wir Weisung von Sir John erhalten, ob er ins Schloss hinauf darf oder nicht.«

»Recht so, Freund«, pflichtete der Spielmann bei, »indessen eins, wenn ich bitten darf: Mein Sohn ist ein guter und sanfter Bursch, wenig gewohnt, unter den Menschen, welche diese wilden schottischen Wälder bewohnen, eine Rolle zu spielen. Ich hoffe also, dass Ihr Rücksicht gegen ihn walten lasst.«

»Hm«, machte der ältere und höflichere der beiden Soldaten; »wenn Euer Sohn solcher Neuling auf dieser Erdenreise ist, so möchte ich doch raten, für die Zeit, bis Ihr vor den Gouverneur gelangt, seine Fragen beantwortet habt und Bescheid über Euren Jungen bekommt, ihn im nahen Kloster zu beherbergen. Erlangt Ihr keinen guten Bescheid, so kann er doch dort verweilen, bis Ihr Euer Geschäft auf Schloss Douglas beendigt habt und wieder bereit seid, die Reise anzutreten. Beiläufig gesagt, sind die Nonnen drüben eher älter denn jünger als die Mönche und tragen Bärte fast so lang wie jene – Ihr könnt also, was die Sittlichkeitsfrage angeht, völlig beruhigt sein.«

»Kann ich solche Erlaubnis erlangen«, sprach der Sänger, »so wäre es mir lieber, ihn in der Abtei zu lassen und zuvor die Befehle des Kommandanten in Person einzuholen.«

»Sicher ist dies das beste Verfahren! Mit ein paar Goldfüchsen kannst du den Schutz des Abtes von Saint-Bride dir rasch verschaffen. Aber eins noch, Freund! Ihr habt auf Euren Irrfahrten doch sicher gelernt, was ein Morgenschluck ist? He? Und dass man mit ihm Leute zu traktieren pflegt, die einem bei gewissen Anlässen gefällig waren?«

»Ich verstehe, Freund, was Ihr meint«, beschied ihn der Sänger; »wenn auch die Börsen von Leuten meines Standes nicht gerade durch Fülle sich auszeichnen, so sollt doch Ihr deshalb nicht Not leiden! Ein gutes englisches Goldstück zur Entnahme eines guten englischen Trunkes in gutem englischen Hause ist schon noch vorhanden!«

Mit diesen Worten legte der Sänger einen Sovereign auf den Tisch.

»Ich sehe, wir verstehen einander«, sagte lachend der Armbrustschütz; »sollten sich Erschwernisse einstellen, so ist Euch Anthonys Beistand sicher. Indessen wird es doch gut sein, Euren Sohn bald von dem Besuch in Kenntnis zu setzen, den er morgen beim Abte abstatten soll. Ihr könnt Euch wohl denken, dass wir mit dem Gange nach Saint-Bride nicht säumen dürfen, sobald die Röte am Himmel herauf ist. Junge Leute lieben den Morgenschlaf.«

»Ihr sollt nicht Ursache finden zu solchem Glauben«, sagte der Jäger; »die Lerche ist nicht früher als mein Sohn! Bloß darum bitte ich nochmals, solange sich mein Sohn in Eurer Gesellschaft befindet, leichtfertige Reden zu lassen. Er ist ein harmloser Knabe und furchtsam im Gespräch.«

»Spielmann«, sprach der ältere Soldat, »Ihr malt uns den Satan zu plump! Seid Ihr zwanzig Jahre Sänger und Spielmann, wie Ihr sagt, dann muss doch Euer Sohn, wenn er Euch von Kindesbeinen an Gesellschaft geleistet hat, jetzt selber eine Schule aufmachen können, die Ausübung der sieben Todsünden zu lehren, die doch kein anderer Mensch besser kennt als ein Spielmann!«

»Du sprichst wohl wahr, Kamerad«, erwiderte Bertram, »und in dieser Hinsicht verdienen die Spielleute freilich Tadel. Indessen ist solcher mein Fehler nie gewesen: im Gegenteil! ... Aber wenn Ihr erlaubt, so will ich jetzt ein Wort mit meinem Augustin sprechen, dass wir morgen beizeiten auf den Beinen sein müssen.«

»Tut das, Freund«, sprach der Soldat, »und zwar umso schneller, als ja doch unser karges Abendbrot wird warten müssen, bis Ihr fertig seid, daran teilzunehmen.«

»Hierzu will ich kein Aufenthalt sein«, erwiderte Bertram, »denn auch mich verlangt es nach ein paar Bissen.«

»Dann kommt«, sagte Dickson, der seit Kurzem wieder in der Stube war; »ich will Euch zeigen, wo ich dem jungen Vogel sein Nest gebettet habe.«

Er stieg eine Holztreppe hinauf und klopfte an eine Tür.

»Euer Vater«, sagte er, als sie sich öffnete, »will mit Euch sprechen, Herr Augustin.«

»Entschuldigt, bitte, Herr Wirt«, versetzte der also Angeredete; »weil die Stube gerade über Eurer Essstube liegt und der Fußboden wohl nicht im sichersten Stande ist, habe ich wohl oder übel horchen müssen, was unten gesprochen wurde.«

»Wie gefällt Euch denn die Aussicht, drüben im Kloster zu weilen?«, fragte der Wirt. »Recht gut«, erwiderte die als Augustin eingeführte Dame, »sofern der Abt, wie es seinem Berufe ziemt, ein freundlicher Herr ist.«

»Der ist umso freundlicher«, meinte Tom Dickson lachend, »je tiefer Ihr mit der Hand in die Geldkatze greift.«

»Das muss ich schon meinem Vater überlassen«, erwiderte Augustin, »der ihm wohl billige Forderungen nicht abschlagen wird.«

»Gut, mein Sohn«, sagte Bertram, »und damit du morgen beizeiten bereit bist, soll dir der Wirt Speise und Trank heraufbringen. Lege dich dann zeitig schlafen. Der morgige Tag wird neue Arbeit bringen.«

Unten wurde Stampfen von Hufen laut. Die Soldaten salutierten vor einem Reitersmann. Bertram merkte bald aus dem Gespräch heraus, das nun unten anhub, dass der Berittene der Ritter war, zu dessen »Lanze« – nach dem damaligen Kriegsausdruck – die beiden Armbrustschützen gehörten, und Aymer de Valente hieß, seinem Range nach Adjutant des Gouverneurs vom Schlosse Douglas.

Um jedem Verdacht die Spitze abzubrechen, meldete sich Bertram auf der Stelle bei dem Ritter, den er mit seinen Untergebenen zusammen beim Abendtische traf. Die Befragung Bertrams durch den Ritter war bei Weitem genauer und umständlicher als vordem durch den Bogenschützen, vollzog sich aber unter Wahrung höflichster Formen. Sehr zufrieden war Bertram, dass Aymer de Valence nicht darauf bestand, den Sohn zu sehen, und dass der Ritter gern darein willigte, für denselben die Abtei als passenden ruhigen Wohnsitz zu wählen, bis der Gouverneur über seinen weiteren Verbleib Entscheidung getroffen habe.

Mit Tagesanbruch begab sich der Sänger unter dem Geleit des Ritters mit seinem jungen Sohne nach der Abtei und traf mit dem Abte Hieronymus die Abrede, dass sein Sohn mit Genehmigung des Ritters Aymer de Valence in der Abtei Herberge und Verköstigung gegen eine entsprechende Vergütung in Form eines Almosens für solange erhalten solle, bis die Bedingungen über seine Weiterreise nach dem Schlosse Douglas in zustimmendem oder verneinendem Sinne Entscheidung gefunden hätten.

»So lebe jetzt wohl, Augustin«, sprach Bertram, als er sich verabschiedete, »ich werde keinen Tag länger im Schlosse Douglas verweilen, als mein Geschäft verlangt. Du weißt, dass ich in alten Büchern nachzuschlagen habe. Ist diese Aufgabe erledigt, komme ich in die Abtei mit dem Entscheide Sir de Waltons.«

Hierauf trennten sie sich. Der Sänger begab sich mit dem englischen Ritter und dessen Gefolge nach dem Schlosse. Der Jüngling blieb zurück bei dem Abte, der zu seiner Freude feststellte, dass sich der Sinn seines jugendlichen Gastes mehr auf geistliche Dinge als auf das Frühmahl richtete, das ihm selbst aber erwünschter zu sein schien.

3.

Um schneller zum Schlosse Douglas hinaufzukommen, lud der Ritter den Sänger ein, hinter ihm aufzusitzen, wozu sich derselbe gern bereit erklärte.

Zwei Armbrustschützen, ein Stallknecht und ein Knappe, welcher die Ritterschaftsehre in Aussicht hatte, bildeten das Geleit, ebensowohl geeignet, den Sänger an der Flucht zu verhindern als vor feindlicher Gewalttat zu schützen.

»Es ist zwar im Allgemeinen für Wanderer hierzulande von Gefahr so gut wie keine Rede. Aber es wird Euch zu Ohren gekommen sein, dass im vergangenen Jahr Unruhen ausgebrochen sind, die uns bestimmen mussten, Schloss Douglas schärfer zu bewachen. Reiten wir aber weiter, denn der Charakter des Landes entspricht seinem Urnamen und der Schilderung der Häuptlinge, deren Besitztum es bildete. Dunkelgrau hießen sie, denn das bedeutete der Name ›Sholto dhu Glas‹, und ins Dunkelgraue hinein geht unser Ritt, wenn er auch zum Glück nicht lange dauern wird.«

Der Morgen war allerdings dem eben genannten gälischen Namen entsprechend. Es war ein feuchtes, finsteres, neblichtes Wetter. Über den Höhen lagerte Nebel, über Bächen, Hutweiden, Morästen wallte Nebel, an Bäumen und Sträuchern hing Nebel: Nebel so dicht, dass man ihn mit dem Schwert durchhauen konnte; Nebel so zäh, dass der Frühlingswind nicht stark genug war, seine Schleier zu lüften. Der Weg für die Reiter war bedingt durch den Stromlauf im Tale. Die Ufer des Douglas zeigten im Allgemeinen die dunkelgraue Färbung, die Sir Aymer de Valence als vorherrschende Färbung des Landes bezeichnet hatte. Einförmig war der Anblick und wirkte beängstigend. Ritter Ahmer fand offenbar Vergnügen an dem Gespräch mit Bertram, der viel Kenntnisse besaß und sehr gewandt in der Unterhaltung war, wie es die Regel zu sein pflegt bei Leuten seines Standes. Der Sänger hinwiederum zog gern Kunde ein über den dermaligen Zustand im Lande und ließ keine Gelegenheit außer Acht, die Unterhaltung im Flusse zu halten.

»Du fragtest nach meinem Geschlechte, Sänger«, äußerte nach einer kurzen Pause der Ritter; »wir entstammen normannischem Blute und gehören dermalen zum edlen Hause von Pembroke. Wenn ich zurzeit auch auf den spärlichen Sold angewiesen bin, mit dem meine Charge in diesem schottischen Kleinkriege bezahlt wird, so werden mir doch dereinst durch die Gnade der Heiligen Jungfrau Schloss und Ländereien zufallen, mit Platz übergenug für einen Sänger und Spielmann wie dich! Und gern will ich dann dich bei mir aufnehmen, falls dir deine Talente nicht inzwischen einen besseren Beschützer gegeben haben sollten.«

»Vielen Dank, edler Ritter«, sprach der Sänger, »für Eure löbliche Absicht; ich darf indessen wohl sagen, dass ich nicht, wie viele meiner Brüder vom Handwerk, bloß nach Geld und irdischem Gute trachte.«

»Wer den Durst nach Ruhm im Herzen trägt«, antwortete der Ritter, »der kann für Liebe zum Golde dort nicht viel Raum freihaben. Aber noch hast du mir nicht gesagt, Freund Sänger, welcher Art die besonderen Gründe find, die dich zur Wanderung nach solcher unwirtlichen Stätte bestimmten.«

»Das sagen Euch wenige Worte, Herr Ritter«, sagte der Sänger; »Schloss Douglas und die tapferen Taten, die dasselbe gesehen, sind weit nach England hinein erklungen. Auch gibt es keinen tapferen Ritter oder frommen Sänger, dem das Herz nicht höher schlüge, wenn ihm der Name der hehren Feste in die Ohren klingt, die ehedem niemals der Fuß eines Engländers betreten hat, außer als Gast des gefeierten Schlossherrn. Es liegt ein seltener Zauber in den beiden Namen Sir John de Walton und Sir Aymer de Valence, den Namen der kühnen und tapferen Verteidiger der alten Feste, die von ihren alten Herren so häufig und mit solch grausamer Kriegführung zurückerobert wurde, dass man sie in England unter keinem anderen Namen nennt als dem des gefährlichen Schlosses oder der Feste am Blutsumpf.«

»Ich möchte gern aus deinem Munde«, versetzte der Ritter, »die Geschichten und Sagen hören, die dich zur Wanderung nach solch unruhigem und gefährlichen Lande bestimmten, bloß um späteren Zeiten interessante Kunde von ihm zu geben.«

»Sofern Ihr über dem Bericht eines Sängers nicht die Geduld verliert«, sagte Bertram, »so will ich Euch gern erzählen, was ich vom alten Douglas und seinen Nachkommen weiß, denn mir schafft die Übung meines Berufes immerdar Freude und Genuss.«

»Du sollst einen aufmerksamen Zuhörer an mir finden«, sprach der junge Ritter; »und ist auch der Lohn nicht groß, den ich dem Sänger zahlen kann, so wird dich mein gespanntes Ohr doch allezeit freuen.«

»Ein elender Fiedler«, versetzte der Sänger, »der sich dadurch nicht besser gelohnt findet als durch Gold und Silber, und wären es gleich englische Rosenobles. Um diesen Preis beginne ich, eine lange Erzählung, die vielleicht in mancherlei Details einen besseren Dichter heischt als mich, und hunderten solcher Kriegsmänner wie Ihr zur Ohrenweide dienen kann.«

4.

»Es ist wohl, glaube ich, nicht vonnöten, Euer Gnaden zu bemerken, dass die Lairds von Douglas, die dieses Schloss erbauten, an Alter ihres Stammbaumes keinem Geschlecht in Schottland nachstehen. Rühmen sie sich doch selber, dass ihr Haus nicht gleich anderen langsam bekannt wurde und sich hervortat, sondern dass es urplötzlich auftaucht und sogleich mit dem Ruhme hoher Auszeichnung vor die Welt tritt. ›Im Baume könnt ihr uns heißen‹, sprechen die Douglas, ›aber nicht als schwächliches Reis; auch im Strome könnt ihr uns sehen, aber nicht bis zur Quelle uns folgen.‹ Kurzum, sie stellen in Abrede, dass Geschichtsschreiber oder Genealogen imstande sind, einen ersten niedrigeren Mann nachzuweisen des Namens Douglas, welcher seinem Geschlechte als Ursprung gelebt hätte, und wahr ist ja auch, dass das Geschlecht der Douglas, soweit es bekannt ist, stets Ruhm genoß durch Tapferkeit und Kühnheit, und zugleich auch die Macht besaß, durch Kühnheit zum Erfolg und zum Sieg zu gelangen.«

»Genug«, sagte der Ritter; »von dem Stolz und der Macht dieses Hauses habe ich viel gehört und nicht im Geringsten die Absicht, die kühnen Ansprüche desselben auf Achtung und Ansehen zu leugnen oder herabzusetzen.«

»Ihr habt doch sicher auch, edler Herr«, bemerkte der Sänger, »von James Douglas, dem derzeitigen Erben des Hauses, gehört?«

»Mehr denn genug«, antwortete der englische Ritter: »dass er ein standhafter Anhänger des in die Acht erklärten Verräters William Wallace war; dass er, als jener Robert Bruce, der König von Schottland zu sein vorgibt, sein Banner erhob, alsbald als Rebell aufstand; dass er seinem Oheim, dem Erzbischof von St. Andrews, Geld über Geld raubte, um die magere Schatzkammer des schottischen Thronräubers zu füllen; dass er Diener seines Verwandten verführt, die Waffen ergriffen hat, nach wie vor Prahlhans bleibt, obgleich er schon wiederholt derbe Züchtigung erfahren hat, und nach wie vor all denen mit Unheil und Schaden droht, die im Namen von Recht und Gesetz und im Auftrag des rechtmäßigen Herrschers das Schluss Douglasdale verteidigen.«

»So beliebt es Euch zu sprechen«, versetzte Bertram; »ich bin aber überzeugt, Ihr würdet mich, wäret Ihr Schotte, mit Geduld anhören, wenn ich erzählte, was von dem jungen Douglas von Leuten gesprochen wird, die ihn gekannt haben. Aus deren Reden geht hervor, dass er gar wohl der Mann sei, den Ruhm seines Namens zu wahren und zu mehren; dass er vor keiner Gefahr, um der Sache von Robert Bruce zu dienen, zurückscheue; dass er gelobt habe, mit der kleinen Streitmacht, die er stellen könne, sich an jenen Männern aus dem Süden zu rächen, die sich seit Jahren, seiner Auffassung nach zu Unrecht, in den Besitz des Schlosses seiner Väter gesetzt haben.«

»O, von seinen Unternehmungen und Drohungen gegen unseren Schlosshauptmann und uns ist übergenug verlautbart. Indes halten wir es nicht eben für wahrscheinlich, dass Sir John de Walton ohne Befehl seines Königs Douglasdale räumen werde, wenngleich sich das Küchlein Douglas herausnimmt, lauter zu krähen als ein ausgewachsener Kampfhahn.«

»Herr Ritter«, sagte hierauf Bertram, »unsere Bekanntschaft ist nur kurz, und doch sagt mir mein Gefühl, sie sei mir Bürgschaft dafür, dass meine Hoffnung, Ihr und James Douglas möchten einander nicht früher treffen, als bis der Zustand beider Länder eine friedliche Zusammenkunft ermöglicht, bei Euch keinen Anstoß erregen werde.«

»Sehr verbunden, lieber Freund«, erwiderte Sir Aymer; »du scheinst übrigens von der Achtung, die dem jungen Douglas gebührt, wenn man in diesem Tal, der Stätte seiner Geburt, von ihm redet, ein richtiges Gefühl zu haben. Nur darum möchte ich für meine Person bitten, lieber Sänger, bleibe streng bei der Wahrheit, deiner Gewohnheit gemäß, wenn du der Nachwelt von mir erzählst, melde also nicht, dein Bekannter vom heutigen Frühlingsmorgen, mag er noch am Leben oder schon tot sein, habe zu den Lorbeeren des James Douglas einen neuen Kranz geflochten, den ausgenommen, den der Tod demjenigen flicht, dessen Los es ist, durch einen stärkeren Arm oder durch das größere Glück des Gegners zu erliegen.«

»Für Euch, Herr Ritter, fürchte ich nicht«, sagte der Sänger, »denn Ihr besitzt den glücklichen Charakter, der kühn in der Jugend und in vorgerückterem Alter für weisen Rat eine ergiebige Quelle ist. Ich möchte nicht, dass mein Vaterland durch frühen Tod solchen Ritters Verlust litte.«

»Du bist also aufrichtig genug, England den Vorteil guten Rates zu wünschen«, sprach Sir Aymer, »obgleich du dich in der Kriegsfrage auf Schottlands Seite neigst.«

»Gewiss, Herr Ritter«, erwiderte der Sänger, »denn da ich wünsche, dass Schottland und England ihr wahres Interesse erkennen, bin ich auch verpflichtet, beiden das gleiche Glück zu wünschen. Nach meiner Meinung sollten sich beide Länder bemühen, in Freundschaft und Frieden zu leben. Dann könnten beide furchtlos der Feindschaft der ganzen Welt trotzen.«

»Hegst du solch freisinnige Meinung, Sänger, dann müsstest du, meine ich, auch für den Sieg der englischen Waffen in diesem Kriege beten; gleichen die Aufstände dieses hartnäckigen Landes doch völlig dem Kampf des auf den Tod verwundeten Hirsches, der mit jedem Aufflackern seiner Kräfte schwächer wird, bis die Hand des Todes seinen Widerstand völlig zähmt.«

»Nicht also, Herr Ritter«, sagte der Sänger; »wohl dürfen wir Sterblichen in unserem Gebet, ohne uns eines Vergehens schuldig zu machen, dem Zweck, den wir ersehnen, Ausdruck geben; aber es ziemt uns nicht, einer allwissenden Vorsehung die Art und Weise namhaft zu machen, wie unsere Gebete erfüllt werden sollen, oder einem Lande den Untergang, wie einem Hirsche den Gnadenstoß zu wünschen. Ob ich mich auf mein Herz oder auf meinen Verstand berufe, immer muss ich den Himmel bitten, Recht und Billigkeit in dem vorliegenden Falle walten zu lassen; und sollte ich Besorgnis um Euretwillen hegen bei einer Begegnung zwischen Euch und Douglas, geschähe es doch nur, weil er meinem Dafürhalten nach die bessere Sache vertritt. Zudem haben ihm überirdische Gewalten den Sieg verheißen.«

»Das sagt Ihr mir, Herr Sänger«, rief in drohendem Tone Ritter Aymer, »und doch wisst Ihr, wer ich bin und welches Amt ich bekleide.«

»Eure Gewalt und Würde kann Recht nicht in Unrecht wandeln und keinen Beschluss der Vorsehung abwenden«, erwiderte Bertram; »bekannt ist Euch ja, dass sich James Douglas schon dreimal wieder in den Besitz des Schlosses seiner Ahnen gesetzt hat, und dass es der jetzige Schlosshauptmann mit dreifach überlegener Streitmacht und aufgrund feierlicher Zusage behauptet: der Zusage, dass ihm die Baronie Douglas mit allem Zubehör als freies Besitztum anheimfallen solle, wenn er das Schloss auf Jahr und Tag gegen die schottische Streitmacht hält. Aber ebenso bekannt wird Euch auch sein, dass dieser Zusage die Bedrohung gegenübersteht, als Ritter entehrt und als Verräter erklärt zu werden, wenn er sich während solches Zeitraums die Feste durch

List oder Gewalt entwinden lässt, und dass allen Häuptlingen, die unter ihm kommandieren, die gleiche Belohnung, aber auch die gleiche Strafe winkt.«

»Alles das weiß ich«, antwortete Sir Aymer, »und wundere mich bloß, dass die Kenntnis dieser Bedingungen so weit in das Volk gedrungen ist. Was aber hat das mit dem Ausgang des Kampfes zu tun, wenn wir aufeinandertreffen sollten?«

»Mir scheint, Herr Ritter, es ist notwendig, den Gegner aufs Haar zu kennen, mit dem man sich in solchem Kampfe messen will. Es ist Euch doch bekannt, wie James von Thirkwall, der letzte englische Schlosshauptmann vor Sir John de Walton, überrumpelt wurde? Und auf welche barbarische Weise das Schloss geplündert wurde?«

»Ich glaube wohl, dass ganz England Kunde erhielt von dem blutigen Gemetzel und von dem abscheulichen Verhalten des schottischen Häuptlings, der alles, was tragbar war, Gold und Silber und Waffen, in den Wald schleppen und allen Mundproviant auf die roheste Weise vernichten ließ.«

»Ihr sprecht von dem Vorfall, den man im Lande ›des Douglas Speisekammer‹ nennt?«

»Ja, und ich sah von den schrecklichen Resten dieser Kammer genug, um noch heute vor Ekel zu schaudern. Urteile selbst, ob solche Tat den Beifall des Himmels finden kann! Zwei Jahre hindurch war im Schlosse, das uns für sicher galt, seitdem es neu aufgebaut worden, Mund- und anderer Proviant für den König oder Lord Clifford, wer von beiden zuerst ins Feld gegen die Rebellen rücken würde, aufgesammelt worden. Auch uns, ich meine die Truppen des Grafen Pembroke, meines Oheims, die in der Nähe von Ayr am kaledonischen Walde in heißem Kampfe gegen die Rebellen lagen, sollte dies andere Heer stützen. Nun geschah es, dass sich Thirkwall, ein kühner Soldat und stets auf dem Posten, im Schlosse am Allerheiligenfeste von diesem James Douglas überrumpeln ließ, der von wildem Grimm erfüllt war über den Tod seines Vaters in englischer Gefangenschaft im Schlosse von Berwick. Die Wut mag ihm den Gedanken eingeblasen haben, alle Vorräte, die er im Schlosse fand und die er bei der Überlegenheit der Engländer im Lande weder fortschaffen noch selber genießen konnte, auf barbarische Weise zu vernichten. Alles Fleisch und Korn ließ er in die Keller schaffen und in Haufen türmen, dann ließ er allen Wein aus den Fässern über die Haufen laufen, alle Ochsen ließ er erschlagen und ihr Blut den gleichen Weg nehmen wie den Wein, endlich ließ er die Leichen der Mannschaft in die ekle Masse stampfen, denn beim Douglas gab es keinen Pardon.«

»Ich maße mir nicht an zu verteidigen, was Ihr mit Recht missbilligt. Aber bedenkt, wenn Ihr erlebt hättet, dass Euer leiblicher Vater in langer Gefangenschaft hingesiecht und gestorben wäre, wenn sein Erbe eingezogen und von Fremden in Besitz genommen worden wäre, dann ließet gewiss auch Ihr Euch zu Handlungen treiben, die Ihr bei kaltem Blute und vom Feindesstandpunkte aus nicht anders als mit Abscheu ansehen müsstet; dann möchtet auch Ihr vielleicht keinem Feinde Pardon geben und, was Euch zum eigenen Unterhalt nicht verwendbar, für andere, die Euch feind sind, unbrauchbar machen.«

»In solchen Dingen mich als Verteidiger dieses Douglas aufzuspielen, Sänger Bertram, habe ich wahrlich keine Ursache, denn durch seine Handlungsweise hatte meines Oheims Heer einen schlimmen Stand und der Wiederaufbau des Schlosses seine großen Mühen. Daraus aber, dass wir völlig ohne Proviant waren, musste natürlich Not über ganz Schottland kommen, denn wir nahmen nun doch dem Ärmsten im Lande weg, was er von Vieh noch besaß. Wahrlich, an das grause Elend dieser Zeit denke ich selbst als Kriegsmann mit schwerem Herzen.«

»Mir scheint, wer den Stachel des Gewissens fühlt, müsse milde sein, wenn er von Vergehen anderer spricht«, sprach der Sänger. »Im Übrigen darf man wohl sagen, dass eine gewisse Ursache zu solchem Tun des jungen Douglas in der Prophezeiung liegen mag, die uralten Datums sein soll und die man dem Thomas dem Reimer oder, wie er auch genannt wird, Erceldoun dem wahren Sprecher beimisst. Im selben Verhältnis, wie das Geschlecht der Douglas jetzt durch Verlust ihrer Güter und Zerstörung ihres Stammschlosses leiden um der Treue willen gegen ihres Königreichs rechtmäßigen Erben, im selben Verhältnis hat ihnen der Himmel gerechten Lohn ausgesetzt. Die Mauern des Douglas-Schlosses sollen, sooft sie niedergebrannt und geschleift werden, umso stattlicher, prächtiger, erhabener aus ihrem Schutt erstehen!«

Der Ritter gab keine Antwort, sondern ritt voran, auf dem Rücken des hochgelegenen Ufers entlang. Der Weg, der sich immer an dem Wasserlauf hielt, zog sich jetzt ziemlich steil in das Tal hinunter. Von diesem Punkte aus eröffnete sich hinter einem Felsen, der wie eine Theaterkulisse an der Seite vorgeschoben zu sein schien, um die Aussicht in den unteren Teil des Tales zu vermitteln, der Blick über die weite Niederung, während in mäßiger Entfernung vom Strome sich im Schmuck seiner vielen Türme das stolze Schloss erhob, von welchem das ganze Tal seinen Namen führte.

Der Nebel, dessen Wolken nach wie vor das Tal füllten, ließ hin und wieder den Blick frei über das Städtchen Douglas, das am Fuße des Schlosses lag, dessen Mauern wohl einen vorübergehenden Angriff abwehren konnten, aber zu schwach waren, einer regelrechten Belagerung standzuhalten. In der Mitte des Städtchens erhob sich die Kirche, ein schöner Bau im gotischen Stile, aber zurzeit in arg verfallenem Zustand.

Das Schloss war von der kleinen Stadt durch einen Wassergraben getrennt. Es war ein düsterer gewaltiger Bau, stark befestigt durch Bastionen und Türme und gekrönt mit hohen Zinnen. Aus seiner Mitte ragte der hohe, nach dem Namen Lord Henry Cliffords, des Siegers in vielen Treffen zwischen Schotten und Engländern, als der »Clifford« benannte Hauptturm empor, von welchem aus man weiten Blick über das Douglas-Tal und die Grafschaft haben musste.

Der Ritter streckte den Arm aus, während sein Antlitz von siegesfrohem Lächeln erglänzte.

»Dort siehst du das Schloss, Sänger«, rief er; »nun urteile selbst, ob Cliffords Zutaten zu seinem Bau die Einnahme erleichtern werden!«

Der Sänger schüttelte den Kopf und schwieg.

Inzwischen war die Abteilung zur Schlosswache herangekommen, die zunächst bloß dem Ritter Zutritt gewährte. Fabian, der junge Knappe im Dienste des Ritters, setzte den Wachkommandant in Kenntnis von dem Wunsche seines Herrn, dem Sänger gleichfalls den Zutritt zu gestatten.

Ein alter Armbrustschütz fasste den Sänger scharf ins Auge.

»Widerspruch gegen den Neffen des Grafen von Pembroke ziemt sich nicht für uns, und uns kann es recht sein, Herr Fabian, wenn Ihr den Sänger auf ein paar Wochen im Schlosse als Euren Gast aufnehmt. Allein der Herr Ritter kennt den strengen Befehl Sir Johns, und käme Salomo, der weise König der Juden, in eigener Person als fahrender Sänger und bäte am Tor um Einlass, so dürfte ich ihm solchen nicht gewähren, sofern nicht Sir Johns Befehl rückgängig gemacht wird.«

»Meinst du denn, Kerl«, rief der Ritter, der zurückgeritten kam, weil er die Worte des Kriegsmannes gehört hatte, »ich hätte Lust dir einen Befehl zu geben, der dem Sinne Sir Waltons zuwider wäre? So viel

Vertrauen darfst du doch wohl haben, dass dir durch mich keine Unannehmlichkeiten erwachsen werden. Behalte den Mann im Wachzimmer und lass es an der rechten Bewirtung nicht fehlen. Sir John de Walton aber bestelle, wenn er heimkehrt, der Mann sei mit mir aufs Schloss gekommen und habe Zutritt auf meine Weisung hin erhalten. Sollte weiteres zu deiner Entschuldigung vonnöten sein, dann soll es der Schlosshauptmann aus meinem Munde vernehmen.«

Der Armbrustschütze neigte zum Zeichen des Gehorsams die Pike, die er in der Hand trug, und führte Bertram in die Wachstube. Dort versah er ihn, der erhaltenen Weisung gemäß, mit Speise und Trank.

Vom Tore her drang der Schall eines Jagdhorns. Der Schlosshauptmann kehrte von seinem Ritte heim. Die Schildwachen schulterten und gaben die Parole ab. Der Ritter sprang vom Pferde und fragte den Armbrustschützen, der über die Wache das Kommando führte, nach etwaigen Vorfällen während seiner Abwesenheit. Gilbert Greenleaf, so hieß der greise Kriegsmann, berichtete von dem Sänger, der zufolge Weisung des Ritters de Valence in der Wachstube, und vom Sohne desselben, der in der Abtei vorläufig Unterkunft gefunden hätte.

Der Schlosshauptmann zog die Stirn in Falten.

»Wir brauchen solchen Zeitvertreib nicht«, sprach er, »und lieber wäre es uns gewesen, unser Stellvertreter hätte andere Gäste gefunden, solche, die sich für offenen, freimütigen Beruf besser eignen als solcher Sänger, der seinem Gewerbe nach Lästerer Gottes und Betrüger der Menschheit ist.«

»Ja«, erwiderte Greenleaf, seiner Neigung zum Widerspruch auch dem Schlosshauptmann gegenüber freien Lauf lassend, »Euer Gnaden haben aber früher zu äußern geruht, dass das Sängergewerbe, rechtlich betrieben, gleichen Anspruch an Ansehen und Wert habe wie die Ritterschaft selber.«

»Das mag in früherer Zeit richtig gewesen sein, Greenleaf«, antwortete der Hauptmann; »aber heute hat der Sänger vergessen, dass es Pflicht von ihm sei, die Jugend zu Tugend und frommer Sitte zu begeistern. Indessen will ich mit Sir Aymer, meinem wackeren Freunde, über den Fall sprechen.«

Unterdes war Sir John de Walton, eine schlanke Figur vom schönsten Ebenmaß der Glieder, unter den weiten Schwibbogen der Wachstube getreten. Gilbert Greenleaf lauschte seinen Worten und füllte durch Winke und Zeichen die Pausen im Gespräch.

Hinter den beiden Kriegsmännern war der Knappe Sir Aymers, ohne von ihnen gesehen zu werden, in die Wachstube getreten, wo er seiner Obliegenheit, die Waffen seines Ritters zu säubern, nachkam.

»Ich brauche Euch nicht zu sagen, Gilbert Greenleaf, dass die schnelle Beendigung dieser Blockade oder wenigstens Belagerung, mit welcher uns der Douglas zu bedrohen fortfährt, in meinem direkten Interesse liegt. Meine persönliche Ehre fordert, dass ich dies gefährliche Schloss für England bewahre. Deshalb macht mir die Zulassung dieses fahrenden Sängers Unruhe. Prompter, wie gesagt, wäre der junge Sir Aymer seiner Instruktion nachgekommen, wenn er dem Wanderer jeden Verkehr mit der Besatzung untersagt hätte.«

»Schade, dass der tapfere junge Ritter solch ungestümen Knappen hat«, bemerkte kopfschüttelnd der alte Armbrustschütz; »so tapfer er auch ist, so fehlt es ihm doch an Beharrlichkeit; er schäumt gleich einer Flasche Dünnbiers, wenn es in Gärung tritt.«

»Soll dich der Henker holen, altes Trümmerstück«, dachte der Knappe Fabian bei sich, dem in den Kemenaten, wo er seine Arbeit verrichtete, kein Wort von dem Gespräch entging.

»Mir würde die ganze Sache wahrlich nicht in solchem Maße nahe gehen, wäre Sir Aymer mir weniger teuer, als es der Fall ist«, nahm Sir John de Walton wieder das Wort. »Erfahrung soll sich jeder junge Mann selber sammeln und nicht bei anderen holen oder durch andere einimpfen lassen. Ich will den Wink beachten, den Ihr mir eben gegeben habt, Gilbert, und will den Knappen von dem Ritter trennen; auch mir scheint, als trifft hier das Sprichwort vom Blinden zu, der den Blinden führt.«

»Der Satan über dich, altes Waschweib!«, dachte der Knappe bei sich. »Habe ich dich erwischt über dem Bestreben, meinen Herrn und mich beim Hauptmann zu verlästern? Hieße es nicht, eines angehenden Ritters Waffen in Schmutz ziehen, sollte meine Aufforderung zum Kampfe dir wahrlich nicht geschenkt bleiben. Indessen sollst du nicht zweierlei Zungen reden: eine im Schlosse und eine vorm Schlosshauptmann, wenn du vielleicht auch meinst, wegen deiner Kriegsmannschaft unter König Eduards Banner dazu ein Recht zu haben! Meinem Herrn will ich melden, wohin deine Absichten zielen, und aus unserer Unterhaltung über diesen Fall wird sich wohl ergeben, ob wir jungen Leute die Ordnung im Schlosse halten werden oder ihr alten Graubärte!«

Der Schlag war geschehen. Zwei stolze, feurige Charaktere waren gegeneinander in Misstrauen gesetzt worden, und während Ritter de Valence meinte, dass ein Freund, der ihm in mancher Hinsicht verbunden sei, ihn ungerechterweise im Verdacht habe, meinte Sir John de Walton andererseits, dass ein junger Mann, den er mit ebensolcher Sorgfalt behandelt habe, als sei es der eigene Sohn, der seiner Unterweisung alles verdanke, was er vom Kriegshandwerk wüsste und was er an Erfolgen im Leben bislang gewonnen hatte, sich wegen Kleinigkeiten für beleidigt und auf höchst ungeziemende Weise für schlecht behandelt hielt.

Der zwischen den beiden Hauptleuten gesäte Samen der Zwietracht verbreitete sich bald wie Lolchsamen unter Weizen von einer Besatzung zur anderen; die Soldaten nahmen, wenngleich aus keinem rechten Grunde, Partei entweder für Sir John de Walton oder für seinen Leutnant de Valence; für den ersteren zumeist die älteren, für den anderen die jüngeren; und nachdem so der Ball der Zwietracht geworfen worden, fehlte es an den Armen nicht mehr, ihn in Bewegung zu halten.

5.

Sir John de Walton hielt es in Anbetracht der jüngsten Vorgänge für angezeigt, seinem Offizierkorps so viel Zerstreuung zu gewähren, als Schloss und Örtlichkeit zuließen, und sie durch Aufmerksamkeit und Höflichkeit für ihre Unzufriedenheit zu beschämen.

»Was meinst du, junger Freund«, sprach er Sir Aymer an, als er ihn zum ersten Male nach seiner Rückkehr auf das Schloss wiedersah, »wenn wir eine der hierzulande eigentümlichen Jagden veranstalteten? In den Wäldern in unserer Nähe haust noch das wilde kaledonische Rind, das sonst nirgendwo mehr zu finden ist als im Moorlande an der kahlen, zerklüfteten Grenze des einstigen Königreichs von Strathclyde. Es gibt nur wenig Jäger noch, die mit solchem Weidwerk Bescheid wissen; aber sie schwören, dass keine Jagd an Aufregung und Strapazen auf der ganzen britischen Insel derjenigen auf dies wildeste und stärkste und kühnste aller Jagdtiere gleichkomme.«

»Tut ganz nach Belieben, Sir John de Walton«, versetzte Sir Aymer mit Kälte, »indessen möchte ich nicht empfehlen, um solcher Jagd willen die ganze Garnison in Gefahr zu setzen. Ihr kennt die Verantwortlichkeit Eurer Stellung selbst zur Genüge und habt gewiss sorgfältig überlegt, bevor Ihr solchen Vorschlag verlauten lasst.«

»Allerdings kenne ich meine Pflicht«, erwiderte hierauf gelassen de Walton, »indessen scheint es mir, als ob der Kommandant dieses schlimmen Schlosses unter anderem Missgeschick, in Übereinstimmung mit den Reden der alten Leute im Lande, einer Art von Zauber untertan sei, der es ihm unmöglich macht, seine Offiziere dadurch an sich zu fesseln, dass er ihnen Zerstreuungen schafft. Noch vor wenigen Wochen würden Eure Augen bei solchem Vorschlage geblitzt haben, Sir Aymer; und welches Benehmen zeigt Ihr jetzt? Ein Gesicht schneidet Ihr, als müsse man, um wilde Stiere zu scheuchen, sich zuvor einer Pilgerfahrt zum Grabe eines Märtyrers unterziehen.«

»Ihr urteilt nicht gerecht, Sir John«, antwortete der junge Ritter; »in unserer dermaligen Situation sind, meine ich, der Rücksichten mehr als persönliche zu nehmen, und obgleich die schwerere Verantwortlichkeit auf Euch als dem Älteren ruht, Sir de Walton, so fühle ich doch, dass auch der auf mich fallende Teil schwer genug ist, um alles auf das Sorgfältigste zu erwägen. Darum vertraue ich, dass Ihr mit Nachsicht meine Meinung hören und ertragen werdet, wenn es auch scheinen mag, als bezöge sie sich auf denjenigen Teil der uns gemeinschaftlich obliegenden Pflichten, der hauptsächlich Eurer Fürsorge untersteht. Die Ritterschaftswürde, die mich gleich Euch ehrt, und nicht minder wohl der mir von dem königlichen Plantagenet erteilte Ritterschlag verschaffen mir, deucht mir, Anspruch auf Berücksichtigung meines Einspruchs.«

»Verzeiht, Ritter de Valence«, sprach Sir de Walton; »ich vergaß, dass ich in Euch einen von König Edward höchstselbst zum Ritter geschlagenen Kameraden vor mir habe, und dass ohne Zweifel besondere Gründe vorliegen mussten, Euch mit solcher Würde so frühzeitig zu bekleiden. Ganz ohne Frage überschreite ich deshalb meine Pflicht, wenn ich solchem Kameraden gegenüber von eitler Zerstreuung spreche.«

»Sir John de Walton«, versetzte de Valence, »solche Worte sind, meine ich, schon zu oft gewechselt worden, als dass es gut sei, immer wieder auf sie einzugehen. Mich leitet bei meinem Einspruch lediglich die Rücksicht auf die Notwendigkeit, zu solchem Jagdzug Schotten aufzubieten, deren schlimme Gesinnung leider wir doch zur Genüge kennen. Sollten die freundschaftlichen Bande, die uns bisher umschlossen, durch unglückliches Zusammentreffen von Umständen sich lockern, ohne dass ich im Grunde ersehen könnte, warum dies notwendig sein müsse, so gibt das noch immer keinen Grund ab, dass wir nicht nach wie vor in allem Verkehr die höflichen Bedingungen festhalten, die zwischen Rittern und Edelleuten Brauch sind!«

»Ihr mögt recht haben, Sir Aymer«, erwiderte de Walton mit steifer Verbeugung, »wenn Ihr von Eurem Standpunkt aus in Zweifel zieht, dass das alte Verhältnis zwischen uns einen Riss bekommen habe. Für mich liegen die Dinge indessen so, dass ich niemals einem feindlichen Gefühl gegen Euch Raum in meiner Brust gestatten könnte. Ihr seid mein Kriegs- und Ritterschaftsschüler gewesen, seid mit dem Grafen von Pembroke nahe verwandt, der mir ein gütiger und ständiger Beschützer ist: Dies also sind Umstände, die sich von mir nicht so schnell von der Hand weisen lassen. Seid Ihr, wie sich aus Euren Andeutungen schließen lässt, durch ältere Rücksichten weniger gebunden, so habt Ihr Eure Wahl zu treffen, wie sich unsere Beziehungen zueinander künftighin regeln sollen.«

»Mein Verhalten gegen Euch, Sir Walton, wird bedingt werden durch Euer Verhalten gegen mich. Ihr könnt unmöglich aufrichtiger hoffen als ich, dass unsere soldatischen Pflichten gewissenhafte Erfüllung finden, ohne unserem anderen Verkehr irgendwie Eintrag zu tun.«

Nach diesem Gespräch schieden die Ritter voneinander. Wiederholt standen sie in seinem Verlauf auf dem Punkte, dass es zu einer herzlichen Aussprache hätte kommen können; indessen gelang es keinem von beiden, das Eis zu brechen, das sich immer schnell wieder bildete; keiner wollte der erste sein, dem anderen entgegenzukommen, obgleich jeder von Herzen dazu bereit war, weil bei beiden der Stolz alle anderen Gefühle zu stark überwog. Daher kam es, dass sie auseinandergingen, ohne auf den eigentlichen Gegenstand ihres Gesprächs, den Jagdzug, zurückzukommen. Dies geschah aber, und zwar auf schriftlichem Wege, kurz nachher durch Sir de Walton. Der Schlosshauptmann unterrichtete seinen Leutnant, dass der Jagdzug gegen die wilden Stiere im benachbarten Tale beschlossene Sache sei, und lud ihn zur Teilnahme ein.

Am Vormittag des folgenden Tages sollte die Jagd stattfinden; die Zusammenkunft war auf sechs Uhr morgens bestimmt, als Treffort das Tor des äußeren Bollwerks; nachmittags sollte unter der als »Sholtos Keule« bekannten hohen Eiche am Ausgang des Douglas-Tals das Halali geblasen werden. An das niedere Volk und an die Vasallen der

Umgegend wurde das gewöhnliche Aufgebot erlassen und mit Freuden aufgenommen. Eine Jagd im Douglas-Walde bot noch immer der Aufregungen so viele, dass man die Gegenwart englischer Ritter, wenn auch erzwungenermaßen, dabei nicht unwillig in Kauf nahm.

6.

Es war ein kalter, rauer, nach schottischer Wetterart »reiner« Morgen. Die Hunde schüttelten sich und kläfften. Die Jäger, trotz Abhärtung und froher Erwartung, knüpften die Mäntel am Halse zusammen und blickten nicht ohne Furcht auf die am Horizont wallenden Nebel, die sicherlich bald auf die Gipfel und Rücken der Vorberge sinken würden, um von dort aus den Weg ins Tal hinunter zu nehmen.

Nichtsdestoweniger bot sich dem Auge, wie ja immer bei Jagdzügen, ein fröhliches Bild. Zwischen den beiden im Kampf liegenden Völkerschaften schien es zu kurzem Waffenstillstande gekommen, und weit mehr hatte es den Anschein, als ob die Schotten bemüht seien, die Jagd in ihren Bergen den vornehmen Rittern und mutigen Bogenschützen Altenglands in freundschaftlicher Weise vorzuführen, statt dass sich der Eindruck hätte gewinnen lassen, die Schotten verrichteten, dem Befehl des gewaltherrlichen Nachbarvolkes gefügig, trotzigen Lehndienst. Den Reitern voraus, deren kühne mannhafte Gestalten weit über die Hälse ihrer kräftigen Rosse ragten, zogen die Jäger bei Fuß, die mit dem Hund an der Leine Dickicht und Schlucht nach Jagdbeute durchstöberten. Der Douglas-Wald barg damals noch Wild in Menge, und zu der Zeit, da diese Erzählung spielt, umso mehr, als schon lange nicht mehr unter den Angehörigen des Geschlechts der Douglas, über die seit mehreren Jahren, gleichwie über ihr Land, Unglück gekommen war, Jagd dort gehalten wurde und die englische Besatzung sich noch immer nicht für stark und sicher genug gehalten hatte, dieses in hohen Ehren gehaltene Feudalrecht selber auszuüben. Das Jagdwild hatte sich also stark vermehren können. Rotwild, Wildschweine und wilde Ochsen drangen nicht selten bis in den unteren Teil des Douglas-Waldes, der keine geringe Ähnlichkeit mit einer Oase aufweist, denn er ist von dichtem Wald, von Moorland mit Teichen, stellenweis auch mit Felsen umzogen, so dass es an großen öden

Strecken, worin sich das Wild gern zu verstecken liebt, dort nicht mangelt.

Gleichwie an Rotwild und Ebern fehlte es auch an Wölfen nicht, die sicher mit zu dem gefährlichsten Raubzeug gehörten, insofern aber kein interessantes Jagdwild boten, als sie meilenweit zu fliehen pflegten, bevor sie sich dem Jäger stellten. Was für die englischen Ritter vor allem als Jagdwild in Betracht kam, war der furchtbarste aller Bewohner des alten kaledonischen Waldes, der wilde Ochs Schottlands.

Der Schall der Jagdhörner, das Stampfen der Hufe, das Gebrüll der in Wut geratenden Wildochsen, das Gestöhn der von Hunden zerfleischten Hirsche, das Gekläff der Hunde selber und das wilde Siegesgeschrei der Jagdleute gab einen Chorus ab, der sich weit über das Jagdgebiet erstreckte und bis in die abgelegensten Strecken hinein seine Bewohner zu bedrohen schien.

Dem Schlosshauptmann allein gelang es, eins dieser gewaltigen Tiere zur Strecke zu bringen. Gleich einem Stierkämpfer Spaniens warf er sich nieder und erwartete den Ochsen mit der Lanze. Bis zum Schafte bohrte er dem Ungetüm die Waffe in den Leib. Unter den Pfeilen und Speeren von Armbrustschützen und Treibern fielen außer zahlreichem Klein- und Federwild drei wilde Kühe, etwa ein Dutzend Hirsche und Eber und drei Wölfe. Viel anderes Wild entrann, aller Anstrengungen es abzufangen ungeachtet, nach den finstersten Schlupfwinkeln des Cairntable-Gebirges.

Der Vormittag ging seinem Ende zu, als das Jagdhorn des Oberjägermeisters die Gesellschaft zum Frühmahl auf den grünen Rasen einer Waldwiese rief. Die Jagdbeute zu rösten und zu braten, war eine Arbeit, die dem unteren Volk zufiel. Fässer mit Gaskognerwein und englischem Ale wurden herbeigerollt und aufgeschlagen und alsbald war das fröhlichste Zechgelage im Gange.

Die Ritter, durch ihren Rang vom Verkehr mit dem anderen Volke abgeschlossen, saßen auf abgesondertem Rain, am sogenannten »Thronhimmelstische«, der von einer aus grünen Zweigen geflochtenen Decke beschattet war und wurden von ihren Knappen und Pagen bedient. Zu ihnen hatten sich ehrwürdige Mönche von der Abtei Saint Bride gesellt, die, wenn auch schottische Geistliche, von dem englischen Militär mit Achtung behandelt wurden. Auch ein paar schottische Afterlehnsleute, die wohl aus Klugheit den englischen Rittern Achtung und Gemeinschaft nicht weigerten, saßen unten an der Tafel, woselbst auch die gleiche Zahl von Armbrustschützen Platz gefunden hatte.

Obenan saß Sir John de Walton, dessen Augen ruhelos den Kreis seiner Gäste, denn diese Bezeichnung traf ohne Frage auf sämtliche Anwesenden zu, überflogen.

Eine Person vor allen anderen zog des Schlosshauptmanns Blicke auf sich, denn sie zeigte das Aussehen eines gefürchteten Kriegers, obgleich ihr das Glück in letzter Zeit nicht gelächelt zu haben schien. Es war ein Riese von Gestalt mit Gliedmaßen wie aus Eisen und einem Gesicht von so grobem derben Schnitt, dass es unwillkürlich an den Wildochs erinnerte. Die durch manches Loch in der Kleidung sichtbare Haut zeigte eine Färbung wie Leder. Der Mann sah ganz so aus, als ob er zu denen gehöre, die mit Robert Bruce das Schwert gezogen hatten, die mit dem Rebellen in Moor und Sumpf lebten.

Solche Gedanken kamen auch Sir John de Walton in den Sinn.

Aber unverträglich hiermit war die Kühnheit, mit der sich der Fremde an den Tisch des englischen Schlosshauptmanns gesetzt, also völlig in dessen Hand begeben hatte. Während der Jagd war von Sir de Walton wie den übrigen Rittern die Wahrnehmung gemacht worden, dass der in Lumpen gekleidete Kavalier, von dessen Kleidung der alte Panzerkittel am meisten auffiel, und der, von der verrosteten, aber gewaltigen Partisane von acht Fuß Länge abgesehen, über keine Waffen gebot, in der Ausübung des edlen Weidwerks durch überlegene Gewandtheit alle anderen Teilnehmer übertroffen hatte.

Als der Fremde endlich der von ihm erregten Aufmerksamkeit, nicht zum wenigsten des Schlosshauptmanns, inne wurde, hielt es der letztere für angemessen, ihm als einem der tüchtigsten Jünger des heiligen Hubertus mit einem Humpen besseren Weines, als die übrige Gesellschaft trank, höflich Bescheid zu tun.

»Ihr habt hoffentlich nichts dawider, Herr«, sprach ihn de Walton dabei an, »meiner Aufforderung zu entsprechen und einen Humpen Gaskogner, direkt von den königlichen Weinbergen, mit mir zu leeren. Einen besseren Tropfen, um auf Gesundheit und Glück unseres verstorbenen Königs zu trinken, gibt es nicht.«

»Eine Hälfte der britischen Inseln«, versetzte der fremde Jäger gelassen, »wird sich der Meinung von Euer Gnaden nicht verschließen. Da ich aber zur anderen Hälfte gehöre, auf welcher solche Meinung nicht herrscht, kann mir auch der vornehmste Gaskognerwein solchen Trinkspruch nicht mundrecht machen.«

Missbilligendes Gemurmel lief durch die Reihen der anwesenden Krieger. Die Priester von der Saint Bride-Abtei wurden leichenblass und murmelten ihr Paternoster.

»Eure Worte, Fremder«, sprach Sir de Walton in finsterem Tone, »bringen die hier versammelte Gesellschaft, wie Ihr wohl seht, aus der Fassung.«

»Das kann wohl sein«, versetzte der Fremde im gleichen rauen Tone; »nichtsdestoweniger liegt in meiner Rede nichts, was irgendwelchen Vorwurf verdiente.«

»Bedenkt Ihr auch, dass Ihr solches in meiner Gegenwart sprecht?«, rief Sir de Walton.

»Gewiss, Herr Schlosshauptmann! Richtiger wäre zu sagen, dass ich es eben gerade um Eurer Gegenwart willen sage.«

»Bedenkt Ihr die Folgen, frage ich weiter?«, rief de Walton.

»Was ich zu fürchten hätte, wenn Euer Geleit und Ehrenwort, durch das Ihr mich zu dieser Jagd ludet, minder verlässlich wäre, als es meines Wissens ist, kann ich ungefähr erraten«, entgegnete der Fremde. »Ich bin Euer Gast; ich habe von Eurem Fleisch gegessen und von Eurem Wein getrunken. Ich würde, stünde ich in solchem Verhältnis zu ihm, den gemeinsten Ungläubigen nicht fürchten, geschweige einen vornehmen Ritter Englands. Zudem sage ich Euch, Herr Ritter, Ihr schätzt den Wein zu gering, den Ihr eben getrunken habt; sein Feuer leiht mir den Mut, Euch Dinge zu sagen, die in solchem Augenblicke jeder ungesagt lassen möchte, der nicht alle Vorsicht außer Acht lässt. Ihr wünschet gewiss zu wissen, wen Ihr in mir vor Euch habt: mein Taufname ist Michael, mein Geschlechtsname Turnbull. Ein gefürchteter Clan, der Clan der Turnbulls! Ich darf mir schmeicheln, seinen Ruf durch Kriegstaten und manches Jägerstückchen nicht gemindert zu haben. Mein Haus liegt unter dem Berge am Rubislaw, an den schönen Gewässern des Teviot.«

Der kühne Grenzer sprach dies alles mit herausfordernder Kälte, dem Hauptzuge seines Wesens. Seine Verwegenheit ermangelte nicht, Sir John de Walton in Erregung zu setzen. Kaum hatte der Grenzer ausgeredet, so rief der Ritter:

»Zu den Waffen! Ergreift den Spion und Verräter! Holla, Pagen und Kriegsvolk! William, Anthony, Greenleaf und Bogenspanner, bindet den Verräter mit Sehnen und Stricken! Zieht straff an, bis ihm das Blut unter die Nägel schießt!«

Die Armbrustschützen umdrängten den Jäger, ohne indes Hand an ihn zu legen, weil keiner der erste sein mochte, den bei solchem Anlass herrschenden Landfrieden zu brechen.

»Sprich«, nahm Sir Walton wieder das Wort, »was führte dich her, Verräter?«

»Kein anderer Zweck, als dem Douglas das Schloss seiner Ahnen in die Hände zu liefern und dir, Herr Engländer, deine Verdienste um Schottland dadurch wettzumachen, dass ich dir die Kehle durchschneide, von der du solch lärmenden Gebrauch machst.«

Als er sah, dass sich die Kriegsleute, der weiteren Befehle des Schlosshauptmanns gewärtig, hinter ihn drängten, hob er die Partisane und rief:

»Jawohl, John de Walton, vorhin war es mein Wille, dich als denjenigen zu erschlagen, den ich im Besitze eines Gebietes und Schlosses finde, die einem würdigeren Ritter als du bist, nämlich meinem Gebieter und Herrn, gehören. Warum ich die Tat unterließ, was mich dazu bestimmte, weiß ich nicht. Vielleicht weil du mich sättigtest, nachdem ich zweimal zwölf Stunden gehungert hatte. Aber ich sage dir: Geh aus diesem Ort und diesem Lande und lass dich warnen von einem Feinde, der es gut meint! Du hast dich zum Todfeinde dieses Volkes gemacht, und es gibt Männer darunter, denen man selten ungestraft Trotz oder Beleidigung bot! Gib dir die Mühe nicht, mich suchen zu lassen, denn es würde vergeblich sein. Wir treffen uns wieder, aber zu einer Zeit, die von meinem, nicht deinem Belieben abhängig ist. Auch suche nicht zu ermitteln, auf welche Weise und welchem Wege ich dich betrog, denn es wird dir nicht möglich sein. Wirf meinen freundlichen Rat nicht beiseite, sondern blicke mich an und nimm deinen Abschied! Wenn auch ein Tag kommen wird, an welchem wir einander begegnen werden, so kann es vielleicht lange währen, bis dieser Tag kommen wird.«

De Walton schwieg. Er meinte, seinen Gefangenen könne vielleicht im Überschwang seiner Empfindungen die Schwäche anwandeln, weitere Dinge zu äußern, aus denen sich Vorteil schaffen lasse. Indessen entging ihm hierüber der Vorteil, in den er durch sein Schweigen den Jäger selber setzte. Kaum hatte dieser die letzten Worte gesprochen, so machte er einen jähen Sprung rückwärts, der ihn aus dem um ihn geschlossenen Kreise brachte, und war, noch ehe die ihn umstehenden Kriegsleute inne wurden, welche Absicht er verfolgte, verschwunden.

»Greift ihn! Greift ihn!«, rief de Walton jetzt, von Grimm erfüllt, als er sah, dass ihn der Jäger übervorteilt hatte. »Sofern ihn nicht die Erde verschlingt, greift ihn!«

Dass ihn die Erde verschlungen hätte, schien sich in der Tat vermuten zu lassen, denn dort, wohin Turnbull seinen Sprung gerichtet hatte, gähnte ein tiefer Abgrund, und dort verschwand er, an Gebüsch und Krüppelholz entlang kletternd, behend wie eine Eichkatze. Im Nu hatte er den Boden des Schlundes erreicht und einen Pfad gefunden, der ihn zum Waldsaume führte; und während die erfahrensten und klügsten unter seinen Verfolgern noch unschlüssig waren, in welcher Richtung sie ihm nachsetzen sollten, war er verschwunden unter dem Dickicht des Urwaldes, und niemand vermochte seine Spur zu finden.

7.

Der Auftritt, allen Teilnehmern so unvermutet, brachte Missstimmung und Verwirrung in die Jagdfreude. Das Auftauchen eines bewaffneten Jägers, der sich offen als Anhänger des Hauses Douglas bekannte, auf einem Grund und Boden, wo alles, was Douglas hieß und zu Douglas sich bekannte, als Aufrührer und Räuber galt, machte alle Anwesenden stutzig, selbst die englischen Ritter. Sir John de Walton blickte sehr ernst drein. Er ließ alles Jagdvolk auf der Stelle zusammentreten und untersuchen, um festzustellen, ob sich Helfershelfer oder Mitwisser Turnbulls darunter befänden. Indessen war die Zeit bereits zu vorgerückt, um die Untersuchung mit der von dem Kommandanten befohlenen Strenge zu führen, und als die Schotten unter dem Jagdvolk merkten, dass Hand an sie gelegt werden solle, gaben diejenigen, die es nicht vorzogen oder keine Gelegenheit mehr fanden, sich hinwegzuschleichen, auf die ihnen gestellten Fragen mit äußerster Vorsicht Antwort.

Sir John de Walton merkte die Verminderung in der Zahl der Schotten, und dieser Umstand verstärkte bei ihm den Verdacht, der ihn seit kurzer Zeit fast ganz beherrschte.

»Sir Aymer«, sprach er seinen jungen Leutnant an, »nehmt so viel Kriegsleute, als Ihr in fünf Minuten zusammenbringen könnt, zum

Mindesten aber hundert berittene Bogenschützen, und reitet schleunigst nach dem Schlosse hinüber zur Verstärkung der Garnison. Ich habe so meine Gedanken über feindliche Versuche, das Schloss zu berennen; wahrlich kein Wunder, dass sie einem kommen, wenn man hier solches Verräternest mit eigenen Augen sieht!«

»Gestattet mir die Bemerkung hierzu, Sir John«, entgegnete Ritter de Valence, »dass Ihr hier Wohl über das Ziel hinausschießt. Nicht in Abrede will ich stellen, dass unter dem schottischen Landvolk Feindseligkeit gegen uns herrscht. Da es aber aller Jagdfreude so lange entbehrt hat, ist es kaum zu verwundern, dass es sich zu solchem Zuge in Scharen einstellt; noch weniger zu verwundern aber ist es, dass es über unsere Gesinnungen ihm gegenüber noch seine Zweifel hegt und durch die geringste Rauheit im Verkehr in Furcht gesetzt wird.«

»Eben deshalb wäre es mir lieber«, erwiderte de Walton, der mit einer Ungeduld zugehört hatte, die sich mit der zwischen Rittern üblichen Höflichkeit kaum vertrug, kurz angebunden, »Sir Aymer de Valence ließe seinen Rossen die Zügel schießen statt seiner Zunge.«

Der scharfe Verweis, den solche Worte für den jungen Ritter bedeuteten, berührte alle Anwesenden unangenehm. Sir Aymer aber war sich wohl bewusst, dass eine Antwort für den Augenblick nicht geeignet sei; er verneigte sich, dass die Feder seines Baretts die Mähne seines Rosses berührte und brachte den Befehl des Schlosshauptmanns zur Ausführung, indem er auf dem kürzesten Wege mit einer beträchtlichen Reiterschar nach dem Schlosse zurückritt.

»Ich wusste ja«, sprach er bei sich, als er auf eine der vielen Anhöhen kam, von denen aus die vielen Türme und Mauern der alten Feste, über der das große Banner Englands wehte, im Widerschein des breiten Sees sichtbar wurden, der sie von drei Seiten einschloss; »ich wusste ja, dass Sir John de Walton durch Furcht und Argwohn zum Weibe geworden ist. Dass schwere Verantwortlichkeit einen Charakter so wandeln kann, der die Ritterlichkeit selber war! Nichtsdestoweniger geziemt mir, selbst wenn Walton seine eingebildete Besorgnis zum Vorwand nehmen sollte, um seine Freunde zu tyrannisieren, Gehorsam, denn er ist unser Hauptmann. Aber das muss ich sagen: Lieber würde es mir sein, wenn er sich weniger vor seinem eigenen Schatten erschrecken möchte.«

Mit diesen Gedanken ritt er auf dem Damme über den Wassergraben durch das stark befestigte Tor.

Dass dieser Vorfall nicht danach beschaffen sein konnte, das Verhältnis zwischen den beiden Rittern zu bessern, war nur natürlich; nicht minder, dass Sir de Walton insofern dem jüngeren Sir Aymer gegenüber in Nachteil kam, als sich die von dem letzteren bei dem Meinungszwiespalt vertretene Ansicht bestätigte und von irgendwelcher Beunruhigung des schottischen Landvolkes nicht das Mindeste zutage trat. Unter dem Eindruck dieser Stimmung gestaltete sich der Verkehr zwischen ihnen immer kälter und förmlicher und beschränkte sich ausschließlich auf dienstliche Angelegenheiten. Keiner von beiden, so sehr sie von der Unhaltbarkeit solches Verhältnisses zwischen zwei Männern überzeugt waren, auf deren Schultern die Verantwortlichkeit für solchen wichtigen Platz wie Schloss Douglas lag, suchte eine der vielen Auseinandersetzungen, die der Dienst in seinem Gefolge hatte, zum Ausgleich der zwischen ihnen schwebenden Differenz zu benützen.

Bei einer solchen dienstlichen Unterhaltung geschah es, dass Sir Walton seinen Leutnant um Auskunft bat, zu welchem Zweck und wie lange dem unter dem Namen Bertram im Schlosse aufhältlichen Sänger noch Unterstand gegeben werden solle.

»Acht Tage«, setzte der Schlosshauptmann hinzu, »erscheinen mir unter den gegenwärtigen Zeitläufen und an solcher Örtlichkeit ausreichend für die einem Sänger schuldige Gastfreundschaft.«

»Ich meinerseits«, versetzte Sir Aymer, »habe an der ganzen Sache so wenig Interesse, dass ich irgendwelchen Wunsch hierzu nicht zu äußern habe.«

»Dann werde ich den Mann ersuchen, seinen Aufenthalt im Schlosse Douglas abzubrechen«, entschied Sir Walton.

»Der Mann hat hier Aufenthalt nachgesucht«, erklärte Sir Aymer, »unter dem Vorgeben, in die Schriften eines gewissen Thomas, genannt der Reimer, Einsicht nehmen zu wollen. Es soll sich ein Exemplar derselben in dem Arbeitszimmer des alten Barons befinden, nachdem es bei dem letzten Brande des Schlosses Gott weiß wie gerettet wurde. Andere Kunde von seinen Absichten vermag ich nicht zu geben. Sofern Ihr die Anwesenheit eines alten Wanderers und die Nähe eines Knaben für das von Euch bewachte Schloss gefährlich haltet, so handelt Ihr zweifelsohne Eurem Rechte gemäß, wenn Ihr ihn wegschickt. Hierzu ist doch nichts weiter vonnöten als ein Wort aus Eurem Munde.«

»Der Sänger ist auf das Schloss gekommen als Gefolgsmann von Euch; ich durfte ihn also nicht wohl zum Gehen auffordern, ohne Eure, wenn auch nicht Erlaubnis, so doch Kenntnis.«

»Dann tut es mir leid«, erwiderte Sir Aymer, »von Eurem Willen nicht früher Kenntnis bekommen zu haben. Es wurde niemals von mir jemand ins Schloss aufgenommen oder auf dem Schlosse gehalten ohne Euer Vorwissen oder im Widerspruch zu Eurer Meinung.«

»Es tut mir leid, sagen zu müssen, Sir Aymer«, wandte Ritter de Walton ein, »dass wir beide nicht wissen, woher der Sänger mit seinem Knaben gekommen ist und wohin sie beide wollen. Es ging unter Eurer Gefolgschaft die Rede, der Sänger habe unterwegs die Verwegenheit gehabt, Euch gegenüber das Recht des Königs von England auf die Krone von Schottland infrage zu stellen, und dass er erst mit Euch hierüber gesprochen habe, nachdem Ihr den Wunsch geäußert hättet, die übrigen Begleiter möchten hinter Euch zurückbleiben, so dass sie nicht zuhören konnten.«

»Sir Walton«, rief Sir Aymer, »wollt Ihr hieraus eine Anklage gegen meine Lehnstreue herleiten? Vergesst nicht, dass solche Worte meine Ehre verletzen, die ich bis zum letzten Atemzuge bereit und willens bin zu verteidigen.«

»Daran zweifle ich nicht, Herr Ritter«, versetzte der Schlosshauptmann, »aber meine Worte richten sich nicht gegen Euch, sondern gegen den fahrenden Sänger. Wohlan! Der Sänger kommt hierher aufs Schloss und spricht den Wunsch aus, sein Sohn möge Unterkunft in dem Kloster von Saint Bride finden, der einigen schottischen Mönchen und Nonnen, aus Achtung ihres Ordens und weniger, weil man sich guten Willens, dem König zu dienen, bei ihnen versieht, der Aufenthalt erlaubt worden ist. Diese Erlaubnis wird, sofern die von mir eingezogene Kundschaft richtig ist, von dem Sänger mit einer Geldsumme erkauft, weit beträchtlicher, als sie in den Börsen herumstreichender Sänger, die doch mit Glücksgütern nicht gesegnet zu sein pflegen, sonst wohl zu finden sein dürfte; ich meine, dies sei ein Umstand, den man nicht unbeachtet lassen sollte; was ist nun Eure Meinung zu all diesen von mir entwickelten Gesichtspunkten, Sir Aymer?«

»Meine Meinung?«, versetzte der Gefragte. »Meine Lage als Soldat, der dem Kommando eines Höheren unterstellt ist, enthebt mich jeder Verpflichtung, mir selbstständige Meinungen zu bilden. Als Leutnant unter Eurem Befehl auf so exponiertem Schlosse steht mir, meine ich, wenn ich mit Ehre und Seele Abrechnung gehalten habe, viel freier Wille nicht eben mehr zu Gebote –«

»Um des Himmels willen, Sir Aymer«, rief de Walton, »begeht nicht gegen Euch und mich das Unrecht, vorauszusetzen, als wolle ich durch solche Fragen Euch Vorteil abgewinnen. Bedenkt, junger Ritter, dass Ihr Euch eines dienstlichen Vergehens auch dann schuldig macht, wenn Ihr Eurem Kommandanten ausreichende Antwort nicht gebt auf dessen Wunsch, über einen bestimmten Fall Eure Meinung zu hören.«

»Dann lasst mich klar und deutlich hören, über welchen Fall Ihr meine Meinung zu wissen begehrt!«, entgegnete de Valence. »Ich werde sie dann bestimmt und deutlich äußern und ohne Zaudern vertreten, auch wenn mich das Unglück treffen sollte – ein für einen jungen, untergeordneten Ritter unverzeihliches Vergehen – verschiedener Ansicht mit Sir John de Walton zu sein.«

»Ich frage Euch also, Herr Ritter«, sagte hierauf der Schlosshauptmann, »was Eure Meinung über den Sänger Bertram ist und ob gegen ihn und seinen Sohn nicht Verdacht genug vorliegt, um beide in scharfes Verhör mit gewöhnlicher und außerordentlicher Befragung zu nehmen, wie solches in solchen Fällen gehandhabt wird, und ob nicht Anlass genug vorliegt, sie unter Strafe der Geißelung aus Schloss und Gebiet von Douglasdale zu vertreiben, sofern sie sich in der Gegend hier wieder betreffen lassen.«

»Herr Ritter de Walton«, antwortete Sir Aymer, »ich will Euch meine Antwort so frei und offen geben, als stünden wir noch auf dem freundschaftlichen Fuße früherer Tage. Dass die meisten der heute die Sangeskunst ausübenden fahrenden Leute den höheren Ansprüchen dieses edlen Standes nicht mehr genügen, ist meine Meinung gleich Euch. Die lockeren Sitten der Zeit haben diese sogenannten Sänger quantitativ verringert und qualitativ verschlechtert. Indessen glaube ich, diesen Bertram als einen Sänger ansehen zu müssen, auf welchen diese Charakterisierung nicht zutrifft. Nach meiner Auffassung ist er ein Mann, der das Knie nicht vor dem Mammon beugt. Es bleibt Euch überlassen, Sir Walton, darüber zu entscheiden, ob solch eine Person von moralisch strengem Sinne dem Schlosse irgendwie gefährlich werden könne. Da ich ihn aber aufgrund der mit ihm gewechselten Reden für unfähig halte, Verräterrollen zu spielen, muss ich entschieden Einspruch dagegen erheben, dass er innerhalb der Mauern einer englischen Garnison als Verräter der Folter unterworfen oder in Strafe genommen wird. Ich würde erröten ob meines Vaterlandes, wenn es uns das Ansinnen stellen sollte, solches Unglück und Elend über Wanderer zu verhängen, deren einziger Fehler in ihrer Armut besteht. Euer ritterlicher Sinn wird Euch das eindringlicher zeigen, als es mir in meiner untergeordneten Stellung erlaubt sein kann, Euch gegenüber zu schildern.«

Sir Waltons finstere Stirn überflog jähe Röte, als er die von ihm ausgesprochene Ansicht als unritterlich verwerfen hörte. Es fiel ihm schwer, den Gleichmut zu wahren, indes er hierauf die Antwort gab: »Sir Aymer, ich danke Euch, dass Ihr mir Eure Meinung rücksichtslos bekannt gabt, trotzdem sie sich in so scharfem Gegensatz zur meinigen bewegt. Indes muss ich dabei beharren, dass die mir vom König erteilten Befehle sich mit den Anschauungen, die Ihr vertretet, nicht decken, sondern mir ein anderes Verhalten vorzeichnen, und zwar dasjenige, welches ich vordem in Worte kleidete.«

Die beiden Ritter verneigten sich mit steifer Förmlichkeit. Dann fragte der Jüngere, ob ihm der Schlosshauptmann noch besondere Befehle für den Dienst zu erteilen habe und verabschiedete sich auf den verneinenden Bescheid des anderen hin.

Der Schlosshauptmann ging eine Weile lang in lebhaftem Verdrusse über den Ausgang dieses Gespräches in dem Gemach auf und nieder und überdachte, welches Verfahren unter solchen Umständen am besten einzuschlagen sei. »Ich mag nicht um anderer Launen willen«, schloss er, »aufs Spiel setzen, wonach ich in zwölfmonatlichem Dienste beschwerlichster und widerwärtigster Art gerungen habe. Direkt auf mein Ziel will ich lieber vorgehen und die gleichen Vorsichtsmaßregeln in Anwendung bringen wie seinerzeit in der Gaskogne und in der Normandie – holla, Pape, bestelle mir Gilbert Greenleaf, den Armbrustschützen!«

Nach wenigen Minuten trat der Gerufene ein.

»Welche Kunde bringst du mir, Gilbert?«

»Ich war in Ayr, Sir Walton. Des Grafen Pembroke Lager ist versessen auf echte spanische Bogenstäbe aus Coruna. Zwei Schiffe sind mit solcher Fracht, wie es heißt, für das königliche Heer in Ayr gelandet. Ich glaube aber nicht, dass auch nur die Hälfte der Fracht an diese Adresse gelangt ist.«

»Wer soll die übrigen bekommen haben?«, fragte der Schlosshauptmann.

»Bei den Schotten heißt es«, entgegnete Greenleaf, indem er die Achsel zuckte und beiseite sah, »ihr Robert Bruce mit seinen Vettern beabsichtige einen neuen Maientanz, und der geächtete König wolle zu Sommers Anfang mit einer stattlichen Schar derben Landvolkes aus Irland bei Turnberry landen. Zweifelsohne stehen die Leute seiner Grafschaft Carwick in Bereitschaft, bei solchem hoffnungsreichen Unternehmen mit Bogen und Speer mitzutun. Mehr als ein Bündel Pfeile wird es uns, wie ich rechne, schwerlich kosten, dort Ordnung zu schaffen.«

»Ihr sprecht von Verschwörungen hierzulande, Greenleaf?«, fragte de Walton. »Ich kenne Euch doch als tüchtig und tapfer, als einen Schützen, der Bogen und Sehne zu spannen weiß und nicht gestatten wird, dass solches Treiben unter seiner Nase vorgeht –«

»Weiß der Himmel, alt genug bin ich«, erwiderte Greenleaf, »und Erfahrung in diesen schottischen Kriegen besitze ich nachgerade mehr denn genug, und niemand braucht mir zu sagen, ob diese Schotten ein Volk sind, dem König und Kriegsleute trauen dürfen oder nicht. Wer von den Schotten sagt, sie seien falsches Gesindel, der redet keine Lüge – bei Gott nicht! Euer Gnaden wissen, wie mit ihnen umgegangen werden muss: Ihr reitet sie mit scharfen Sporen und zieht die Zügel straff an! Wie sich einfältige Neulinge denken können, mit solchem Volk durch Artigkeit und Großmut fertig zu werden, dem solche Dinge unbekannte Begriffe sind, ist mir altem Kerl ein Rätsel.«

»Gilbert, ich befehle dir, klar und aufrichtig gegen mich zu sein und alles, was auf Anspielungen hinausläuft, zu lassen. Du wirst wissen, dass es niemand zum Schaden gereicht, Vertrauen in mich zu setzen.«

»Das will ich gewiss nicht bezweifeln oder gar bestreiten, Herr«, erwiderte der alte Haudegen, »nichtsdestoweniger käme es auf Unvorsichtigkeit hinaus, alles bekannt geben zu wollen, was solch altem Kerl wie mir in einer so wichtigen Garnison wie Schloss Douglas in den Kopf schießt. Den Ruf als Zwischenträger und Unheilstifter hat man unter Kameraden schnell weg, und ich, Herr Hauptmann, reiße mich auf meine alten Tage nach solcher Auszeichnung ganz gewiss nicht!«

»Rede offen mit mir«, versetzte Sir de Walton, »und scheue dich nicht vor übler Deutung, gleichviel welcher Stoff deinen Mitteilungen zugrunde liegen mag!«

»Wenn ich die Wahrheit sagen soll«, antwortete Gilbert, »so fürchte ich mich nicht der Vornehmheit des jungen Ritters, denn ich bin der älteste Soldat der Garnison und habe die Armbrust gespannt schon lange, ehe er der Muttermilch entwöhnt war.«

»Euer Verdacht richtet sich also auf de Valence?«, fragte Sir Walton.

»Auf nichts, was des jungen Ritters Ehre angeht, denn er ist so tapfer wie jeder andere und nimmt in Anbetracht seiner Jugend einen hohen Rang in der englischen Ritterschaft ein; allein er ist jung, wie Euer Gnaden weiß, und die Wahl, die er für seine Gesellschaft trifft, macht mir mancherlei Sorge.«

»Ihr meint den Sänger – wie?«

»Ich meine, es ziemt sich wenig für einen englischen Ritter gleich ihm«, erklärte Gilbert Greenleaf, »sich Tag für Tag mit dem fahrenden Sänger einzuschließen, von dem sich kaum sagen lässt, ob er dem Herzen nach Schotte ist oder Engländer, geschweige denn ob er von Engländern stammt oder von Schotten; denn Bertram kann sich schließlich jeder nennen. Auch weiß ja kein Mensch im Grunde genommen, weshalb er sich hier oben im Schlosse aufhält und wie er zu den Mönchen drüben in Saint Bride steht, die doch auch bloß zu denen gehören, die auf der Zunge das Segenswort für König Eduard, im Herzen aber das für Robert Bruce haben! Durch seinen Sohn lässt sich ja der Verkehr mit den Mönchen leicht unterhalten, und bloß aus diesem Grunde hat er ihn doch unter dem Vorwand einer Krankheit im Kloster untergebracht.«

»Was sagt Ihr?«, rief der Schlosshauptmann. »Die Krankheit sei bloß Vorwand, der Knabe also nicht wirklich krank?«

»Wenn der krank wäre«, meinte Greenleaf, »so wäre es doch Wohl das natürlichere, der Vater wäre bei ihm und pflegte ihn, statt hier im Schlosse in Winkeln umherzuschleichen, wo man alles mögliche andere, bloß keinen fahrenden Sänger zu treffen rechnet.«

»Ihr überzeugt mich mehr und mehr, Gilbert, dass es mit dem Sänger nicht seine Richtigkeit haben kann«, sprach Sir Walton; »es ist jetzt wahrlich nicht an der Zeit, die Sicherheit eines königlichen Schlosses aus höflicher Rücksicht gegen irgendjemand aufs Spiel zu setzen. Weilt der Sänger jetzt in dem Gemache, das als Bibliothekzimmer des alten Barons bezeichnet wird?«

»Dort wird ihn Euer Gnaden sicherlich antreffen«, sagte Greenleaf.

»Dann folget mir mit einigen Kameraden, doch so, dass keinerlei Aufsehen entsteht, aber meiner Befehle gewärtig!«, rief Sir de Walton.

»Vielleicht erweist es sich als notwendig; den Mann in Haft zu nehmen.«

Der Schlosshauptmann hatte das genannte Gemach, ein steinernes Gewölbe mit einer Art feuersicheren Schrankes zur Aufbewahrung von wertvoller Habe und Papieren und Büchern, bald erreicht.

Der Sänger saß vor einem kleinen Tische, mit einem sichtlich sehr alten Manuskript in der Hand, aus dem er sich Stellen auszog.

Das Gemach hatte sehr schmale niedrige Fenster, an denen noch Spuren alter Glasmalerei, Darstellungen ohne Frage aus der Geschichte des Klosters Saint Bride, sichtbar waren, ein weiterer Beweis für die pietätvolle Verehrung, welche das mächtige Geschlecht der Douglas für ihre Schützlinge im Herzen trug.

Der Sänger, scheinbar tief in die Lösung seiner Aufgabe versunken, erhob sich demutsvoll, als er den Ritter hereintreten sah und blieb stehen, der Fragen desselben gewärtig, gleich als ob er ahne, dass der Besuch auf besondere und vorwiegend persönliche Gründe zurückzuführen sei.

»Vermutlich sind Eure Forschungen von Erfolg gewesen, Herr Sänger«, nahm Sir John das Wort, »so dass Ihr in dem alten Manuskript die Verse gefunden habt, die Ihr suchtet?«

»Ich bin glücklicher gewesen, als sich in Rücksicht auf die vielen Schlossbrände erwarten ließ«, antwortete der Sänger. »Dies hier, Herr Ritter, ist das in Rede stehende Buch, nach welchem ich suchte.«

»Da Ihr Eure Wissbegierde befriedigen konntet«, sprach der Schlosshauptmann, »so habt Ihr hoffentlich nichts dawider, Herr Sänger, dass ich nun suche, auch die meinige zu befriedigen.«

»Vermag ich des Herrn Ritters Wunsch auf irgendwelche Weise zufriedenzustellen«, sagte der Sänger nach wie vor voll Demut, »so greife ich gern zu meiner Laute und bleibe seiner Befehle gewärtig.«

»Ihr irrt, Herr Sänger«, sprach in härterem Tone de Walton, »ich gehöre nicht zu jenen Leuten, die für Sagen aus älteren Zeiten Zeit übrig haben. Ich habe in meinem Leben kaum Zeit übrig gehabt, den Pflichten meines Standes zu genügen, geschweige denn Muße für Geklimper und Alfanzerei.«

»In solchem Falle darf ich kaum erwarten, Euer Gnaden durch meine schwachen Kräfte Unterhaltung zu schaffen«, sprach bescheiden der Sänger.

»Nicht Unterhaltung ist es, die ich hier suche«, sprach der Schloss-hauptmann in strengem Tone und trat näher an den Sänger heran, »sondern Auskunft, weil ich meine, dass Ihr in der Lage sein dürftet, mir mit solcher zu dienen, sofern Ihr Lust habt! Meine Pflicht ist es, dass mir, falls Ihr Euch sträubt, die Wahrheit zu sagen, Mittel verschie-dener Art zu Gebote stehen, ein Bekenntnis zu erzwingen, wenn auch auf unangenehmere Weise, als mir im Allgemeinen genehm sein dürfte.«

»Sind die Fragen, die Ihr mir stellen wollt, Herr Ritter«, versetzte Bertram, »solcherart, dass ich sie beantworten kann, so werdet Ihr keine Ursache finden, sie mir mehr denn einmal vorzulegen; kann oder darf ich aber Antwort nicht darauf geben, dann wird mir, des dürft Ihr Euch versichert halten, weder Drohung noch Gewalt Antwort ent-winden.«

»Eure Sprache, Sänger, ist kühn«, erwiderte der Ritter, »aber mein Wort dürft Ihr nehmen, dass Euer Mut die Probe bestehen soll! Ich greife ganz ebenso ungern zu solchen äußersten Mitteln, wie Ihr sie ungern über Euch ergehen lasset; indessen weidet Ihr, wenn der Fall eintritt, ihn nur als Folge Eurer Hartnäckigkeit anzusehen haben. Ich frage Euch also zunächst: Ist Bertram Euer wirklicher Name? Ferner: Betreibt Ihr außer Eurem Sängerberuf einen anderen? Endlich: Reichen Eure Verbindungen oder Bekanntschaften über die Mauern dieses Schlosses hinaus, auf dem Ihr jetzt weilt?«

»Auf all diese Fragen erteilte ich bereits dem würdigen Ritter de Valence Bescheid, und da ich ihn vollkommen zufriedenstellte, ist es nach meiner Auffassung wohl nicht nötig, mich einer zweiten solchen Befragung zu unterziehen. Auch dürfte es weder mit Eurer Gnaden Ehre sich vertragen noch mit der Ehre Eures Stellvertreters, dass solche Befragung zum zweiten Male geschieht.«

»Ihr kümmert Euch um anderer Leute Ehre recht viel«, bemerkte Sir John spitzig, »indessen gebe ich Euch mein Wort, dass, was meine und, meines Stellvertreters Ehre angeht, andere Leute, also auch Ihr, nicht zu sorgen brauchen. Ich frage Euch also zum andernmale, Sänger, wollt Ihr Antwort geben auf die Fragen, die ich meiner Pflicht gemäß an Euch stellen muss – oder soll ich mir Gehorsam durch die Folter erzwingen? Meine Pflicht ist es Euch zu sagen, dass ich von den Ant-worten, die Ihr meinem Leutnant gegeben habt, unterrichtet, aber nicht zufrieden damit bin.«

Er klatschte in die Hände, worauf ein paar Bogenschützen im bloßen Hemd und Beinkleidern eintraten.

»Ich sehe«, sprach der Sänger, »dass Ihr mir, weil sich für meine Schuld kein Beweis erbringen lässt, eine Strafe erteilen wollt, die zu englischem Recht und Gesetz im Widerspruch steht. Ich habe bereits ausgesagt, dass ich von Geburt Engländer, von Gewerbe Sänger bin und mit niemand in Beziehung oder Verbindung stehe, bei welchem sich feindselige Absicht gegen dieses Schloss Douglas oder gegen Sir John de Walton, den Schlosshauptmann, vermuten lassen. Für Antworten, die Ihr mir durch körperlichen Schmerz erpresst, kann ich, um als rechtlicher Christ zu sprechen, nicht verantwortlich gemacht werden. Ich glaube, dass ich so viel Schmerz ertragen kann wie irgendein Mensch, bin aber überzeugt, noch niemals in dem Maße Schmerzen gefühlt zu haben, dass ich mich bewogen gefühlt hätte, ein verpfändetes Wort zu brechen oder falsche Anklage gegen einen Unschuldigen zu erheben.«

»Wir sind jetzt beide zu Ende, Sänger«, erwiderte Sir John, »und meine Pflicht würde erheischen, auf der Stelle zum Äußersten meiner Drohung zu schreiten. Indessen empfindet Ihr vielleicht geringeren Widerwillen gegen solche peinliche Befragung als ich gegen ihre Verhängung. Deshalb will ich Euch zunächst nur an einem Ort einsperren lassen, der sich für einen Menschen eignet, den man als Spion im Verdacht hat. Eure Wohnung und Verköstigung ist solange, bis es Euch beliebt, solchen Verdacht zu beseitigen, die eines Gefangenen. Inzwischen reite ich nach der Abtei hinüber, um mich zu überzeugen, ob der junge Mensch, den Ihr für Euren Sohn ausgebt, die gleiche Entschlossenheit, wie sie von Euch an den Tag gelegt wird, besitzt. Vielleicht bringt seine Befragung Licht in die Angelegenheit, vielleicht auch Klarheit über Eure Schuld oder Unschuld, ohne dass wir zur Folter zu schreiten brauchen. Verhält sich die Sache anders, dann zittert, wenn nicht für Euch selber, so doch für Euren Sohn! Ei, ei! Bekommt Ihr schon Angst, Herr Sänger? Fürchtet Ihr vielleicht für Eures Knaben junge Gliedmaßen die Werkzeuge, denen Ihr selber zu trotzen willens seid?«

»Herr Ritter!«, entgegnete hierauf der Sänger, der sich von der Erregung, die ihn momentan befallen hatte, zu erholen anfing. »Ich überlasse Euch als Mann von Ehre und Gewissen das Urteil darüber, ob sich nach Gesetz und Menschlichkeit über einen Menschen schlimmere

Meinung hegen lässt darum, weil er bereit ist, an der eigenen Person Misshandlung zu leiden, um sie seinem Kinde zu ersparen, einem schwächlichen Jüngling, der erst vor Kurzem von gefährlicher Krankheit genesen ist.«

»Meine Pflicht erfordert«, versetzte nach kurzer Pause der Ritter, »dass ich dieser Angelegenheit bis zum Ursprung nachforsche. Wollt Ihr für Euren Sohn Gnade erlangen, so wird Euch das leicht werden dadurch, dass Ihr selber ihm das Beispiel der Ehrlichkeit und Offenheit gebt.«

Der Sänger warf sich in seinen Stuhl zurück mit einer Miene, als sei er entschlossen, lieber das Äußerste zu ertragen, als weitere Antworten zu erteilen. Sir John de Walton war unschlüssig über sein ferneres Verhalten; gegen die Anwendung der Tortur auf Vater und Sohn fühlte er ausgesprochenen Widerwillen, in so lebhaften Konflikt er sich auch mit seiner ihm durch den Dienst und durch die Rücksicht auf Sicherung königlichen Besitzes vorgeschriebenen Pflicht seinem Ermessen nach setzte. Die Erscheinung des Sängers zeigte hohe Würde und seine Rede nicht minder. Auch besann sich der Schlosshauptmann, dass sein jüngerer Kamerad, Sir Aymer de Valence, ihm den Sänger als ein solches Mitglied seiner Zunft geschildert, das redlich bestrebt sei, die Ehre eines gefährdeten Standes durch persönliche Tüchtigkeit wiederherzustellen; er musste sich sagen, dass es grausam und ungerecht wäre, dem Gefangenen den Glauben an seine Aufrichtigkeit und Ehrlichkeit zu weigern, bis zum Beweis derselben jede Sehne gespannt und jedes Glied im eigenen wie im Leibe des Sohnes gebrochen wäre.

»Aber«, sprach er bei sich, »bleibt mir ein anderes Mittel, Wahrheit von Falschheit zu scheiden? Stehen nicht Bruce und seine Parteigänger bereit? Gehe ich vielleicht fehl in der Annahme, dass dieser Pseudokönig von Schottland die Galeeren ausgerüstet hat, die den Winter über bei Nochrin vor Anker lagen? Stimmt nicht, was Greenleaf von Waffen sprach, die für einen neuen Aufstand herbeigeschafft sein sollen, auffallend überein mit der Erscheinung jenes wilden Jägers im Walde, beim Mahle? Ha! Dies alles scheint mir ein Beweis zu sein dafür, dass etwas auf dem Amboss liegt, dessen Verhütung mir Pflicht und Gewissen vorschreiben. Deshalb will ich keinen Umstand übergehen, der irgendwie Licht über die Person des Sängers und seinen Knaben bringen kann. Gebe mir aber der Himmel aus anderer Quelle Licht, damit es mir nicht geboten und gesetzlich erscheine, diese doch vielleicht ehrlichen Leute zu quälen.«

Greenleaf ein Wort über den Gefangenen zuflüsternd, schritt er aus dem Gemache. Noch aber hatte er die äußere Schwelle desselben nicht erreicht, als die Stimme des alten Mannes, an den die Bogenschützen schon Hand gelegt hatten, an seine Ohren schlug und ihn bat, auf einen Moment zurückzukehren.

»Was habt Ihr zu sagen, Sänger?«, fragte er, den Worten desselben willfahrend. »Macht es kurz, denn schon habe ich mehr Zeit verloren Euch anzuhören, als sich verantworten lässt. Um Euretwillen also rate ich Euch –«

»Um Euretwillen, Sir John de Walton, lasst Euch durch mich raten, alles, was Euer weiteres Tun in dieser Sache leiten kann, auf das Peinlichste zu erwägen; denn Ihr allein unter allen Lebendigen würdet durch einen Irrtum am schwersten zu leiden haben. Solltet Ihr dem Jüngling auch nur ein Haar krümmen oder krümmen lassen, solltet Ihr ihn die geringste Entbehrung leiden lassen, deren Verhinderung in Eurer Macht stünde, so würdet Ihr selber Euch herberen Schmerz bereiten, als Euch durch irgendwas sonst auf Erden bereitet werden könnte. Bei den höchsten Segnungen unserer Religion schwöre ich, das Heilige Grab rufe ich Zum Zeugen an, dass ich nichts rede als die lauterste Wahrheit und dass ein Tag kommen wird, an welchem Ihr mir für mein Tun und Lassen Euren Dank aussprechen werdet! Nicht bloß Euer, sondern auch mein Interesse ist es, Euch im Besitz dieses Schlosses zu sichern. Ich stelle nicht in Abrede, über Schloss und Schlosshauptmann einiges zu wissen, zu dessen Offenbarung ich aber die Einwilligung des in der Abtei aufhältlichen Jünglings haben muss. Bringt mir ein Schreiben seiner Hand, dass ich Euch in das Geheimnis ziehen darf, und seid überzeugt, all diese trüben Wolken werden sich im Nu zerteilen!«

»Ich wünsche um Euretwillen, dass dies der Fall sei«, versetzte der Gouverneur, »wenngleich ich nicht verstehen kann, weshalb sich solch günstiger Ausgang hoffen lassen soll. Ich will Eurem Wunsche Rechnung tragen, Sänger. Schreibt Eurem Sohne! Ich will die Besorgung übernehmen; um Euretwillen will ich die Gefahr leiden, die zu großes Vertrauen in Eure Reden leicht über mich selber bringen kann. In strenger Haft muss ich Euch aber halten, bis sich alles aufgeklärt und entschieden haben wird. Das gebeut mir die Pflicht!«

Mit diesen Worten gab er dem Gefangenen das Schreibzeug zurück, das von den Bogenschützen in Beschlag genommen worden war, und befahl ihm die Arme zu lösen.

8.

»Ich habe den Brief nicht zusammengelegt«, sprach der Sänger, indem er dem Ritter das von ihm abgefasste Schreiben behändigte, »denn er ist nicht so abgefasst, dass Ihr das Geheimnis erraten könntet, und ich glaube nicht, dass Ihr durch die darin enthaltenen Worte irgendwelche Klarheit gewinnen werdet; indessen dürft Ihr bezüglich dessen, was nicht darin steht, durchaus beruhigt sein. Was ich mit diesen Worten sagen will, ist nichts weiter, als dass das Schreiben von jemand herrührt, der für Euch und Eure Besatzung das Beste wünscht, und an ebensolchen jemand gerichtet ist.«

Der Ritter befahl sein Ross zu satteln und las während dieser Zeit das von dem Sänger abgefasste Schreiben. Dasselbe lautete:

»Teurer Augustin! – Der Schlosshauptmann, Sir John de Walton, hat den Verdacht geschöpft, von welchem ich unterwegs mehr denn einmal gesprochen habe. Kein Wunder, denn wir sind ohne klar und bestimmt ausgesprochenen Zweck in dieses Land gekommen. Zunächst bin ich in Haft genommen worden und stehe unter Androhung peinlicher Befragung, damit ich über den Zweck unserer Wanderung hierher meine Aussage gebe. Indessen soll man mir eher das Fleisch von den Knochen reißen, als mich zum Bruch des Euch geleisteten Eides zwingen. Zweck dieses Schreibens ist, Euch Kenntnis zu geben, dass die gleiche Gefahr Euch droht, sofern Ihr nicht geneigt sein solltet, mir die Erlaubnis zur Offenbarung unseres Geheimnisses zu erteilen. Ihr braucht mir hierüber lediglich Eure Wünsche zu sagen. Seid versichert, dass ich ihnen gemäß handeln werde.

Euer ergebener Bertram.«

Nicht das geringste Licht warf der Brief auf das Geheimnis des Sängers. Der Schlosshauptmann las ihn mehrmals durch und drehte ihn nach allen Seiten herum, umsonst: Es ließ sich nicht das Mindeste aus dem Inhalt herausschälen, was ihm auch nur Anhalt geboten hätte, sich Licht zu verschaffen.

Sir John de Walton sah das Müßige solchen Beginnens ein und begab sich in die Halle, um dort Sir Aymer in Kenntnis zu setzen, dass er nach der Abtei hinüber reiten wolle, und ihm für die Zeit seiner Abwesenheit die Schlosshauptmannsobliegenheiten zu übergeben.

Als der hohe Ritter vor dem in Ruinen liegenden Kloster erschien, trat auf der Stelle der Abt vor das Tor, ihn seiner Dienstfertigkeit zu versichern, waren doch Kloster und Insassen einzig und allein unter den obwaltenden Verhältnissen im Lande auf die Nachsicht der englischen Garnison im Schlosse angewiesen.

Sir John fragte den Greis nach dem im Kloster aufhältlichen Jüngling und vernahm, dass derselbe, seit er von seinem Vater, einem Sänger mit Namen Bertram, hierher gebracht worden, krank gelegen habe. Der Greis setzte hinzu, dass es sich seines Vermutens um jene ansteckende Seuche handle, die damals die Grenzen von England verheerte und bereits nach Schottland übergegriffen habe.

Sir John behändigte dem Abte das Schreiben des Sängers; aber es währte nicht lange, so kam der Abt, zitternd vor Angst, zurück mit dem Bescheide des Jünglings, momentan könne und wolle er den Ritter nicht empfangen; wenn derselbe am anderen Morgen nach der Messe sich wieder herbemühen wolle, so wäre es vielleicht möglich, ihm zu sagen, was er zu wissen begehre.

»Das ist kein Bescheid, den solch ein grüner Bursch einem Manne von meinem Rang und Stande melden lassen darf«, sprach der Ritter, »und ich muss meiner Verwunderung darüber Ausdruck geben, Herr Abt, dass Euch um Euer eigenes Wohl so wenig zu tun ist, dass Ihr es wagen konntet, solch unverschämte Botschaft an mich zu übernehmen.«

Der Abt suchte sich zu entschuldigen. Er verpfändete sein heiliges Wort, dass der unbedachte Inhalt dieser Botschaft einzig und allein in der aus solcher Krankheit hervorgehenden mürrischen Stimmung zu suchen sei. Er sprach von den Rücksichten und Pflichten, die der Schlosshauptmann von Douglas gegen Kloster und Abtei von Saint-Bride zu beobachten habe, die doch der englischen Regierung nimmer Ursache zu Klagen gegeben habe. Er betonte, dass er nicht zugeben könne, einen kranken Jüngling, der im Heiligtum der Kirche Zuflucht gesucht habe, in irgendwelche Gefahr zu bringen oder in Haft zu nehmen, falls nicht Anklage wegen besonderen Verbrechens erhoben würde, die aber sogleich auch nach Recht und Gesetz durch Beweise erhärtet werden müsse. Das Geschlecht der Douglas, obgleich bekannt durch Rauheit und gewalttätigen Sinn, habe das Heiligtum der Abtei Saint-Bride jederzeit hochgehalten und respektiert, und es sei wohl nicht zu vermuten, dass der König von England, der römischen Kirche frommer und pflichtgetreuer Sohn, die Rechte derselben geringer halten werde, als die Anhänger eines Thronräubers und Mörders und im Kirchenbann befindlichen Mannes wie Robert Bruce.

Sir John de Walton wusste, welche Macht dem Papste in jedem Streite zustand, in welchen ihm Einmischung beliebte, dass von demselben in dem Kampf um die Oberherrschaft in Schottland Rechte geltend gemacht würden, die nach den zurzeit gültigen Anschauungen am Ende für besser und begründeter galten als die vom König von England einer-, von Robert Bruce andererseits erhobenen. Er musste sich demnach sagen, dass ihm sein König für einen durch ihn hervorgerufenen Zwist mit der Kirche kaum dankbar sein werde. Zudem war es ja leicht, Augustins Flucht während der Nachtzeit durch Wachen zu hindern, so dass er sich am anderen Morgen ebenso sicher in der Gewalt der Engländer befinden, als wenn er im Augenblick durch offene Gewalt in Haft genommen würde.

Indessen besaß der Ritter so viel Gewalt über den Abt, dass er von ihm für die Zusage, die Abtei für die Dauer der Nacht als Heiligtum zu halten, die Gegenzusage erhielt, ihm mit seinem geistlichen Ansehen behilflich zu sein, dass der Jüngling ausgeliefert werde, falls er keinen ausreichenden Grund für das Gegenteil beizubringen imstande sei.

Diese Abrede bestimmte den Ritter, die von Augustin mehr begehrte als nachgesuchte Begünstigung zu gewähren – »mit der Voraussetzung jedoch«, schloss er, »dass Ihr ihm die Erlaubnis weigert, die Abtei zu verlassen, und Euch für ihn verbürgt, wogegen ich Euch die Vollmacht einräume, über unsere kleine Besatzung von Hazelside zu verfügen, der ich übrigens bei meiner Rückkehr nach dem Schlosse Verstärkung senden werde, für den Fall es notwendig sein sollte, Gewalt zu gebrauchen oder andere Maßregeln zu ergreifen.«

»Ich kann mir nicht denken, Herr Ritter, dass es nicht gelingen sollte, den Starrsinn des Jünglings durch Worte zu bekämpfen; ich möchte sogar annehmen, dass Ihr die Art und Weise, wie ich mich der Pflichten, die mir dieser Vorfall überweist, entledigen will, nicht anders als billigen werdet.«

Sir John lehnte alle Bewirtung ab, verabschiedete sich und spornte sein Ross. Es währte nicht lange, so trug ihn das edle Tier wieder über die Zugbrücke. Sir Aymer hielt vor dem Schlosstor, um zu melden, dass sich in der Garnison keinerlei Änderung vollzogen habe; indessen sei ihm Kunde geworden, dass ein Dutzend Mannen auf dem Marsche nach Lannark begriffen seien und im Schlosse Einkehr halten wollten oder, falls dem Hauptmann dies genehmer sei, im Vorposten von Hazelside sich quartieren würden.

»Ich bestimme das letztere«, erwiderte Sir John, »zumal ich eben willens bin, die dort liegende Garnison zu verstärken. Der naseweise Musje, Bertrams Sohn oder was er sonst sein mag, hat sich verpflichtet, sich morgen zum Verhör zu stellen. Da die im Anmarsch befindliche Abteilung zu dem Korps Eures Oheims Lord Pembroke gehört, ersuche ich Euch, ihr entgegenzureiten und sie so lange in Hazelside zu halten, bis Ihr weitere Erkundigungen über diesen Sängerknaben eingezogen habt. Ich verlange vollständige Aufklärung über das ihn umgebende Geheimnis und Antwort auf das Schreiben des Sängers, das ich dem Abt von Saint-Bride eigenhändig übergeben habe. Ich verlasse mich darauf, dass Ihr den Knaben scharf im Auge haltet und unter sicherer Begleitung hierher schafft, weil er meiner Meinung nach ein Gefangener von Wichtigkeit ist. Ich habe in dem Falle schon viel zu viel Nachsicht bewiesen.«

»Zu Befehl, Sir John!«, versetzte der junge Ritter. »Sofern Ihr für jemand, welcher die Ehre hat, direkt nach Euch an diesem Platze Zu rangieren, keine wichtigeren Befehle habt!«

»Entschuldiget, bitte, Herr Ritter«, antwortete der Schlosshauptmann, »falls Ihr den Auftrag für unter Eurer Würde halten solltet –«

»Nicht im Geringsten«, sagte hierauf Sir Aymer; »doch eine Frage: Was soll geschehen, wenn sich der Abt widersetzt?«

»Sich widersetzt?«, fragte Sir John. »Mit Lord Pembrokes Kriegsleuten befehligt Ihr über zwanzig Mann wenigstens, Berittene, die Bogen und Speer führen, und gegen Euch steht ein knappes halbes Dutzend scheuer alter Mönche, die außer Kutte und Kapuze über nichts verfügen –«

»Schon recht«, bemerkte Sir Aymer, »aber mit Kirchenbann und Exkommunikation hat heutzutage niemand gern was zu tun, auch Leute im Harnisch nicht; und aus der christlichen Kirche gestoßen zu werden, möchte ich keinesfalls riskieren.«

»Der Abt hat mir die Auslieferung des jungen Menschen zugesagt, Herr Ritter«, versetzte hierauf Sir John nicht ohne Schroffheit, »falls er sich nicht aus freien Stücken ausliefert.«

Dieser Bescheid schloss weiteren Einspruch aus. Sir Aymer de Valence, in der Meinung, nutzloserweise mit einem Auftrag unbedeutender Art geplagt zu werden, legte die für kurze Ritte im Bereich der Besatzungsmauern übliche halbe Rüstung an und ritt mit seinem Knappen Fabian und einigen Dienstmannen aus dem Schlosse.

Der Abend ging mit einem jener schottländischen Nebel zu Ende, die unter anderen besser bestellten Himmelsstrichen als Regenschauer gelten. Der Pfad wurde immer düsterer; die Höhen hüllten sich in Dunstmassen, ihr Aufstieg wurde immer mühsamer.

In der Meinung, eher auf geraden Weg zu kommen, ritt er durch den veröden Flecken, der noch immer den Namen Douglas führte, dessen Einwohner aber zufolge der harten Behandlung, die während dieser wilden Kämpfe die Engländer übten. Zum weitaus größten Teile nach anderen Grafschaften geflüchtet waren. Ein plumpes Palisadenwerk und eine noch plumpere Zugbrücke dienten als Schutzwehren. Die Straßen waren so schmal, dass kaum drei Pferde nebeneinander laufen konnten. Von irgendwelcher Haustätigkeit oder freundnachbarlichen Vereinigung nirgendwo eine Spur; aus keinem Fenster schimmerte Licht; in allen Teilen Schottlands, deren Ruhe nicht als ausgemacht sicher galt, war die alte Verordnung, mit der Abendglocke alles Feuer zu löschen, die noch von Wilhelm dem Eroberer herrührte, in voller Geltung. Dass die ehemaligen Besitztümer des Geschlechtes der Douglas in erster Reihe als solche galten, braucht nicht gesagt zu werden.

Sir Aymer war eben bis vor den alten, in Trümmern liegenden Kirchhof des ebengenannten uralten Geschlechts gelangt, als er außer dem Schall der Hufe der eigenen Rosse Klänge zu vernehmen meinte, die sich anhörten wie der Tritt eines anderen Ritterpferdes, das mit schwerem Gestampf, wie ihnen entgegen, die Straße heraufkam. Valence war außerstande zu sagen, woher solch kriegerischer Klang kommen könne; aber der Schall von Hufen und das Klirren von Waffen und Rüstung war zu deutlich, als dass sich das Ohr eines Kriegers hätte irren sollen. Dass sich gemeines Kriegsvolk nachts außerhalb der Quartiere umhertrieb, war allerdings keine besondere Seltenheit; aber die Erscheinung eines gewappneten Reiters in voller Rüstung auf ein Vorkommnis gewöhnlicher Natur zurückzuführen, war nicht so leicht. Vielleicht bemerkte, da das Mondlicht mit vollem Glanze den Fuß der Anhöhe traf, auch der unbekannte Krieger in diesem Augenblick den englischen Ritter mit seinem Gefolge. Von beiden Seiten ertönte wenigstens der übliche Alarmruf »Wer da!«, dem auf der einen Seite durch den Gegenruf »Sankt Georg!«, auf der anderen durch den Gegenruf »Douglas!« geantwortet wurde.

Aus den Winkeln der kleinen verfallenen Straße und aus den stillen Gewölben der von den Engländern durch Feuer zerstörten Kirche hallten die Rufe in schreckhaften Echos wider.

Verdutzt über das Schlachtgeschrei, an das sich so schmerzvolle Erinnerungen knüpften, spornte Sir Aymer sein Ross zu vollem Galopp und jagte den steilen beschwerlichen Abhang hinunter, der zu dem südlichen und südöstlichen Tore des Platzes führte. Dem Knappen die lange Lanze aus der Faust reißen und zum Stoß einlegen mit dem Rufe: »Beim heiligen Georg! Kameraden, Nieder mit allem, was sich Schotte nennt! Fabian, ans Tor! Schneidet ihm die Flucht ab! Bogen und Partisanen, Sankt Georg für England!« war das Werk einer Sekunde.

Das Licht jedoch kam und schwand im Nu, und obgleich nach Sir Aymers Dafürhalten kein feindlicher Krieger Raum finden konnte, dem Angriff auszuweichen, konnte er sein Ziel doch nicht anders als aufs Geratewohl nehmen. Unter Steingeröll und anderem Weghindernis raste er den finsteren Abhang hinunter, ohne in der Finsternis auf den Gegenstand seiner Verfolgung zu treffen, fünfzig Ellen tief hinunter. Die Straße war so eng und schmal, dass niemand an ihm vorbeikonnte, niemand sich an der Seite halten konnte. Es war nicht anders möglich, als dass der feindliche Reiter durch die Luft verschwunden war. Der Schrecken, der zumeist in den Gemütern Platz griff, sobald der Name Douglas hörbar wurde, bemächtigte sich der Reiter im Gefolge des Ritters, und als der Ritter das Tor erreichte, mit welchem die holperige Gasse endigte, befand sich außer seinem Knappen Fabian, dessen furchtsame Regungen im Nu verflogen, wenn die Stimme des von ihm mit Liebe verehrten Herrn an sein Ohr schlug, kein Reiter hinter ihm.

Am Tore war ein Kommando der Armbrustschützen postiert, das in heftige Bestürzung geriet, als Sir Aymer mit seinem Knappen zwischen sie, hineinsauste.

»Schufte!«, schrie der Ritter sie an. »Warum achtet Ihr nicht auf Euren Dienst? Wer ist in diesem Moment mit der verräterischen Parole Douglas durch Euren Posten geritten?«

»Wir wissen von solchem Reiter so wenig, wie wir solche Parole vernahmen«, versetzte der Wachthauptmann.

»Das heißt«, rief der junge Ritter, »Ihr Schufte habt Euch wieder einmal viehisch besoffen und im Schlafe gelegen!«

Die Soldaten verwahrten sich gegen solche Beschuldigung, aber so verworren, dass des Ritters Verdacht sich eher verstärkte denn minderte. Er befahl Fackeln und Lichter zu bringen. Was an Bewohnern in dem Flecken noch da war, entschloss sich mürrisch, mit solchem Gerät, das ihnen zur Beleuchtung noch verfügbar war, zur Wache zu ziehen. Mit Verwunderung hörten sie dem Berichte zu, den der junge Ritter von seinem Erlebnis gab, schenkten demselben aber geringen Glauben, obgleich sein ganzes Gefolge jedes Wort bestätigte, meinten vielmehr, der junge Ritter suche bloß nach einem Vorwande, um die paar Leute, die noch im Orte waren, schärfer zu drangsalieren als bisher. Indessen wagte keiner von ihnen, solchen Gedanken laut zu äußern, aber durch einzelne Ausrufe, die sie miteinander wechselten, gaben sie ihrer geheimen Freude über den Schreck, der der englischen Garnison in die Glieder gefahren war, heimlich Ausdruck. Nichtsdestoweniger taten sie nach wie vor, als verfolgten sie mit höchstem Interesse die weitere Entwicklung der Dinge und ließen nicht nach in ihren Bemühungen, der Erscheinung nachzuspüren.

Endlich tönten aus dem Stimmengewirr aus weiblichem Munde die Worte:

»Wo ist der Ritter aus dem Süden? Ich kann ihm sagen, wo er die einzige Person zu suchen hat, die ihm aus seiner zurzeit so schwierigen Lage heraushelfen kann.«

»Und wer ist die Person?«, fragte Sir Aymer, voll des Verdrusses über so viel zwecklos verlorene Zeit, zugleich aber ängstlich besorgt über das Auftauchen eines bewaffneten Parteigängers der Douglas in dem Stammorte ihres Geschlechts, der sich doch in Gewalt der Engländer befand.

»Kommt mit«, rief die Stimme wieder, »und ich will Euch den Mann nennen, der alle Dinge solcher Art zu deuten vermag.«

Der Ritter riss einem neben ihm stehenden Manne die Fackel aus der Hand und hielt sie empor. Eine Frau von hoher Gestalt suchte seine Blicke auf sich zu lenken. Als er näher trat, gab sie ihm in ernstem, feierlichem Tone die gewünschte Kunde.

»Einst hatten wir weise Leute allerorten, die jede Parabel beantworten konnten, die ihnen auf dieser Seite der Insel vorgelegt wurde. Ob ihr Herren die Hand im Spiele gehabt habt, sie auszurotten, darüber zu urteilen geziemt nicht mir; aber fest steht, dass man heutzutage nicht mehr den alten guten Rat bekommen kann wie früher in diesem Lande der Douglas. Auch darf man wohl gelten lassen, dass er nicht mehr in derselben Weise gern gegeben wird wie ehedem.«

»Schottin«, sprach de Valence, »sofern Ihr mir Erklärung dieses Geheimnisses schafft, will ich Euch ein graues Mieder vom besten Wollenzeug schenken.«

»Ich erhebe nicht Anspruch«, erwiderte die Alte, »Kunde zu besitzen, die Euch helfen könnte. Aber wissen muss ich, dass den Mann, den ich Euch nennen werde, weder Unbill noch Schaden treffen soll. Versprecht Ihr mir das auf Ritterwort und Ehre?«

»Ganz ohne Frage!«, versetzte de Valence. »Der Mann soll sogar Dank und Belohnung ernten, sofern er die Wahrheit redet. Auch für den Fall sogar, dass er sich eingelassen haben sollte auf gefährliche Pläne oder in Verschwörungen, gelobe ich Pardon.«

»O, solcher Fall ist bei diesem Manne nicht zu gewärtigen«, sagte die Frau; »es ist unser alter Gevatter Powheid, dem die Sorge und Aufsicht über die Grabdenkmäler obliegt, diejenigen wenigstens, die ihr Herren Engländer noch übrig gelassen habt. Ich meine unseren uralten Küster von Douglas. Der kann mehr Geschichten von diesen alten Schlossherren und Schlossleuten erzählen, als Zeit wäre bis zur heiligen Weihnacht, sie zu erzählen.«

»Weiß jemand, wen die alte Frau meint?«, fragte Sir Aymer, sich an seine Mannen wendend.

»Ich denke mir«, erwiderte Fabian, »dass sie den alten, in Kindheit verfallenen Narren meint, den man oft als Gewährsmann für die Geschichte und die Altertümer dieser alten Stadt wie auch des wilden Geschlechts nennen hört, das vielleicht schon vor der Sintflut hier gehaust hat.«

»Und der, wie ich glaube«, setzte der Ritter hinzu, »von dem Vorfall so viel wissen wird wie die Alte selber! Aber er soll Küster sein, der Alte? Nun, dann weiß er vielleicht mit Verstecken Bescheid, die sich in gotischen Bauten so häufig finden und denen bekannt zu sein pflegen, die dort Verrichtung haben. Kommt, Frau, und bringt mich zu dem Manne. Aber schnell! Denn wir haben schon zu viel nützliche Zeit vergeudet.«

»Zeit?«, wiederholte die Frau. »Bringt Euer Gnaden Zeit in Anrechnung? Meine Zeit reicht kaum noch, um Leib und Seele zusammenzuhalten. Ihr seid nicht mehr weit vom Hause des Alten.«

Über Haufen von Schutt, und Stein führte der Weg, den die Alte dem Ritter voranging, der seinem Knappen die Zügel seines Rosses in die Hand legte und hinter seiner Führerin herstieg, so gut es die Beschwernisse der pfadlosen Strecke gestatteten. Bald befanden sie sich zwischen den Ruinen der alten Kirche. Die alte Frau schwatzte unterwegs in einemfort: »Der alte Mann wird seinen Obliegenheiten nachgehen. Mich wundert bloß, dass er sich zu solcher Stunde und in so schwerer Zeit mit dergleichen Dingen plagt! Aber, Gott steh uns bei! Die Zeit wird wohl noch reichen für sein und mein Leben; ist sie doch, soweit ich urteilen kann, noch gut genug für uns Lebende!«

»Wisst Ihr auch, Frau, ob zwischen diesen Ruinen ein Mensch lebt?«, fragte de Valence. »Mir kommt es weit eher so vor, als führtet Ihr mich in ein Beinhaus.« – »Vielleicht habt Ihr nicht unrecht, Herr Ritter«, erwiderte die Frau mit grässlichem Lachen; »alte mürrische Leute sind recht für Grabgewölbe und Leichenhäuser; und wenn ein alter Totengräber bei den Toten wohnt, so haust er doch, wie Ihr wisst, unter seinen Kunden! Holla, Powheid! Lazarus Powheid! Holla! Hier ist ein Herr, der mit Euch reden will!« Dann setzte sie mit gewissem Nachdruck hinzu: »Ein edler Herr englischer Herkunft von der höchst ehrsamen englischen Garnison auf Schloss Douglas.«

Jetzt wurden langsame Schritte laut und bald fiel der Schatten eines Greises auf die vom Mond beleuchteten Mauertrümmer des Gewölbes. Bald, sah man, dass seine Kleidung in liederlichem Stande war, ganz als ob er eben aus dem Bett gesprungen sei; denn seit der Einwohnerschaft im ganzen Douglas-Tale alle künstliche Beleuchtung durch die Engländer verboten war, war die Gewohnheit eingerissen, von der Dämmerzeit ab sich dem Schlaf zu überlassen.

»Was wollt Ihr von mir, junger Herr?«, fragte der Greis, ein großer, durch Alter und Entbehrungen abgemagerter Mann, dessen Körper durch die Arbeit des Grabschaufelns gebeugt war, dem aber das Gewand eines Laienbruders einen Anschein von kirchlicher Würde lieh. »Eure jugendlichen Züge und weltliche Kleidung deuten mir auf einen Menschen, der meines Dienstes weder für sich noch für andere bedarf.«

»Ich bin freilich noch lebendig«, versetzte der Ritter nicht ohne Humor, »und brauche also für mich selbst weder Schaufel noch Hacke; auch für keinen Verwandten, denn ich trage ja kein Trauerkleid; ich wünsche nichts weiter, als Euch ein paar Fragen zu stellen, Alter.«

»Was Ihr haben wollt, sollt Ihr bekommen«, erwiderte der Küster, »denn Ihr gehört ja zu denen, die uns dermalen regieren, und seid wie mir scheint, ein Mann von höherem Range. Folgt mir in meine dürftige Wohnung. Vordem besaß ich eine bessere; aber sie ist, der Himmel weiß es, noch gut genug für mich, seit sich Menschen weit höheren Standes mit einer noch schlechteren abfinden müssen!«

Er öffnete eine niedrige Tür, die zu einer Art von gewölbtem Kellerloch führte, in welchem der Greis, wie es schien abgesondert von aller Welt, seine elende Behausung hatte. Der Fußboden war aus Steinen gebildet, die stellenweise noch Schrift und Embleme trugen, als seien sie vordem Grabsteine gewesen. Am oberen Ende des Gewölbes brannte ein Feuer, dessen Rauch Abzug durch ein Mauerloch fand. In einer anderen Ecke standen Schaufel und Hacke nebst anderem Gerät. Ein paar roh gezimmerte Stühle bildeten mit einem ebensolchen Tische und einem Strohlager an der Längsseite des Kellers den einzigen Hausrat. Am unteren Ende des Raumes war die Wand fast ganz durch ein großes Wappenschild verdeckt, das sechzehn besondere Wappenfelder aufwies, jedes mit eigentümlichen und besonderen Sinnbildern und zusammen um das Hauptwappen in schicklicher Weise gruppiert.

»Setzen wir uns«, sprach der Greis, »ich werde Eure Worte dann besser hören können und der Husten wird milder mit mir umgehen, so dass Ihr auch meine Worte besser versteht.«

Der Ritter folgte dem Beispiel seines Wirtes und ließ sich auf einem der rohen Stühle neben dem Feuer nieder. Der Greis, von heftigem Husten befallen, holte aus einem Winkel in einer Schürze zerschlagene Bretter herbei, von denen Stücke noch mit schwarzem Tuch bekleidet, auch mit schwarzen, bisweilen vergoldeten Nageln beschlagen waren.

»Man darf hier das Feuer nicht ausgehen lassen«, erklärte der Greis, »weil sich bei Nachlassen der Wärme Dünste aus diesen Gräbern sammeln, die den Lungen gesunder Leute, wie Euer Gnaden, von großem Schaden sind. Ich habe mich mit der Zeit freilich daran gewöhnt.«

Die Überreste von Särgen, die der alte Mann auf seinem Kamin zusammengeschichtet hatte, fingen langsam an zu schwelen, bis schließlich eine Flamme aufloderte, die den finsteren Raum mit geisterhafter Helligkeit erfüllte.

»Ihr wundert Euch, Herr Ritter«, sagte der Greis, »und habt vielleicht nie zuvor gesehen, dass Reste von Toten gebraucht wurden, den Lebendigen Behaglichkeit zu schaffen?«

»Behaglichkeit?«, wiederholte mit Achselzucken der Ritter. »Es möchte mir leid tun, sollte ich einen Hund so schlecht beherbergen müssen, wie du hier hausest, dessen weißes Haar sicherlich bessere Tage gesehen hat.«

»Vielleicht«, antwortete der Küster, »vielleicht auch nicht! Indessen ist es mir so, als seien Euer Gnaden nicht abgeneigt gewesen, mir einige Fragen über mein Vorleben vorzulegen? Ich wage deshalb die Erkundigung, worauf Eure Fragen sich richten sollten.«

»Ich will klar und kurz sein«, antwortete Sir Aymer, »und Ihr sollt mir klar und kurz antworten. Ich bin in den Gassen dieses Fleckens eben einem Menschen begegnet, der so verwegen ist, die Warenzeichen der Douglas zu tragen – ein Lichtstrahl, der auf seine Person fiel, hat es mir gezeigt – der so verwegen war, und meine Ohren trügen mich nie, sogar den Kriegsruf der Douglas ertönen zu lassen! Darf ich meinem flüchtigen Blicke trauen, so besaß dieser Verwegene sogar die Gesichtszüge derer von Douglas und die ihnen eigentümliche dunkle Hautfarbe. Ich bin an dich verwiesen worden, Alter, weil du die Mittel besitzen sollst, mir Aufklärung über diesen seltsamen Umstand zu geben. Als englischer Ritter, der unter König Eduard dient, bin ich verpflichtet, diesen Vorfall auf das Genaueste zu untersuchen.«

»Erlaubt mir, Herr Ritter, hier eine Unterscheidung zu machen«, sprach der Greis, »die Herren von Douglas aus früheren Generationen sind meine nächsten Nachbarn, nach der Meinung meiner abergläubischen Mitbürger meine Bekannten und Gäste. Für ihre gute loyale Aufführung kann ich mein Gewissen mit Verantwortung belasten, kann mich verbürgen, dass die alten Barone, bis auf die man, der Sage nach, den Wurzeln dieses mächtigen Stammes zurückspüren kann, durch kein Kriegsgeschrei mehr die Städte und Dörfer ihrer Heimat stören werden; keiner von ihnen wird im Mondenschein mit der schwarzen Rüstung paradieren, die seit Langem schon auf ihren Gräbern verrostet ist. Blickt Euch um, Herr Ritter! Über Euch und um Euch her habt

Ihr die Männer, von denen Ihr redet. Unter uns in einem kleinen Nebengewölbe, das nicht geöffnet wurde, seit diese Locken braun und dicht waren, ruht der erste Herr, den ich als merkwürdig in dieser merkwürdigen Geschlechtsfolge bezeichnen kann. Er ist es nämlich, den der Thane von Athol dem König von Schottland als Sholto Dhuglass oder den dunklen eisenfarbigen Mann vorstellte, durch dessen Heldenhaftigkeit seine Fürsten die Schlachten gewannen. Der Sage nach war er es, der unserem Tal und unserer Stadt seinen Namen hinterließ, während freilich andere dafür halten, dass das Geschlecht seinen Namen von dem Strom erhielt, der seit undenklichen Zeiten diesen Namen führte, bevor noch an seinen Ufern das Geschlecht der Douglas seine Schlösser und Burgen besaß. Andere, seine direkten Nachkommen, Eachain oder Hektor der erste und Orod oder Hugo, William als erster dieses Namens und Gilmaur, der Held manches Sängerliedes, das von Taten meldet, die unter der Oriflamme Karls des Großen, des Königs der Franken, vollbracht wurden – sie alle sind hier beigesetzt worden zu ihrem letzten Schlafe und ihr Gedächtnis ist vor der Verheerung der Zeiten nicht geschützt worden. Einiges wissen wir von ihren großen Taten, ihrer gewaltigen Macht und, ach, ihren großen Verbrechen. Einiges wissen wir auch von einem Lord Douglas, der im Parlament zu Torfur saß, das König Malcolm I. hielt, z. B. dass er wegen seiner Vorliebe, den wilden Hirsch zu jagen, sich im Walde von Ellrich einen Turm baute, Blackhouse genannt, der vielleicht noch heute steht.«

»Verzeiht, Alter«, rief der Ritter, »aber dem Stammbuch der Douglas kann ich meine Zeit nicht widmen. Der böte ja Sängern mit gutem Atem Stoff zum Vortrag für ein ganzes Kalenderjahr mit Einschluss der Sonn- und Feiertage.«

»Welch andere Kunde könnt Ihr von mir erwarten«, entgegnete der Küster, »als solche über die Helden, deren einige durch mich zur ewigen Ruhe bestattet worden sind? Ich zeigte Euch, wo das Geschlecht der Douglas bis zum königlichen Malcolm ruht. Ich kann Euch von einem weiteren Gewölbe erzählen, in welchem Sir John von Douglas-Burn mit seinem Sohn Lord Archibald und einem dritten William ruht, bekannt durch seinen Vertrag mit Lord Aberdeen. Auch von demjenigen Douglas kann ich Euch erzählen, dem dies große Wappenschild hier mit allem Zubehör von Glanz und Würde gehörte. Beneidet Ihr ihn, den Edelmann, den ich, und stände Tod auf meinen Worten, ohne Zaudern meinen lieben Herrn und Lord nennen würde? Hegt Ihr die

Absicht, seine Gebeine zu entfernen? Solcher Sieg über einen Toten, dem im Leben kein Ritter standhielt, geziemte einem englischen Ritter und Edelmann schlecht. Aber das Glück, auf dem Schlachtfeld den Tod zu finden, war ihm nicht beschieden. Durch Verrat fiel er in die Hände der Feinde, und Kerkerhaft, Gram über das Unglück des Vaterlandes und schwere Krankheit gaben ihm den Tod im Lande der Fremden. Aber noch heute klebt das Blut an den Wänden der schmalen Gasse, die Ihr vorhin hinuntergejagt seid, von den hunderten, die dort unter seinem Schwerte gefallen sind. Wie ein Rachegott brach er nieder über das fremde Geschmeiß, das ihm die Stadt seiner Väter rauben wollte; wie der leibhaftige Sensenmann mähte er sie nieder, Mann für Mann und Ritter für Ritter! Einen Tag und eine Nacht stand das Wasser im Teiche hoch von dem Blute der Feinde und seitdem führt der Teich, dessen Wasser dick und trübe blieb, dem die Zugänge und Abflüsse verstopft sind durch hunderte von Leichen, den Namen der blutige Sumpf und wird ihn behalten in alle Ewigkeit, und in alle Ewigkeit wird Schottland den Ruhm dieses Douglas singen, der der Feinde des Vaterlandes mehr erschlug an einem einzigen Tage, als manch anderer seines Geschlechts in seinem ganzen Leben! Aber, Ritter! Noch ist Raum vorhanden in dem Sumpfe, nach welchem das Schloss bei uns Schotten jetzt seinen Namen trägt, für weitere! Und wenn Ihr vor Minuten einen Schwerbewaffneten mit der Gesichtsfarbe des schwarzen Douglas gesehen zu haben meint, so ist es sicherlich nicht meine Sache, solche Einbildung anders als durch die Voraussetzung zu erklären, dass die angeborene Furcht des Südländers das Gespenst eines Douglas zu aller Zeit heraufbeschwören wird, wenn er die Grabstätte des Geschlechts vor Augen hat.«

Starr ob solcher kühnen Rede stand der Ritter.

Der Greis richtete sich langsam im Flackerschein des Feuers auf, das seinem mageren Gesicht eine Färbung lieh, wie Maler sie dem heiligen Antonius in der Wüste geben.

»Die Geister der Verstorbenen vom Geschlechte der Douglas ruhen nicht in ihren Gräbern, solange ihre Grabmäler geschändet liegen und ihr Haus entehrt ist. Weder Himmel noch Hölle kann ihnen Aufenthalt geben; sie hausen noch heute in jenem Mittelreich zwischen Leben und Tod, das für solche besteht, die so übergroßen Anteil hatten an weltlichem Triumph und weltlichem Glück, dass ihre Geister die Ruhe nicht finden können. Wollt Ihr Euch des verwundern, die Ihr die Tempel verbranntet und niederrisset, die ihnen von den Nachkommen erbaut wurden, um die göttlichen Mächte für das Heil ihrer Seelen günstig zu stimmen? Könnt Ihr Euch wundern, dass sie unzufrieden umherschweifen an den Stätten, die ihnen noch Ruhe gewähren würden, wenn Ihr nicht den Krieg auf so rücksichtslose Weise geführt hättet, dass solche Krieger ohne Fleisch und Bein Eure Märsche stören?«

»Alter Mann!«, rief der Ritter, der nun wieder Herr über seinen Geist geworden war. »Solche Mär, mit der Ihr wohl Knaben in Schlaf lullen könnt, ist keine Antwort auf die an Euch gestellte Frage! Nichtsdestoweniger bin ich demjenigen dankbar, der unsere Geschicke lenkt, dass er Euer Schicksal nicht in meine Hände gelegt hat. – Fabian!«, rief er seinem Knappen zu. »Holla, hierher mit zwei Armbrustschützen!« – Der Gerufene war im Nu zur Stelle. – »Bring den Alten als Gefangenen zum Schlosshauptmann, zu Sir John de Walton, der wahrlich der Mann nicht ist, Alter, an deine Geistermär und deine Lehre vom Fegfeuer zu glauben – melde Sir John, Fabian, dass dieser Küster nach meiner Meinung gar Wohl in der Lage sei, über den geisterhaften Ritter, der uns begegnet ist, mehr zu sagen, als er auf einfache Frage sagen will, dass es auf mich sogar den Eindruck mache, als stünde er mit einer hier im Gange befindlichen Verschwörung in enger Beziehung. Melde dem Schlosshauptmann auch, dass ich in Anbetracht der vielerlei verdächtigen Dinge, die sich jetzt in unserer Umgebung ereignen, mit dem Knaben drüben im Kloster keine sonderlichen Umstände machen werde!«

»Ihr könnt Euch drauf verlassen, Herr Ritter, dass ich keine Ewigkeit nach dem Schlosse hinauf brauchen werde«, rief der Knappe, »und sollte ich auch den Ritt auf den Knochen des Alten machen müssen!«

»Behandle ihn nicht unmenschlich!«, befahl der Ritter. »Und Ihr, alter Mann, wenn Ihr auch unempfindlich seid gegen Drohungen, die Euch persönlich betreffen, so lasst Ihr besser wohl nicht außer Acht, dass Euch schärfere als Leibesstrafe treffen kann, wenn Ihr uns solltet betrügen wollen.«

»Könnt Ihr die Folter auf die Seele anwenden?«, fragte der Küster.

»Euch haben wir in solcher Gewalt«, versetzte der Ritter, »denn wir werden alle kirchliche Übung, die zum Seelenheil für die Familie Douglas eingesetzt worden, aufheben und jeden Aufenthalt an solcher Stätte denen verbieten, die sich weigern, für das Seelenheil des Königs Eduard ruhmreichen Gedenkens, der im Lande als ›Schottenhammer‹

gefeiert wird, zu beten. Wird also das Geschlecht der Douglas aller gottesdienstlichen Handlung an heiliger Stätte beraubt, so wird es solches lediglich deinem harten Sinn zu danken haben.«

»Solche Rache«, rief der Greis, ohne im Geringsten Einschüchterung zu zeigen, »würde sich eher eignen für Teufel in der Hölle, als für ehrliche Christen!«

Der Knappe hob die Faust; aber der Ritter tat ihm Einhalt.

»Lass ihn, Fabian«, sprach er, »der Mann steht in hohem Alter und sein Verstand ist vielleicht nicht mehr in Ordnung. Aber lasst nicht außer Acht, Küster, dass die angedrohte Rache nach dem Gesetz gegen ein Geschlecht gerichtet werden kann, dessen sämtliche Glieder Parteigänger des im Kirchenbann schmachtenden Rebellen waren, der in der Kirche von Dumfries Comyn den Roten erschlug.«

Mit diesen Worten schritt Sir Aymer, mit Schwierigkeit den Rückweg findend, aus den Ruinen, bestieg am halbverfallenen Kirchenportal sein Ross und setzte, nachdem er der Wache verschärfte Aufmerksamkeit empfohlen, seinen Ritt nach Hazeleside fort. Mit dem durch den Abgang von Fabian und den ihm zum Geleit gegebenen zwei Armbrustschützen verringerten Gefolge stieg er nach schnellem, aber ziemlich langem Ritt vor Thomas Dicksons Pachthof ab, woselbst die Pembrokeschen Reiter bereits eingetroffen und bequemes Quartier für die Nacht genommen hatten. Er ließ dem Abte von Saint-Bride seinen Besuch melden und anempfehlen, den bei ihm aufhältlichen Jüngling scharf im Auge zu behalten, bis er selbst in der Kapelle eingetroffen sein würde.

9.

»Ein später Ritt«, sprach der Abt, als der Ritter vor dem Kloster vom Pferde sprang; »darf ich nach dessen Ursache fragen, nachdem wir erst vor Kurzem mit dem Schlosshauptmann bestimmte Vereinbarung getroffen haben?«

Man sah es dem Abte an, dass er sich der Aufforderung eines Herrn fügte, gegen den er keinen Ungehorsam wagte, vor dem er aber auch Verdruss, soweit ihm solcher gestattet war, nicht verstecken mochte.

»Man hegt Verdacht, Herr Abt«, erwiderte Sir Aymer, »dass hartnäckige Feinde von uns Engländern sich wieder mit Plänen zu Rebellion und Aufstand tragen. Mir selbst ist im Laufe der Nacht manches Verdächtige vor die Augen gekommen. Zweck meiner Herkunft, Herr Abt, ist die Frage an Euch, ob Ihr als Entgelt für mancherlei Gunst durch englische Fürsten dazu beitragen wollt, diese feindseligen Pläne aufzudecken.«

»Gewiss soll das geschehen«, versetzte der Abt mit bewegter Stimme; »ich glaube, Ihr zweifelt nicht, Herr Ritter, dass alles, was mir bekannt ist, soweit Euch dessen Mitteilung nützlich sein kann, zu Eurem Befehl steht.«

»Zurzeit müssen, wie Euch ja doch bekannt ist, Herr Abt, alle Reisende im Lande von uns mit Argwohn überwacht werden und sich fortwährender Behelligung für ausgesetzt halten. Wie denkt Ihr beispielsweise über den Jüngling, den eine Person namens Bertram, seines Zeichens Sänger, unter dem Namen Augustin bei Euch einquartiert hat unter dem Vorgeben, es sei sein leiblicher Sohn?«

Der Abt blickte den Ritter verwundert an.

»Nach allem, was ich von dem Jüngling gesehen und gehört habe, Herr Ritter, ist derselbe von ausgezeichnetem Charakter. Etwas anderes ließ sich auch in Betracht des höchst ehrenhaften Mannes, der ihn meiner Fürsorge übergab, gang und gar nicht erwarten.«

»Freilich, Herr Abt, habe ich Euch«, erwiderte der Ritter zu nicht geringer Überraschung des Abtes, welcher gemeint hatte, durch seine Antwort dem Ritter gegenüber in Vorteil zu kommen, »den Jüngling empfohlen. Indessen ist dem mir vorgesetzten Herrn Schlosshauptmann das über den Jüngling erstattete Zeugnis, das mir als genügend erschien, ungenügend, und deshalb ist mir der Auftrag geworden, bei Euch, Herr Abt, weitere Erkundigung einzuziehen. Dass uns die Angelegenheit von Wichtigkeit erscheint, könnt Ihr wohl denken, da wir Euch zu solch ungewohnter Stunde in Unruhe setzen.«

»Ich kann bei meines Ordens Heiligkeit beteuern«, versetzte der Abt, »dass ich keinerlei Zeichen böser Gesinnung an dem Jüngling bemerkt habe, obgleich ich seine Aufführung auf das Sorgfältigste überwache.«

»Merkt genau auf meine Fragen, Herr Abt«, sprach der Ritter, »und gebt mir kurz und bestimmt Antwort, der Wahrheit gemäß: Welchen Verkehr hat der Jüngling mit den Bewohnern dieses Klosters und mit Leuten außerhalb des Klosters unterhalten?«

»So wahr ich ein Christ bin«, antwortete der Abt, »habe ich nichts wahrgenommen, was zu Verdacht irgendwelchen Anhalt geben könnte. Augustin zeigt, im Gegensatz zu Jünglingen, die ich draußen in der

Welt beobachtet habe, entschiedene Vorliebe für die Gesellschaft unserer frommen Schwestern im Kloster.«

»Klatschsucht wird nach Gründen hierfür nicht in Verlegenheit sein«, warf der Ritter leicht hin.

»Nicht bei den Schwestern von Saint-Bride«, versetzte der Abt, »denn ihre Schönheit wurde entweder vom Zahn der Zeit oder durch irgendwelchen Unglücksfall zerstört, ehe sie Zuflucht hier in der Abtei suchten.«

»Mir liegt durchaus fern«, sagte hierauf der Ritter, »der frommen Schwesterschaft anderen Einfluss auf den Jüngling als aufmerksame Behandlung und freundliche Rücksicht auf seine Bedürfnisse unterzuschieben.«

»Darin tut Ihr auch Recht, Herr Ritter; weder Schwester Beatrice noch Schwester Ursula geben Euch Ursache zu anderer Denkweise. Mit Eurer Erlaubnis, Herr Ritter«, setzte der Abt hinzu, »will ich jetzt nachsehen, in welchem Zustande der Jüngling zurzeit sich befindet, und will ihm sagen, dass er vor Euch zu erscheinen habe.«

»Ich bitte darum, Herr Abt«, entgegnete der Ritter, »und will hier Eure Rückkehr erwarten. Ich will den Knaben entweder hier verhören oder nach dem Schlosse hinaufbringen, je nachdem es die Umstände als ratsam erweisen.«

Der Abt verbeugte und entfernte sich. Er blieb lange fort, und schon begann der Ritter argwöhnischen Gedanken zugänglich zu werden, als der Erwartete mit verlegener Miene eintrat.

»Verzeihung, bitte, dass ich Euer Gnaden so lange warten ließ«, begann der Abt ängstlich, »mich hat aber allerhand unnützer Förmlichkeitskram aufseiten des Jünglings über Gebühr aufgehalten. Indessen ist er jetzt bereit, sich Euer Gnaden zu zeigen.«

»Ruft ihn her!«, erwiderte der Ritter kurz.

Abermals verstrich eine beträchtliche Zeit, bis der Abt halb mit Schelten, halb mit Bitten die als Jüngling verkleidete Dame zum Eintritt in das Sprechzimmer bestimmt hatte. Mit verweintem Gesicht und eilfertig übergeworfenem Pilgergewand erschien sie. Aber das Gewand war mit solchem Geschick angefertigt, dass es ihre Erscheinung durchaus veränderte und ihr Geschlecht vollständig verbarg. Da es sich mit den Gesetzen der Höflichkeit nicht vertrug, mit dem Pilgerhut auf dem Haupte zu erscheinen, hatte sie besondere Sorgfalt auf ihr Lockenhaar verwandt, das auf dem Scheitel geteilt rechts und links der

Stirn in breiten Strähnen lag. Wohl erschienen dem Ritter die Züge ihres Angesichts höchst lieblich, aber sie standen zu dem angenommenen Charakter, den sie bis zum Äußersten festzuhalten entschlossen war, in keinerlei Widerspruch. Als sie sich dem Ritter gegenübersah, wurde ihr Wesen kühner und entschlossener als bisher.

»Euer Gnaden«, sprach sie ihn an, ehe er selbst das Wort hatte nehmen können, »sind ein englischer Ritter, also zweifelsohne im Besitz aller Tugenden, die sich für solch edle Stellung geziemen. Ich bin ein unglücklicher Knabe, durch mancherlei Gründe, die ich geheim halten muss, zur Reise nach diesem gefahrvollen Lande gezwungen. Kein Wunder, dass sich Argwohn gegen mich richtet, dass man in mir jemand vermutet, der in Komplotte verwickelt ist, die ich doch von Grund meines Herzens verabscheue und die so vollständig meinen Interessen zuwiderlaufen, dass es Unsinn für mich ist, mich mit Erwägungen und Betrachtungen darüber zu befassen. Nichtsdestoweniger steht Ihr, all meiner feierlichen Beteuerungen nicht achtend, im Begriff, gegen mich als einen Schuldigen zu verfahren. Ich kann hiergegen nichts tun, Herr Ritter, als Euch zu verwarnen, dass Ihr in Gefahr steht, Euch eines großen und grausamen Unrechtes schuldig zu machen.«

»Das zu vermeiden werde ich bemüht sein«, versetzte der Ritter, »indem ich den Fall vollständig der Entscheidung des Schlosshauptmanns Sir John de Walton überantworte. Meine Pflicht richtet sich einzig und allein auf die Aufgabe, Euch in seine Hände und zum Schlosse hinauf zu liefern.«

»Muss das geschehen?«, fragte Augustin.

»Ohne Frage und ohne Säumen«, antwortete der Ritter, »sofern ich mich keiner Pflichtverletzung schuldig machen will.«

»Wenn ich mich nun verpflichtete, Euren Verlust durch eine große Geldsumme, durch einen Landbesitz wettzumachen –?«

»Kein Geld, kein Land, selbst angenommen, Ihr könntet darüber verfügen«, versetzte der Ritter, »könnte mir Ersatz sein für Schmach und Schande! Zudem Knabe, wie sollte ich einem solchen Versprechen, wenn mich Habsucht wirklich bestimmen sollte, vertrauen können?«

»Also muss ich mich bereit halten, Euch zum Schlosse hinauf und zu Sir John de Walton zu begleiten?«

»Es ist unvermeidlich«, antwortete der Ritter, »und Euer Interesse gebietet, mich nicht warten zu lassen, da ich sonst zur Gewalt schreiten müsste.«

»Von welchen Folgen wird mein Erscheinen im Schlosse für meinen Vater begleitet sein?«, fragte der Jüngling.

»Das wird lediglich von Euren und seinen Aussagen abhängig sein«, erklärte der Ritter; »wie aus dem Schreiben Eures Vaters, das Euch Sir John de Walton überbringen ließ, hervorleuchtet, habt ihr beide ein Geheimnis zu offenbaren. Besser für Euch wird es sein, glaubt mir, Euch den Folgen längeren Verzuges nicht auszusetzen. Hin- und Herreden zu gestatten verträgt sich mit meinen Instruktionen nicht; Euer Schicksal, glaubt mir, hängt einzig und allein ab von Eurer Aufrichtigkeit.«

»So bleibt mir nichts übrig, als mich zum Aufbruch nach dem Schlosse vorzubereiten«, sagte der Jüngling; »indessen bin ich von meiner schweren Krankheit noch immer nicht genesen; Abt Hieronymus, berühmt durch sein ärztliches Wissen, wird Euch bestätigen, dass ich ohne Gefahr für mein Leben solche beschwerliche Tour nicht machen kann, dass ich seit meinem Eintritt ins Kloster noch keine Bewegung im Freien gemacht habe aus Furcht, meine Krankheit durch Ansteckung auf meine Mitmenschen zu übertragen.«

»Der Jüngling spricht die Wahrheit«, pflichtete der Abt bei.

»Und glaubt Ihr, ehrwürdiger Vater«, wandte sich der Ritter an den Abt, »dass für den Knaben Gefahr im Verzuge sei, wenn ich ihn meiner Absicht gemäß heute Nacht noch zum Schlosse hinaufführe?«

»Allerdings«, versetzte der Abt, »denn leicht kann es geschehen, dass sich ein Rückfall einfindet, bei welchem dann für Weitertragung der Krankheit durch Ansteckung erhöhte Gefahr besteht.«

»Dann müsst Ihr Euch gefallen lassen, Knabe, Euer Zimmer für die Nacht mit einem Armbrustschützen zu teilen«, entschied der Ritter.

»Dagegen kann ich nicht Einspruch erheben«, sagte Augustin, »sondern nur wünschen, dass die Gesundheit des Mannes durch meine Nähe nicht Gefahr leide.«

»Er wird seiner Pflicht nicht minder gerecht werden, wenn er vor der Tür seinen Posten bezieht«, äußerte der Abt, »und wenn der Knabe, was durch die Anwesenheit einer Wache in seinem Zimmer doch wohl nicht ausgeschlossen sein möchte, sich ruhig ausschlafen kann, so wird er morgen umso standhafter sein.«

»Sei es so!«, sprach der Ritter. »Vorausgesetzt, dass Ihr Bürgschaft übernehmt, dass der Gefangene sich dem Transport nicht während der Nacht durch Flucht entzieht!« – »Das Zimmer hat keinen anderen

Eingang, als den Euer Armbrustschütze überwachen wird«, erwiderte der Abt; »um Euch ganz zufriedenzustellen, will ich die Tür in Eurer Gegenwart abschließen. Irgendwelche weltliche Bürgschaft zu leisten würde aber gegen die Regeln meines Ordens verstoßen.«

»Ich will mich Euren Worten fügen, Herr Abt, weil ich sowohl Euch als dem Jüngling vertrauen zu dürfen meine«, sagte der Ritter; »bis zur Dämmerstunde dürft Ihr noch hier weilen, Knabe, dann aber müsst Ihr bereit sein, mich auf das Schloss hinauf zu begleiten.«

Als das erste Frühlicht den Horizont färbte, rief die Klosterglocke, von Saint-Bride zum Gebet. Hierauf führte der Abt den Ritter vor Augustins Zelle. Die Schildwache meldete, es sei die ganze Nacht über in der Zelle mäuschenstill gewesen. Der Ritter klopfte. Keine Antwort. Er klopfte lauter. Die gleiche Stille.

»Was bedeutet das?«, fragte der Abt. »Sollte mein junger Patient von Ohnmacht befallen sein?«

»Das werden wir schnell sehen!«, rief der Ritter ... »Brecheisen und Hebel herbei, ihr Leute!«, schrie er. »Und leistet die Tür Widerstand, so schlagt sie in Stücke!«

Der laute Schall und finstere Ton seiner Stimme rief Mönche und Nonnen zur Stelle. Im Nu war sein Befehl vollzogen und die Tür aus den Angeln gehoben. Die Zelle aber war leer.

10.

Aus Kleidungsstücken, die am Boden lagen, ging hervor, dass Augustin nicht allein, sondern in Gesellschaft der unter dem Namen Schwester Ursula gekannten Nonne geflohen war. Dieser Umstand trug natürlicherweise nicht dazu bei, das Ereignis plausibler zu machen. Tausend Gedanken stürmten auf Sir Aymer de Valence ein, weil er sich auf solch schmachvolle Weise von einem Knaben und einer Nonne hatte hintergehen lassen. Dem Abte erging es nicht besser. Vom englischen König in seine Würde gesetzt, empfand er die Flucht des ihm anvertrauten Gefangenen als eine schwere Gefahr gegen sich selber, umso schwerer, als er den Ritter zu milder Ausübung der ihm zustehenden Gewalt bestimmt hatte. Eine in aller Hast vorgenommene Untersuchung ergab wenig anderes als was man bereits wusste: dass Jüngling und Nonne sich dem Kloster durch die Flucht entzogen hatten.

»Ich muss meine Kriegsleute über die Gegend zerstreuen, um die Flüchtlinge zu verfolgen«, sagte de Balence, mit einem Papier auf den Abt zutretend, das ihm eben von einem Armbrustschützen behändigt wurde, der es zwischen den am Boden liegenden Kleidungsstücken hervorgelangt hatte – »sofern nicht in diesem Schriftstück, das der geheimnisvolle Pilgerknabe zurückgelassen haben muss, Aufklärung über ihn enthalten ist.«

Nachdem er den Inhalt mit steigender Überraschung überflogen hatte, las er laut das Folgende:

»Dem Vater Hieronymus, Hochwürden und Abt von Saint-Bride, gibt der Unterzeichnete, bis vor Kurzem Gast seines Klosters, zu wissen, dass er sich zur Flucht entschlossen hat, sobald er inne wurde, dass Hochwürden geneigt sei, ihn als Spion in seinem Heiligtum gefangen zu halten und zu behandeln und nicht länger mehr als die unglückliche Person anzusehen, die sich freiwillig unter seinen Schutz begeben hatte. Da der Unterzeichnete des weiteren findet, dass die im Kloster unter dem Namen Schwester Ursula aufhältliche Novize nach der Disziplin und den Regeln Eures Ordens ein begründetes Recht besitzt, nach ihrem Belieben und Gefallen in die Welt zurückzukehren, sofern sie nicht nach dem Noviziat eines Jahres sich als Schwester aufnehmen lassen will, von diesem ihr zustehenden Rechte Gebrauch zu machen erklärt hat und willens ist, so nehme ich mit Freuden die Gelegenheit zu gemeinschaftlicher Flucht wahr. Seine Hochwürden Abt Hieronymus wird nicht in Abrede stellen können, dass dieser Entschluss der Schwester Ursula im Einklange steht mit göttlichem Recht und Gesetz und mit den Vorschriften der Abtei Saint-Bride und dass ihm keine Gewalt zusteht, jemand mit Gewalt im Kloster zurückzubehalten, der das unwiderrufliche Ordensgelübde noch nicht abgelegt hat.

Euch aber, Sir John de Walton und Sir Ahmer de Valence, Rittern von England und zurzeit Kommandanten des Schlosses Douglas am Blutsumpf und der gesamten Garnisonen im Douglas-Tale, beschränkt sich der Unterzeichnete darauf hinzuweisen, dass Ihr gehandelt habt und handelt unter dem Banne eines Geheimnisses, der über uns allen lastet, dessen Lösung einzig und allein durch meinen getreuen Sänger Bertram erfolgen kann, für dessen Sohn ich mich auszugeben für zweckmäßig hielt.

Da ich es zurzeit nicht über mich vermag, selbst ein Geheimnis zu enthüllen, ohne mein heiliges Schamgefühl zu verletzen, gebe ich meinem getreuen Sänger Bertram hierdurch Befehl und Auftrag, Euch über den Zweck meiner Wanderung nach dem Schlosse Douglas zu unterrichten, also den Schleier des Geheimnisses, das auf uns lastet, zu enthüllen.

Ist dies geschehen, so bleibt mir nur noch übrig, den beiden Rittern gegenüber meinen Empfindungen über den Kummer Ausdruck zu geben, den mir ihr gewalttätiges Vorgehen und die Androhung eines weiteren harten Verfahrens bereiten mussten.

Was zuvörderst Sir Ahmer de Valence anbetrifft, so verzeihe ich ihm aus freien Stücken gern, weil er in Dinge verstrickt wurde, zu denen ich selbst Veranlassung und Ursache gewesen bin. Was aber Sir John de Walton anbetrifft, so muss ich ihm zu bedenken geben, ob sein Verhalten gegen mich in Anbetracht des Verhältnisses, in welchem wir zueinander stehen, von solcher Art ist, dass es sich verzeihen lässt. Hoffentlich wird er begreifen, dass ich im Recht bin, wenn ich sage, alle früheren Beziehungen seien als abgebrochen anzusehen zwischen Sir John de Walton und dem angeblichen Augustin.«

»Verrückt, borniert!«, rief der Abt, als Sir Aymer zu Ende war. »Der Mensch, der solches schreibt, muss von der Tarantel gestochen sein! Auf Brot und Wasser muss solcher Narr gesetzt werden, dazu tägliche, Beikost von Reitpeitschen- oder Rutentraktament ...«

»Still, ehrwürdiger Vater, still!«, rief Sir Aymer. »Mir fängt ein Licht an zu dämmern, und wenn sich bestätigt was ich argwöhne, dann täte Sir John de Walton klüger, sich selbst das Fleisch von den Knochen zu reißen, als diesem Augustin einen Finger krümmen zu lassen. Auf Ritterehre, würdiger Vater, wir können einander Glück wünschen, dass wir auf solche Weise aller Fahrlässigkeit ledig werden bei Ausführung eines Auftrages, der alle Schrecknisse eines furchtbaren Traumes in sich barg! Und statt, wie Ihr anempfehlt, diesen Jüngling als verrückten Narren zu traktieren, will ich meinesteils gern eingestehen, dass ich selbst behext und betört gewesen bin. Inzwischen muss ich ohne Verzug aufs Schloss zurück, um Sir John de Walton von der seltsamen Wendung Kunde zu geben, die der geheimnisvolle Fall jetzt genommen hat. Ist dies Schreiben hier in allem, was ihn darin betrifft, wörtlich auszulegen, so ist er der bejammernswürdigste Mensch zwischen dem Ufer des Solway und dem Fleck, wo ich jetzt stehe. – Hallo! Zu Pferde!«, rief er zum Fenster hinunter. »Das Kommando hält sich bereit, nach der Rücklehr die Wälder abzusuchen! Die Flüchtlinge sind aber mit aller engländischem Adel schuldigen Höflichkeit und Rücksicht zu behandeln, gleichviel wo sie angetroffen werden sollten!«

Er drückte dem Abte die Hand. Auf dem Ritte zum Schlosse hinauf jagten sich die Gedanken in seinem Hirn.

»Wie es sich nur darum verhält, dass uns neuer Nebel umhüllt, sobald sich der alte kaum zerstreut hat. Ganz sicher ist diese unter dem Namen Augustin hierher gewanderte, Dame keine andere als die Gattin von Waltons besonderer Verehrung, Bei meiner Ehre! Die Schöne ist recht freigebig mit Verzeihung mir gegenüber – und wenn sie gegen Sir John de Walton verschlossener sein sollte, was dann? Sicherlich lässt sich noch nicht hieraus schließen, dass sie willens sein möchte, mich in die Stelle aufrücken zu lassen, aus der sie de Walton soeben drängt, und selbst wenn es der Fall wäre, so dürfte ich solchen Nutzen auf Kosten eines Freundes und Waffengefährten nicht ziehen.«

Ohne weiteren Zwischenfall erreichte er Schloss Douglas und ließ auf der Stelle sich beim Schlosshauptmann mit dem Zusatz, dass er ihm eine Mitteilung wichtiger Art zu machen habe, melden. Er wurde ohne Säumen in das Gemach desselben geführt.

Sir John de Walton war über die freundschaftliche Art, wie sich der jüngere Ritter ihm nahte, nicht wenig überrascht; stand dieselbe doch in schroffem Gegensatz zu dem Tone, in welchem ihre letzten Unterhaltungen geführt worden waren.

»Was für Dinge ungewöhnlicher Art sind es«, fragte Sir John, »die mir die Ehre solch früher Rückkunft verschaffen?«

»Eine Angelegenheit, die für Euch, Sir John de Walton, von außerordentlicher Wichtigkeit ist. Verlöre ich einen Augenblick, sie Euch mitzuteilen, müsste mich ohne Frage schwerer Tadel treffen.«

»Es wird mir eine Freude sein, Nutzen aus Eurer Kundschaft zu ziehen«, bemerkte Sir John.

»Auch ich büße ungern die Ehre ein, ein Geheimnis gelüftet zu haben, das Sir John de Walton so lange zu blenden vermochte. Zugleich möchte ich aber mich vor allen Folgen eines in solchem Falle ja immer möglichen Missverständnisses schützen. Deshalb bitte ich, Sir de Walton, dass wir uns zusammen in das Gefängnis Bertrams des Sängers begeben. Ich besitze von der Hand des in der Abtei untergebrachten Knaben Augustin ein Schriftstück, das, mit zarter Frauenhand geschrieben, dem ebengenannten Sänger Vollmacht gibt, den Schleier über die

Gründe zu lüften, welche die beiden Personen nach dem Flecken Douglas geführt haben.«

»Es geschehe wie Ihr sagt«, erwiderte der Schlosshauptmann, »obgleich ich kaum Ursache finde, warum so viel Umstände um ein Geheimnis gemacht werden, das sich mit wenigen Worten aufklären ließe!«

Die beiden Ritter begaben sich in das Verließ des Sängers, wohin der Kerkermeister sie führte.

11.

Den Blicken der beiden Ritter zeigte sich eines jener Verließe damaliger Schreckenszeit, die ihre Opfer in Nacht und Finsternis, ohne Aussicht auf Rettung oder Flucht, begruben. Große Ringe an den Wänden, von welchen die Ketten herabhingen, an die man die unglücklichen Gefangenen schmiedete. Plumpe Schlösser an den eisernen Türen, die mit den Angeln um die Wette knarrten. Das Tageslicht fand seinen Weg in solch unterirdisches Loch bloß in der Mittagsstunde durch einen gewundenen Gang, in welchem die Sonnenstrahlen sich brachen, so dass sie den Weg bis zur Tiefe des Kellers hinunter nicht fanden, während Wind und Regen frei und unbehindert eindringen konnten.

Die Anschauung der neueren Zeit, dass ein Gefangener so lange als unschuldig zu erachten sei, bis er nicht durch gerichtlichen Spruch als schuldig erklärt worden, wurde in jener Zeit roher Gewalt nicht verstanden. Dem in Gefangenschaft verfallenen Unglücklichen wurde elende Kost, außer Brot und Wasser gemeinhin nichts, verabreicht und eine Lampe oder sonstwelche Linderung seines Elends nur, wenn er sich ruhig und still verhielt und keinerlei Neigung verriet, seinem Wärter das Leben durch Fluchtversuche schwer zu machen.

In ein solches Verließ hatte man Bertram, den Sänger, geworfen; indessen hatten ihm Mäßigung und Geduld diejenige Milderung seines Schicksals verschafft, die ihm der Gefangenwärter gewähren konnte oder durfte. Es war ihm erlaubt worden, das alte Buch mit hinunter Zu nehmen, auch Papier und Schreibzeug, um sich die Zeit zu kürzen.

Als die Ritter eintraten, hob er das Haupt.

Sir John de Walton nahm, zu dem jüngeren Ritter gewendet, das Wort.

»Da Ihr das Geheimnis zu kennen scheint, Sir Aymer de Valence, in welches der Gefangene sich zu hüllen beliebt, will ich es Euch anheimgeben, die Unterhaltung mit ihm zu führen. Hat der Mann unnötigerweise Drangsal gelitten, so wird es meine Pflicht sein, ihn zu entschädigen, was indes meiner Meinung nach keine Sache von Bedeutung sein wird.«

Bertram heftete die Augen fest auf den Schlosshauptmann, las indes nichts dort, was auf bessere Bekanntschaft mit dem Geheimnis seiner Gefangenschaft gedeutet hätte. Als er aber die Augen von Sir de Walton hinüber auf Sir Aymer lenkte, überflog sein Gesicht ein Schimmer von Fröhlichkeit, und der Blick, der zwischen ihnen gewechselt wurde, verriet beiderseitiges Einverständniss.

»Ihr kennt also mein Geheimnis, Herr Ritter, und wisst, wer die Person ist, die sich unter dem Namen Augustin birgt?«

Sir Aymer tauschte mit dem Sänger einen bejahenden Blick aus, während sich die Augen des Schlosshauptmanns mit grimmigem Ausdruck von dem letzteren zum ersteren, wandten.

»Sir Aymer«, rief er, »so wahr Ihr zum Ritter geschlagen wurdet und so wahr Ihr ein Christ seid, der nach dem Tode auf Erlösung hofft, gebt mir den Sinn dieses Geheimnisses preis! Vielleicht meint Ihr, gerechte Ursache gegen mich zur Klage zu haben. Ist dies der Fall, so soll Euch alle Genugtuung von mir werden, diesem Ritter zu geben vermag.«

Im nämlichen Augenblick nahm der Sänger das Wort.

»Ich fordere diesen Ritter«, sprach er, »bei seinem Rittergelübde auf, kein Geheimnis einer Person von Ruf und Ehre aufzudecken, sofern er nicht aufs Bestimmteste versichert ist, dass er mit vollständiger Einwilligung derselben handelt.«

»Dieses Schreiben wird Eure Bedenklichkeiten beseitigen«, sprach Sir Aymer und übergab dem Sänger das aus der Abtei gebrachte Schriftstück. »Und Euch, Sir John de Walton, möge die Versicherung dienen, dass ich alles Missverständnis zwischen uns, als aus einer Kette von Umständen hervorgegangen, die kein Sterblicher zu begreifen vermochte, für vergessen und aus der Welt geschafft ansehe, Lasst mich Euch weiterhin versichern, teurer Sir John, – und ich schließe hieran die Bitte, Euch nicht hierdurch gekränkt fühlen zu wollen – dass ich um der Schmerzen willen, die dieses Schriftstück für Euch bergen kann, Euch ritterlich bemitleide und beistehen werde, sie mannhaft zu ertragen. Bertram aber, der getreue Sänger, wird nun ersehen, dass er ohne Bedenken ein Geheimnis aufdecken kann, das er ohne dieses Schreiben, das ich ihm hiermit behändige, sicherlich mit unerschütterlicher Treue bewahrt haben würde.«

Zugleich überreichte der Ritter Sir John de Walton ein zweites Schriftstück, in welchem er seine Gedanken über das Geheimnis, das über dem Sänger und Sängerknaben obwaltete, niedergelegt hatte.

Der Schlosshauptmann hatte kaum, den dort offenbarten Namen gelesen, als ihn auch der Sänger laut nannte, um gleich darauf das von dem jüngeren Ritter erhaltene Schreiben an den älteren weiterzugeben. Die Weiße Feder, die über der Sturmhaube des Ritters wehte, war nicht weißer als das Angesicht des Ritters ob der erstaunlichen Kunde, die er von Zwei Seiten zugleich erhielt, dass hinter jenem vermeintlichen Knaben, den er mit persönlicher Drangsal bedroht und einer so harten Behandlung unterworfen hatte, die Dame verborgen sei, die nach damaliger Redeweise »seiner Gedanken Fürstin und seiner Handlungen Herrscherin« war. Im ersten Augenblick schien Sir John de Walton die trüben, schlimmen Folgen kaum Zu begreifen, die sich aus solch unglücklicher Kette von Irrungen als wahrscheinliche Folge ergeben mussten. Er nahm dem Sänger das Schreiben aus der Hand und als sein Auge, beim, trüben Schein der Kerkerlampe jetzt über die Buchstaben glitt, ohne dass ein bestimmter Eindruck in seinem Begriffsvermögen geweckt zu werden schien, da überkam selbst, Sir Aymer die Besorgnis, seinem Vorgesetzten möge der rechte Gebrauch, geistiger Fähigkeiten abhanden kommen.

»Um des Himmels willen, Herr Ritter«, rief er, »seid ein Mann und ertragt mit Festigkeit diese unerwarteten Vorgänge, die kein menschlicher Verstand zu finden vermocht hätte und die meines Trachtens von schlimmen Folgen unmöglich begleitet sein können. Die schöne Dame kann sich nicht verletzt fühlen durch eine Kette von Umständen, die auf nichts anderes als Euren Pflichteifer zurückzuführen sind. Rafft Euch auf, damit sich nicht sagen lasse, Furcht vor dem finsteren Blick eines Weibes habe den Mut des kühnsten Ritters von England geschwächt. Seid nach wie vor der Mann und Ritter, dem man den Namen ›Walton der Unerschütterliche‹ gab! Lasst uns erst sehen, ob die Dame wirklich beleidigt wurde, bevor wir den Schluss auf ihre Unversöhnlichkeit ziehen. Wessen Fehlern sind all diese Irrtümer beizumessen? Wo haben wir ihre Quelle zu suchen? Mit aller Achtung sage ich es: Einzig und allein dem Eigensinne der Dame selbst! Besitzt jemand ein Recht, Leute im Dienst zu tadeln, wenn sie Wanderern den Zutritt zu den Schlosse verweigern, die nicht im Besitz der Parole sind? Leben wir im Krieg oder im Frieden? Verscheucht also diese finstere Niedergeschlagenheit, die sich schlecht ausnimmt auf der Stirn eines mit dem Schwert umgürteten Ritters!«

Sir John machte eine Anstrengung zu sprechen. Mit Mühe gelang es ihm.

»Aymer de Valence«, sprach er, »Ihr spielt mit Eurem Leben, wenn Ihr einen Wahnsinnigen reizt!« Darauf schwieg er wieder.

»Es ist mir lieb, dass Ihr wenigstens so viel sprechen könnt, Sir Walton«, versetzte der jüngere Ritter, »denn es ist nicht Scherz von mir, wenn ich sage, ich sähe Euch lieber im Streite mit mir, als dass Ihr Euch die Schuld an diesen Irrungen allein beimesst. Nach meiner Meinung ist es durch die Lage der Dinge geboten, Bertram, den Sänger ohne Verzug in Freiheit zu setzen. Sodann will ich ihn ersuchen, sich so lange als unseren Gast anzusehen, bis es der Lady Augusta de Berkeley – denn wir dürfen nun Wohl diesen Namen an Stelle des früheren Augustin setzen – belieben wird, uns die gleiche Ehre zu erweisen. Ich hoffe, dass wir uns von seiner Seite sowohl der Freundlichkeit, uns in unseren Nachforschungen nach dem Verbleib der Flüchtigen zu unterstützen, versichert halten dürfen, als auch gütiger Vermittlung über all die Punkte, die ihr vielleicht ein Recht zu Missfallen und Unzufriedenheit gegeben haben.« – »Ein einziges Wort, bitte!«, warf Sir John dazwischen. »Zum Zeichen meines Bedauerns, Sänger, darüber, dass dich das Unheil traf, so Unwürdiges zu, leiden, sollst du eine Kette von Gold haben, schwerer als die eiserne, die dich fesselte!«

»Genug jetzt, Sir John, meine ich wenigstens«, bemerkte de Valence, »versprechen wir nichts, als bis dieser brave Mann ein Zeichen dessen was wir vollbringen wollen, sehen wird. Begleitet mich jetzt nach Eurem Gemach im Schlosse. Dort will ich noch über Dinge mit Euch sprechen, deren Kenntnis Euch von Wichtigkeit sein dürfte.«

Mit diesen Worten zog er Sir John aus dem Verließe, erteilte draußen Befehl, den Sänger auf der Stelle aus der Haft zu lassen und in sein früheres Zimmer zu führen, wo er mit aller Höflichkeit und Rücksicht zu behandeln sei, die einem Manne seines Gewerbes, der als Gast im Schlosse weile, gebühre; wenngleich ihm andererseits zu bedeuten sei, dass er vom Schlosse ohne verlässliche Begleitschaft keinen Fuß fetzen dürfe.

In Sir Johns Gemächern angelangt, hub der Ritter ohne Verzug zu sprechen an wie folgt:

»Sir John de Walton, zunächst meine ich, ein wenig Frühstück mit einem Becher Muskateller möchte für uns beide wohl vorerst keine üble Sache sein!« Während der Schlosshauptmann Weisung in diesem Sinne an seinen Knappen erteilte, fuhr Sir Aymer fort: »Sodann glaube ich, was Eure Dame anbetrifft, bemerken zu dürfen, dass kein Grund zu der Annahme vorhanden ist, Lady Augusta de Berkeley, die Dame Eures Sinns und Herzens, habe ihren Liebhaber ausdrücklich von dem Pardon ausgeschlossen, den sie mir so bereitwillig und unverblümt in ihrem Schreiben erteilt. Ihr seid Wohl älter als ich, Sir John, und ich lasse gern gelten, dass Ihr höhere Weisheit und bessere Erfahrung besitzt als ich; aber ich halte aufrecht, dass kein Frauenzimmer, solange es nicht in seinem Verstande gestört ist, einem oberflächlichen Bekannten Pardon in der gleichen Sache erteilen könnte, wegen welcher sie unwiderruflich mit dem Liebhaber brechen sollte, dem sie ihr Wort verpfändet gehabt hat, trotzdem dessen Irrtum weder gröber war noch länger anhielt als derjenige des anderen!«

»Lästert nicht, de Valence«, erwiderte hierauf Sir John, »und verzeiht, wenn ich Euch, um der Wahrheit Gerechtigkeit zu geben und einen Engel zu Worte kommen zu lassen, dessen Besitz ich für immer verwirkt zu haben fürchte, auf den Unterschied aufmerksam mache, den ein Mädchen von Würde machen muss zwischen einer Kränkung, die ihr durch einen bloßen Bekannten und einer, die ihr durch denjenigen, den sie vor anderen der Auszeichnung wert hielt, zugefügt wurde.«

»Recht so, Sir John!«, versetzte der andere. »Recht so, dass Ihr endlich wieder zu überlegen und zu scheiden versucht, wenn auch zuvörderst noch ohne Glück oder, besser noch, ohne Verstand! Verzeiht mir das derbe Wort; wenn ich mich aber bislang hin und wieder so benahm, dass ich nicht bloß dem Vorgesetzten, sondern auch dem Freunde Ursache zur Unzufriedenheit gab, so lasst mich das nunmehr durch den Versuch wettmachen, Eure verkehrte Logik auszumerzen und die richtige Überzeugung in Euch zu wecken. Indessen, Sir John, hier kommt der Muskateller und das Frühbrot; wollt Ihr Erfrischungen zu Euch nehmen oder sollen wir ohne Weingeist die Unterhaltung weiter führen?«

»Tut, wie Ihr wollt«, rief Sir John, »sprecht aber nicht weiter über Dinge, für die es Euch an dem richtigen Verständnis mangelt.«

»Eure Rede, Sir John, trifft nicht zu«, erwiderte Sir Aymer, nachdem er den Becher geleert hatte, »denn in Betreff der Weiber kenne ich mich aus, und zwar recht gut! Ihr könnt nicht leugnen, dass sich Eure Lady Augusta, ob mit Recht oder Unrecht hat hier nichts zu sagen, sich auf diesem Meer der Liebe tiefer eingelassen hat, als es sonst Regel ist; dass sie Euch mit ziemlich hohem Grade von Kühnheit zum Ritter ihrer Wahl machte! So sehr ich selber sie um solches Freimuts willen schätze, lässt sich nicht in Abrede stellen, dass andere, vornehmlich Geschlechtsgenossinnen, sie auf grund solches Tuns für unbesonnen und übereilt ansehen werden – bitte, lasst mich ruhig sprechen, Sir John! – dass wer solche Meinung heget im Recht sei, sage ich ja nicht, im Gegenteil! Ich bin bereit, für die von ihr getroffene Wahl mit meiner Lanze auf jedem Turniere einzustehen. Indessen besorgt sie wahrscheinlich selbst eine ungerechte Auslegung, und diese Besorgnis verleitet sie allem Anschein nach, einen Anlass wahrzunehmen, der sich ihr jetzt bietet, um ihr bisheriges Verhalten gewissermaßen ins Gleichgewicht zu setzen oder, wie ich mich vielleicht noch richtiger ausdrücke, den ungewöhnlichen Grad freimütigen Entgegenkommens, durch den sie Euch ermutigt hat, durch einen nicht minder ungewöhnlichen Grad von Strenge abzuschwächen, vielleicht auch sich selber gegenüber gut- zumachen –«

»Ich habe Euch angehört, de Valence«, versetzte der Schlosshaupt- mann, »und kann wohl sagen, dass Eure Worte den Weg zu manchem weiblichen Herzen weisen können. Zum Herzen der Lady Augusta weisen sie ihn jedoch nicht! Zum wenigsten mir Nicht, denn, bei mei- nem Leben, ich kann und darf mir nicht herausnehmen, mich einer Auszeichnung durch sie für würdig zu erachten, die Eure Worte durchschimmern lassen.«

»In diesem Falle verbleibt mir bloß eins noch zu sagen«, erwiderte Sir Aymer, »dass die Dame, wie Ihr ja ganz richtig sagtet, das entschei- dende Wort selbst sprechen muss! Um sie aber in diesen Stand zu setzen, ist es Vonnöten, ausfindig zu machen, wo sie verweilt: ein Umstand, über den ich leider nichts zu sagen vermag.«

»Wie? Was sind das für Worte?«, rief der Schlosshauptmann, dem das volle Maß seines Unglücks erst jetzt klar zu werden anfing. »Wohin ist sie, und mit wem ist sie geflüchtet?«

»Sie ist geflüchtet«, bestätigte Sir Aymer, »vielleicht in der Absicht, sich einen Geliebten zu suchen, der nicht jeden kalten Luftzug als verderblich für seine Hoffnungen betrachtet. Vielleicht will sie den schwarzen Douglas oder einen anderen Helden der Distel[1] mit ihren Gütern und Schlössern wie ihrer Schönheit lohnen für Tugenden, die sie ehedem bei Sir John de Walton suchte. Indessen im Ernste! Wenn ich zu solchen Worten greife, Sir John, so geschieht es, weil zurzeit in unserer Umgebung Ereignisse von höchster Wichtigkeit geschehen. Auf meinem gestrigen Abendritt nach Saint-Bride hinüber bin ich Zeuge von Dingen gewesen, die mich sattsam berechtigen, gegen jedermann Argwohn zu hegen. So schickte ich Euch als Gefangenen der greisen Küster der Douglas-Kirche, den ich widerspenstig fand, als ich ihm verschiedene Fragen stellte. Von ihm jedoch ein andermal, trotzdem seine ruhmsüchtige Anspielung auf jene scheußliche Schlächterei des schwarzen Douglas, die seinem Schlosse den Zusatz am Blutsumpf gegeben, schnelle Ahndung heischte! Zunächst vermehrt die Flucht der Dame die Wirrnis, die dieses gefahrvolle und, wie mir vorkommt, verhexte Schloss erfüllt, in solchem Maße, dass zu nichts anderem Zeit verbleibt, als ihren Aufenthalt zu ermitteln.«

»Aymer de Valence!«, rief Sir John de Walton in lebhaftem und doch feierlichem Tone. »Dies Schloss soll verteidigt und gehalten werden wie bisher, damit Sankt Georgs Banner von seinen Zinnen wehe! Gleichviel wie sich mein Schicksal gestalte, so Will ich als treuer Geliebter der Lady Augusta de Berkeley sterben, sollte ich auch nicht länger ihr erwählter Ritter bleiben.«

»So! Jetzt seid Ihr wieder der Alte, Sir John! Jetzt sprecht Ihr wieder wie ein echter Rittersmann! Mit Eurer Erlaubnis will ich den Sänger jetzt zu uns entbieten; seine Treue gegen seine Herrin ist rühmenswert; er wird uns helfen, ihren Zufluchtsort zu ermitteln.«

12.

Es war früh am Tage, als die Garnison vom Schlosse Douglas gemustert, in kleine Kommandos abgeteilt und ausgesandt wurde, die Spur der

---

1   Rose und Distel sind die beiden Embleme, um welche sich Engländer und Schotten scharen.

Flüchtlinge zu verfolgen. Meilenweit wurde die ganze Umgegend, Wälder wie Moore abgesucht, denn der von Sir John für Auffindung der beiden flüchtigen Personen ausgesetzte Preis war sehr hoch und jeder war begierig ihn zu verdienen. Mittlerweile waren dieselben unfern vom Kloster von einem der Schwester Ursula bekannten Ritter in Empfang genommen worden, von welchem, Lady Augusta oder, wie der Leser sie bislang gekannt hat, der Sängerknabe Augustin aber nicht mehr wusste, als dass er sie nach einem Orte hin geleiten würde, wo sie der Gefahr, wieder festgenommen zu werden, nicht ausgesetzt wären. Endlich begann Schwester Ursula die Unterhaltung. »Ihr habt Euch«, sagte sie, »noch mit keinem Worte erkundigt, wohin wir reisen oder unter welchem Schutz wir uns befinden, Lady Augusta – denn Ihr erlaubt wohl, dass ich Euch hinfort so anrede, nachdem Ihr geruhtet, mich in der Nacht unserer Flucht über Eure Person und Eure Geschichte zu unterrichten – indessen meine ich, es müsste Euch doch viel daran liegen, das zu wissen!«

»Soll es mir nicht genug sein zu wissen, gütige Schwester, dass ich unter dem Schutz eines Mannes reise, der Euer Vertrauen besitzt? Warum sollte ich bangen um meiner Sicherheit willen?«

»Weil die Leute, mit denen ich um meines Vaterlandes willen in Verbindung oder Beziehung stehe, für Euch doch vielleicht die richtigen Beschützer nicht sein mochten«, versetzte die Schwester.

»Wie habe ich diese Worte zu verstehen?«, fragte Lady Augusta.

»Jenun, meine Meinung ist«, versetzte die Schwester, »dass schließlich die Männer, die unserer Partei angehören, zum Beispiel ein Bruce oder Douglas, ein Malcolm oder Fleming und andere, zwar nicht imstande sein möchten, den Vorteil Eures Besitzes zu persönlichen Zwecken zu nützen, wohl aber Euch als eine ihnen von der Vorsehung zugeführte wertvolle Geißel betrachten könnten, durch die ihrer verstreuten, vielleicht auch mutlos gewordenen Partei nach mancher Seite hin Stärkung zu schaffen sei.«

»Zu solchem Vertrag«, erwiderte Lady Augusta, »ließe sich wohl gelangen über meine Leiche, nicht aber solange ich am Leben bin und atme. Glaubt mir, lieber möchte ich mich dem gemeinsten Armbrustschützen meines Vaterlandes ergeben, als dass ich mich mit seinen Feinden zu seinem Unglück vereinigte.«

»Das dachte ich mir wohl!«, versetzte Schwester Ursula. »Ich möchte auch, nachdem Ihr mich mit Eurem Vertrauen beehrtet, Euch gern dorthin bringen, wohin Ihr zu gelangen wünschet. Binnen jetzt und einer knappen halben Stunde werden wir in ständiger Gefahr sein, einer der englischen Abteilungen in die Hände zu laufen, die sicher schon nach allen Richtungen das Land absuchen, um unser wieder habhaft zu werden. Eins aber möchte ich Euch sagen, Lady Augusta, dass ich nämlich einen Ort kenne, wo ich für meine Person sichere Zuflucht finden kann, bei jenen tapferen Schotten, meinen Freunden und Landsleuten, die niemals, sogar in dieser Schreckenszeit nicht, dem Saal ihr Knie beugten. Zu anderer Zeit hätte ich einstehen können mit meiner für ihre Ehre. Ich darf Euch aber nicht verhehlen, dass sie seit Kurzem Prüfungen ausgesetzt sind, die auch die großmütigsten Charaktere verbittern. Wer seines Geburts- und Heimatsrechtes beraubt wird, wer geächtet und seines vom Vater ererbten Gutes entäußert wird, wer sich in ständiger Gefahr seines Lebens und seiner Freiheit sieht, weil er die Sache seines angestammten Königshauses verficht, der wägt nicht mehr, genau ab, wie weit er in der Vergeltung solches ihm zugefügten Unrechtes gehen darf. Glaubt mir, Lady Augusta, ich würde es bitter beklagen, sollte ich Euch in eine Lage gebracht haben, die Ihr für entwürdigend halten möchtet.«

»Sagt mir mit kurzen Worten, Schwester«, versetzte Lady Augusta, »wessen ich von Leuten mich gewärtig zu halten habe, für die ich, nehmt es mir nicht übel, keine andere Bezeichnung habe als Rebellen.«

»Wenn die Eurigen«, versetzte die andere, »die in meinen Augen Unterdrücker, Landräuber und Tyrannen sind, sich in den Besitz all unseres Eigentums setzen, so werdet Ihr wohl einsehen müssen, dass den Meinigen das Vorrecht der Wiedervergeltung aufgrund der rohen Kriegsgesetze zusteht. Indessen steht, wie gesagt, nicht zu befürchten, dass unsere Männer sich irgendwelcher Beschimpfung einer Dame von Eurem Range gegenüber schuldig machen werden. Etwas ganz anderes aber ist es, wenn man darauf bauen wollte, dass sie es unterlassen sollten, Vorteile, wie sie im Kriege gelten, aus Eurer Gefangenschaft zu ziehen. Dass beispielsweise den Eurigen die Bedingung gestellt würde, gegen Eure Auslieferung in die Übergabe des Schlosses Douglas zu willigen, möchte Euch doch am Ende nicht genehm sein.«

»Eher stürbe ich«, antwortete Lady Berkeley, »als meinen Namen zu solch schmachvollem Vertrage herzugeben, und fest überzeugt bin ich, Sir John de Walton würde auf solches Ansinnen keine andere Antwort haben, als dass er dem Sendboten, der es ihm stellte, den Kopf vor die

Füße legte oder vom höchsten Schlossturm aus ins Lager der Feinde schleuderte.«

»Und wohin, Lady Augusta«, fragte die andere, »gedächtet Ihr Euch zu begeben, wenn Euch die Welt noch freistünde?«

»Auf mein, eigenes Schloss, wo ich im Notfall selbst vor dem König Schutz fände, wenigstens doch so lange, bis ich meine Person unter den Schutz der Kirche gestellt hätte.«

»Solchenfalls ist meine Macht, Euch beizustehen, äußerst beschränkt«, versetzte die Schwester, »nichtsdestoweniger versetzt mich Euer Vertrauen in die Notwendigkeit, Vertrauen auch in Euch zu setzen. Es bleibt Eurer Wahl freigestellt, ob Ihr Euch mit mir zum geheimen Trefforte vom schwarzen Douglas und seinen Anhängern begeben wollt, den ich Euch vielleicht unrechterweise bekannt gebe, oder ob Ihr nicht lieber ohne Aufenthalt den Weg zur Grenze einschlagt. Im letzteren Falle will ich Euch begleiten so weit wie möglich, und wenn ich Euch verlassen muss, für einen zuverlässigen Führer Sorge tragen. Für mich persönlich ist es zunächst kein geringes Glück, einer Gefangennahme zu entrinnen, die für mich wohl gleichbedeutend mit schrecklichem Tode sein dürfte.«

»Solche Grausamkeit, Schwester Ursula, könnt Ihr nicht zu gewärtigen haben, weil Ihr ja noch kein Klostergelübde abgelegt habt und nach den Kirchengesetzen noch das Recht der Wahl zwischen Welt und Schleier besitzt.«

»Ebensolche Wahl, wie ihr Engländer sie anderen Opfern gestattet, die während dieser erbarmungslosen Kriege in eure Hände fielen«, versetzte die Schwester bitter. »Den Kämpfern für Schottlands Freiheit und Recht, Wallace, Hay, Somerville, auch Athol, dem Blutsverwandten von König Eduard zum Beispiel, die sämtlich ebenso wenig Verräter waren, unter welcher Bezeichnung sie den Tod auf dem Schafott erlitten, als Margaret de Hautlieu eine abtrünnige Nonne und den Klosterregeln unterworfen ist.«

»Margaret de Hautlieu?«, wiederholte Lady de Berkeley.

»Jawohl, Lady!«, rief die Klosterschwester mit größerer Heftigkeit, als sich mit ihrer bisherigen Ruhe zu vertragen schien. »Margaret de Hautlieu! Die Tochter jenes normannischen Edlen Moritz von Hattely oder Hautlieu, der gleich vielen seiner Landsleute sein Glück am schottischen Königshofe suchte und fand, die Sheriffswürde über diese Grafschaft erhielt und für einen der reichsten und mächtigsten Barone

Schottlands galt. Ihr kennt ihn, Lady Augusta, den ich Vater nenne, als jenen Parteigänger König Eduards aus der Schar der sogenannten anglisierten Schotten, der bei jenen seiner Landsleute, die dem Nationalbanner von St. Andrews und Wallace, dem Patrioten, folgten, für den bestgehassten Mann seiner Zeit galt, der im Zweikampf mit Malcolm Fleming von Biggar, einem durch edle Geburt, glorreiche Taten und hohen Ruhm hervorragenden Ritter Schottlands und feurigen Patrioten, der mich zu seiner Braut erkoren hatte, um sein Leben kam, zuvor aber mich, sein einziges Kind, im Kloster Saint-Bride einmauern ließ, weil ich mich weigerte, ihm zu Willen zu sein.«

»Schwester Ursula! – Margaret de Hautlieu!«, rief erschüttert die englische Lady. »Was bedeutet mein Ungemach gegenüber solch schrecklichem Unglück!«

»Lassen wir meine Person außer Betracht, Lady!«, lenkte die Schwester ein. »Ich hätte Euch besser vielleicht nicht über mich unterrichtet, aber es gibt Augenblicke, in denen der Mensch vergisst, Herr über seine Empfindungen zu bleiben.« Sie hielt plötzlich inne. Dann rief sie leise: »Horcht, Lady! Horcht! Was war das? Habt Ihr das gehört? Habt Ihr's gehört?«

Ein Eulenschrei war es, auf den Margaret anspielte.

»Dieser Ruf kündet mir«, rief, sie, »dass jemand in der Nähe ist, der uns besser als ich in solchen Dingen leiten wird. Ich muss vorauseilen, mit ihm zu sprechen. Unser Führer wird noch kurze Zeit bei Euch verweilen. Lässt er Euren Zügel los, so braucht Ihr kein anderes Signal abzuwarten, sondern einfach auf dem Waldpfade zu reiten. Im Übrigen richtet Euch nach dem Rate, den er Euch gibt!«

»Bleibt, bleibt!«, rief angstvoll Lady de Berkeley. »Geht nicht von mir in solchem Augenblick der Not und Unsicherheit!«

»Es muss sein um unser beider willen«, versetzte Margaret, »auch ich bin in Not, auch ich befinde mich in Unsicherheit! Geduld und Gehorsam sind die einzigen Tugenden, die uns beiden Rettung bringen können.«

Mit diesen Worten gab sie ihrem Ross einen Schlag mit der Gerte und war im Dickicht verschwunden. Wenig fehlte, so wäre die englische Lady hinter ihr drein gesprengt; aber der Ritter, der die beiden Damen bis hierher geleitet hatte, packte den Zaum ihres Zelters mit einem Blicke, der ihr deutlich sagte, dass er keine Abweichung von den durch Margaret de Hautlieu hinterlassenen Vorschriften gestatten werde.

Nach wenigen Minuten ließ er aber den Zügel wieder aus der Hand und wies mit seiner Lanze nach einem anderen Dickicht, durch das sich ein enger, kaum sichtbarer Pfad wand. Sein Wink schien der Lady andeuten zu sollen, dass ihr Weg in dieser Richtung läge und dass er sie nicht länger hindern wolle, ihn einzuschlagen. Auf ihre Frage, ob er sie nicht weiter begleiten wolle, da sie doch nun an ihn seit ihrer Flucht aus der Abtei gewöhnt sei, schüttelte er mit Ernst das Haupt, als liege es nicht in seiner Macht, solche Bitte zu gewähren, wandte sein Ross nach einer anderen Richtung und war ihren Blicken schnell entschwunden. Ihr blieb nichts weiter übrig als der erhaltenen Weisung zu folgen, und nicht lange war sie dem schmalen Pfade gefolgt als ein seltsames Schauspiel sich ihren Blicken darbot.

Im Innern des Dickichts standen auf einem, von dichtem Unterholz eingeschlossenen kreisrunden Raume nur wenige herrliche Bäume von Riesenhöhe, die des Waldes Ahnen zu sein und, wenn auch, der Zahl nach gering, den ganzen Raum durch ihr ungeheures Zweigdach zu beschatten schienen.

Unter einem der Bäume lag ein graufarbiges Ding, das in größerer Nähe die Gestalt eines Mannes in grauer Rüstung zeigte, aber einer so seltsam und auffallend verzierten Rüstung, dass man deutlich den fantastischen Einfall erkannte, ein Totengerippe zur Darstellung zu bringen, dessen Rumpf durch den Brustharnisch und das Rückenstück gebildet wurde, während das Schild die Form einer Eule mit ausgebreiteten Flügeln erkennen ließ, ein Sinnbild, das seine Wiederholung im Helme fand, der von dem Bilde dieses unheilbedeutenden Vogels völlig bedeckt war. Was aber am meisten Überraschung hervorrief, war die Größe und Magerkeit der Gestalt, die, als sie sich vom Erdboden aufrichtete, eher einem aus einem Grabe aufsteigenden Gespenst als einem gewöhnlichen Menschen in aufrechter Stellung ähnlich sah.

Der Zelter, den die Dame ritt, fuhr schnaubend zurück, vielleicht erschreckt durch die jähe Erscheinung eines Wesens von so schrecklichem Äußern, vielleicht angewidert durch einen hässlichen Duft, der sich von der Gestalt ablöste.

Auch die Dame verriet, wenn nicht Angst, so doch Unruhe. Wenn zu so wunderlichem, manchmal halbverrücktem Mummenschanz die Ritterschaft auch bisweilen griff, so schien es doch wenigstens, zumal für eine einzelne Dame, ein ziemlich gewagtes Abenteuer, einem Ritter, der sich den Tod zum Sinnbild wählte, im tiefen Walde zu begegnen.

Welcher Art aber auch Charakter und Absicht des Ritters sein mochte, so nahm sie keinen Anstand, ihn in der Weise anzusprechen, wie sie aus den Erzählungen des Sängers hatte entnehmen können, in so festem und zuversichtlichem Tone, wie sie seiner irgend fähig war.

»Es tut mir leid, Herr Ritter, Euch durch hastige Annäherung, in Eurer Beschaulichkeit gestört zu haben. Mein Zelter muss Euch gewittert und mich hergetragen haben, ohne dass ich eine Ahnung davon hatte, jemand hier zu treffen.«

»Ich bin jemand, dessen Begegnung nur wenige aufsuchen«, erwiderte der Fremde in getragenem Ton, »bis die Zeit kommt, da man mich nicht mehr missen kann.«

»Ihr redet dem grausigen Charakter gemäß, den Ihr Euch zum Sinnbild erwähltet«, entgegnete Lady de Berkeley. »Darf ich mich an jemand von so schreckhaftem Äußern mit der Bitte wenden, mir eine Richtung durch diesen wilden Wald zu zeigen oder mir zu sagen, wie das nächste Schloss, die nächste Stadt oder Herberge heißt und wie ich auf kürzestem Wege hingelangen kann?«

»Seltsame Verwegenheit«, antwortete der Ritter des Grabes, »sich in ein Gespräch einzulassen Mit jemand, den die Welt scheut als unerbittlich und alles Erbarmens fremd, den selbst der unglücklichste Mensch nicht um Hilfe anzusprechen wagt, auf dass seine Wünsche nicht zu schnelle Erhörung finden.«

»Die finstere Rolle, in die Ihr Euch kleidet, kann Euch nicht zwingen, auf jene galanten Handlungen Verzicht zu leisten, zu denen Ihr Euch durch das Gelübde des Rittertums verpflichtetet«, erwiderte Lady de Berkeley.

»Sofern Ihr Euch meiner Führung anvertraut«, erwiderte die grausige Gestalt, »so kann ich Euch die gewünschte Auskunft bloß auf eine Bedingung hin geben: dass Ihr meinen Fußtapfen folgt, ohne über die Wegrichtung Fragen zu stellen.«

»Ich meine, mich solcher Bedingung unterwerfen zu müssen«, antwortete Lady Augusta, »mein Herz sagt mir, dass Ihr einer jener schlimmberatenen Herren seid, die zur Verteidigung ihrer vermeintlichen Freiheit zurzeit in Waffen stehen. Mich hat ein rasches Unternehmen in den Bereich Eures Einflusses gebracht. Indessen dürft Ihr mir glauben, dass alles, was ich von Eurem Aufenthalt und Eurem Tun und Treiben hier sehe, für mich so unwichtig sein soll, als läge es unten im Grabe, dessen Sinnbild Ihr für Eure Rüstung gewählt habt. Gebt mir keine abschlägige Antwort, königlicher Bruce oder fürstlicher Douglas, falls ich mich in meiner Not wirklich, an einen aus solchem Geschlecht gewandt haben sollte! Man spricht von Euch als furchtbaren Feinden, aber edelmütigen Rittern und treuen Freunden. Handelt mit dem Bedenken, wie sehr den Eurigen an Mitleid liegen muss, wenn sie unter gleichen Umständen sich an englische Ritter wenden müssen.«

»Haben die Unsrigen dort Milde, geschweige Mitleid gefunden«, antwortete der Ritter noch finsterer als vordem, »und handelt Ihr weise, den Schutz eines schottischen Ritters um bloßer Verwegenheit willen anzurufen? Jemand, den Ihr um seiner äußeren Erbärmlichkeit willen für einen schottischen Ritter haltet, an die Art und Weise zu erinnern, wie die Lords von England Schottlands liebliche Mädchen und hochgeborene Frauen behandelten? Wurden sie nicht in Käfigen an die Zinnen ihrer Schlösser gehängt, dem niedrigsten Bürger zur Augenweide und Warnung? Kann solche Erinnerung einen schottischen Ritter zum Mitleid gegen eine englische Dame stimmen? Oder muss sie nicht vielmehr zum tiefsten Hasse gegen diesen König Eduard aus dem Hause Plantagenet, den Urheber all dieses Elends, spornen? Nein! Nichts anderes könnt Ihr erwarten, als dass ich erbarmungslos wie das Grab, für das ich gelten will, Euch in dem hilflosen Zustande lasse, in welchem Ihr Euch, Euren Worten nach, befindet.«

»So grausam könnt Ihr nicht sein«, versetzte die Dame, »denn Ihr seid ein Ritter und Edelmann, welchem Pflichten geboten sind, die Ihr nicht außer Acht lassen dürft.«

»Diese Pflichten sollen mir heilig sein«, sagte der gespenstische Ritter, »mich binden aber auch andere Pflichten, und ihnen muss ich diejenigen opfern, auf die Ihr mich hinweist. Das führt mich zu der weiteren Frage, ob Ihr es nicht für besser halten möchtet, dass jeder sich auf die eigenen Hilfsmittel beschränkt und, auf die Vorsehung bauend, seinen eigenen Weg geht.«

»Wie soll ich in meiner dermaligen Bedrängnis zu einem selbstständigen Entschluss gelangen? Es ist doch nicht anders, als riefet Ihr einem Unglücklichen zu, der in einen Abgrund stürzt, er möge sich das Gestrüpp aussuchen, durch das er seinen Fall am besten aufhalten könne! Was könnte er antworten, als da er alles ergreifen wolle, was sich am leichtesten greifen lasse? Wenn er überhaupt noch antworten kann? Ich wiederhole, dass ich mich Eurem Angebot füge. Indessen müsst

Ihr doch, um mir helfen zu können, Namen und Lebensumstände von mir kennen?«

»über alles dies bin ich durch die Gefährtin Eurer Flucht unterrichtet. Indessen dürft Ihr nicht meinen, junge Dame, als seien Bildung, Schönheit, Rang und Reichtum auf einen Mann, der die Sinnbilder des Grabes trägt und der schon längst alles ins Leichenhaus geschafft hat, was andere als Wunsch oder Neigung kennen, von irgendwelchem Einflüsse.«

»Möge Eure Treue so fest sein«, versetzte Lady Augusta, »wie Eure Rede finster! Ich unterwerfe mich Eurer Führung ohne Zweifel und Furcht!«

13.

Lady Augusta de Berkeley überzeugte sich bald, dass sie in ihrem Führer, wenn nicht den gefürchteten James Douglas selber, so doch einen seiner hervorragenderen Parteigänger vor sich habe. Mit den Vorstellungen, die sie sich von dem unentwegten Verteidiger Schottlands gebildet hatte, war Aussehen und Wesen des Ritters vom Grabe recht wohl vereinbar, der sich jetzt, als wenn er alle weitere Unterhaltung abschneiden wolle, auf einem der vielen Irrgänge des dichten Waldes in einem Tempo entlang bewegte, das der Zelter der jungen Dame infolge des zerrissenen Terrains nur mühsam, einhalten konnte. Indessen folgte sie ihm, so unartig das Gleichnis sein mag, mit der Furcht und Eile des jungen Hühnerhundes, der sich nicht getraut, seinem strengen Herrn hinterher zu bleiben.

Als sie aber, trotz der äußersten Mühe, die sie sich gab, dem furchtbaren Krieger, der so lange schon dem ganzen Lande ein Schrecken war, durch säumigen Ritt keine Ursache zur Unzufriedenheit zu schaffen, die Folgen der schweren Anstrengung nicht mehr verdecken konnte, schlug der Ritter ein langsameres Tempo ein und murmelte, nachdem er einen scheuen Blick um sich geworfen hatte, scheinbar vor sich hin, obgleich die Worte für das Ohr seiner Begleiterin bestimmt sein mochten: »Schließlich ist solch große Eile ja nicht erforderlich!«

In langsamerer Gangart gelangten sie nun an den Rand einer Schlucht, die sich zwischen Bäumen und Unterholz eine ziemlich große Strecke weit hinzog, gleichsam ein Netz von Verstecken bildend, die sich ineinander öffneten, so dass sich vielleicht kein Platz auf Erden so gut zu einem Hinterhalte eignete. – Auf einer ähnlich beschaffenen Stelle hatte der Grenzer Turnbull sich aus dem Jagdzuge Sir Johns geflüchtet; vielleicht stand jener andere mit diesem Platze hier in Zusammenhang, trotzdem sie ziemlich weit voneinander entfernt liegen mussten; bei dem wild zerklüfteten Lande, das gewissermaßen nichts anderes war als eine von zahllosen kleineren Schluchten gebildete Riesenschlucht, ließ sich das wohl annehmen. Aber aus der Führungsweise des Ritters zu fester Vorstellung über die Weglichtung zu gelangen, war völlig ausgeschlossen. Bald stiegen sie Höhen hinauf, bald Hänge hinunter, bis sie in grenzenloser Wildnis auf ein dichtes Waldgebiet stießen, dessen Bäume die Verschlingungen echten Urwaldes aufwiesen.

Strecken, für die Arbeiten des Landwirts zugänglich, schien der Ritter mit Sorgfalt zu vermeiden. Wenn es aber geschah, dass sie auf einer Lichtung einen Jäger oder Bauern trafen oder aus der Ferne sahen, so kam es niemals zu einem Austausch von Reden oder auch nur Grüßen, nicht einmal zum Austausch von Zeichen, dass man einander kannte. Hieraus schloss die Dame, dass der gespenstische Ritter nicht allein im Lande gekannt sein, sondern Parteigänger und Mitverschworene haben müsse, die seine Sache wenigstens insoweit mitvertraten, als sie alles vermieden oder zu unterdrücken suchten, wodurch seine Feinde ihm auf die Spur hätten kommen können. Der weitere Gedanke, dass sie durch ihre Flucht aus der Abtei in Gemeinschaft mit solch eifriger Schottin wie Margaret de Hautlieu in gewissem Grade zur Mitteilnehmerin an einem Komplott gegen ihre Landsleute, gegen die Besatzung auf dem Schlosse Douglas und deren ihr doch so nahestehenden Kommandanten Sir John de Walton werden könne, dass dies alles einen so ganz andren Ausgang nehmen möchte, als sie zuerst angenommen oder geglaubt hatte, verursachte ihr eine Empfindung von Grauen, und sie zögerte nicht länger, während dieses Wanderns von einem Flecke zum anderen hin ihren Begleiter mit den rührendsten Bitten um Freilassung zu bestürmen.

Lange Zeit kehrte sich derselbe nicht an ihre Reden. Zuletzt aber schien ihn die Zudringlichkeit seiner Gefangenen doch zu ermüden; er trat dicht an ihren Zelter heran und sprach in, feierlichem Tone:

»Ich bin, wie Ihr glauben könnt, keiner von jenen Rittern, die durch Wälder und Wildnisse schweifen, um Abenteuern nachzugehen, durch die sich in schöner Frauen Augen Gunst erholen lässt. Nichtsdestoweniger will ich Euren Bitten in gewissem Grade willfahren. Wir sind unserem Ziele nahe. Von dort aus will ich an den Ritter de Walton durch Euch und einen besonderen Beiboten ein Schreiben gelangen lassen, auf das hin er sich vermutlich uns stellen wird. Ihr sollt Euch überzeugen, dass auch derjenige Ritter Schottlands, der bisher unempfindlich gegen alle irdischen Regungen und taub gegen alle menschliche Bitte war, noch immer nicht alles Mitgefühls für Schönheit und Tugend bar ist. Ich lege hiermit die Wahl für Eure künftige Sicherheit und Euer künftiges Glück in Eure eigenen Hände und in die Hände des von Euch als Ritter gewählten Herrn. Zwischen dessen Händen und dem Elend könnt Ihr nach Belieben nun wählen!«

Während er dies sagte, schien sich abermals eine Erdspalte vor ihnen zu öffnen. Mit einer von ihm bislang nicht geübten Aufmerksamkeit nahm der Ritter den Zelter der Dame am Zügel und geleitete ihn den steilen zerklüfteten Pfad hinunter, der zur Waldsohle führte. Mit lebhafter Verwunderung sah sich die junge Dame dort in einem Schlupfwinkel ohnegleichen; und dass er es war, würde die Dame sofort inne durch die Zeichen, die zwischen dem Ritter und anderen hier verborgenen Rebellen, einem Eulenschrei und einem dumpfen Hornsignal, gewechselt wurden. Als der Eulenschrei zum zweiten Mal erklang, traten hinter den Felsen etwa ein Dutzend Bewaffnete, teils Soldaten teils Bauern, vor.

14.

»Schottland grüßt euch, ihr Tapferen!« Also richtete der Ritter des Grabes das Wort an seine Mannen, die mit Eifer sich um ihn scharten. »Palmsonntag ist heute, und so gewiss vom Eis und Schnee dieser Jahreszeit die Erde im nächsten Sommer nicht erstarren wird, so gewiss werden wir in wenigen Stunden den Prahlern unten im Süden unser Wort einlösen, die der Meinung sind, ihre Sprache des Übermutes und der Bosheit besitze über unsere schottischen Herzen gleiche Macht, wie Nachtreif über die Früchte des Herbstes. Umsonst werden sie, solange wir verborgen bleiben wollen, nach uns suchen, wie die Hausfrau nach einer verlorenen Nadel unter dem abgefallenen Laube der Eiche; aber binnen wenigen Stunden soll diese verlorene Nadel zum Racheschwerte Schottlands werden für tausendfältige Gewalttat, für den grausamen Tod des tapferen Lord Douglas vor allem, den er, verbannt aus seinem Vaterlande, leiden musste.«

Dumpfes Kampfgeheul antwortete diesen Worten des Ritters, der kein anderer war als Sir James Douglas selber.

»Eins noch tut not, Freunde«, fuhr dieser fort, »um unseren Kampf mit den Südländern ohne Blutvergießen zu endigen. Das Schicksal hat vor wenigen Stunden die junge Erbin von Berkeley in meine Gewalt gegeben, dieselbe junge Dame, um deren Besitzes willen Sir John de Walton, wie die Rede geht, das Schloss meiner Ahnen mit solcher Hartnäckigkeit hält. Wer unter euch ist bereit, der Dame das Geleit zu geben, die ein Schreiben von mir mit den Bedingungen, unter denen ich sie freigebe, zum Schlosse hinaufbringen wird?«

»Ist kein anderer bereit«, rief ein großer Mann in Jägertracht, kein anderer als jener Michael Turnbull, der schon einen so hohen Beweis unerschrockener Mannheit abgelegt hatte, »so will ich die Aufgabe übernehmen.«

»Du fehlst nie, wenn ein kühnes Werk zu tun ist«, sagte Douglas, dem Braven auf die Schulter klopfend, »indessen bedenke, dass diese Dame ihr Wort durch einen Eid verpfändet, sich als unsere treue Gefangene zu betrachten. Ob sie ausgelöst wird oder nicht, so diene ihr Leben und ihre Freiheit als Pfand für dein Leben und deine Freiheit! Will Sir John meine Bedingungen nicht eingehen, so ist sie durch Eid verpflichtet, mit dir zu uns zurückzukehren, damit wir dann nach unserem Belieben über sie verfügen.«

Diese Bedingungen konnten einerseits nicht anders als die englische Dame mit Zweifel und Bangen erfüllen, andererseits gab diese Entscheidung des gefürchteten Ritters, so seltsam es erscheinen mag, ihrer Lage eine Gestalt, die sie sonst schwerlich erreicht haben würde. Zufolge der hohen Meinung, die sie von seiner ritterlichen Gesinnung hegte, konnte sie nicht anders denken, als dass er in dem Drama, das sich nun näherte, in keiner Weise gegen die Rolle verstoßen würde, die von ihm als echtem Ritter dem Feinde gegenüber zu spielen war.

Es folgte eine Pause, die dazu benutzt wurde, der Lady Augusta, die von den Strapazen des Rittes stark erschöpft war, Speise und Trank vorzusetzen, während Douglas mit seinen Anhängern im Flüsterton sich unterhielt.

»Seid unbesorgt, meine Dame«, sprach hierauf Turnbull, indem er sich zum Aufbruch rüstete, »es soll Euch keinerlei Unbill widerfahren;

indessen müsst Ihr Euch drein schicken, dass ich Euch auf einige Zeit die Augen verbinde.«

Schweigend, wenn auch erschrocken, unterwarf sie sich dem Befehle. Der Kriegsmann schlang ihr einen Zipfel seines Mantels um den Kopf und reichte ihr, statt ihren Zelter zu führen, den Arm zur Stütze.

15.

Es war ein höchst unebenes Terrain, über das der Kriegsmann die Dame führte, und nicht selten mit so viel Trümmergestein übersät, dass sie nur mühsam vorwärts kamen. Bald Wurde Lady Augusta inne, dass sich, zu dem rauen Jäger, dessen Hilfen ihr vielfach mit solcher Kraft geleistet wurden, dass sie vor Schmerz hatte aufschreien müssen, eine andere Person mit freundlicherer Verkehrsweise gesellt hatte, deren sanftere Stimme ihr nicht unbekannt vorkam. Stellenweis wurde sie, um ihr die Anstrengung des beschwerlichen Marsches zu erleichtern, auf die Arme gehoben und getragen. Aber Zeit und Gelegenheit, die Schämige zu spielen, waren jetzt nicht da; im Gegenteil musste sie fürchten, auf solche Weise Personen zu kränken, auf deren Wohlmeinung sie jetzt wohl oder übel angewiesen war.

»Seid ohne Furcht, Lady«, sprach die Person mit der sanfteren Stimme zu ihr, »es hat niemand Böses gegen Euch im Sinne; auch soll Sir John de Walton, wenn er Euch wirklich so verehrt wie Ihr es verdient, keinerlei Unbill durch uns leiden; verlangen wir doch nichts anderes von ihm, als dass er uns und Euch Gerechtigkeit erweise! Haltet Euch versichert, dass Ihr Euer Glück am besten fördert, wenn Ihr unsere Absichten, die Euch die Freiheit wiedergeben und zur Erfüllung Eurer Wünsche helfen sollen, nicht hindert.«

Lady Augusta war außerstande, hierauf eine Antwort zu geben, meinte sie doch wahrzunehmen, dass es ihr mehr und mehr an frischer Luft zu fehlen begann. Sie schloss hieraus, dass sie nicht mehr unter freiem Himmel, sondern durch einen überbauten Raum, vielleicht irgendein verfallenes Gebäude, getragen wurde. Einmal war es ihr, als ob sie den Weg durch eine ziemlich große Menge von Menschen genommen, die in tiefem Schweigen umherstanden, als ob Leute dem Mann, der sie trug, auswichen, als ob sie eine Treppe oder Stiege hinuntergebracht werde, die nach einem Raum, vielleicht einem Gewölbe, führte, aus welchem feuchter Moder ihr entgegenkam und eine Luft so dick und schwer, dass sie kaum zu atmen vermochte.

»Lady Augusta«, redete ihr Führer sie an, »eine Weile müsst Ihr noch ausharren und eine Luft atmen, die eines Tages uns allen gemein wird. Ich muss Euch jetzt Eurem ersten Führer wieder überantworten, da mich ein anderes Amt ruft. Indessen seid versichert, dass weder er noch jemand anders Euch auch nur die geringste Kränkung antun werde! Auf Edelmanns Wort!«

Mit diesen Worten legte er sie auf weichen Rasen nieder, wodurch sie inne wurde, dass sie sich wieder im Freien und außerhalb der dumpfen Atmosphäre befand, die sie eine Zeit lang so schwer bedrückt hatte. Der Platz, wo sie sich befand, war von hohen Eichen bestanden, die reichen Schatten spendeten. Unter den verschlungenen Wurzeln eines mächtigen Stammes drang ein Quell fließenden Wassers hervor, mit dem sie sich labte und das Antlitz wusch, das alle Behutsamkeit, mit der sie getragen worden war, vor ein Paar Schrammen und Hautrissen nicht hatte bewahren können. Einen Moment lang erwog sie, ob es möglich, einen Fluchtversuch zu machen. Aber solche Gedanken wurden durch den Jäger schnell verscheucht, der sie mit rauer Stimme zum Weitergehen aufforderte. Eine Zeit lang waren sie auf einem Pfade weitergegangen, ohne dass ein Wort zwischen ihnen gefallen Wäre. Da drang aus nicht zu großer Ferne der Schall eines Hifthorns zu ihnen herüber.

»Da naht die Person, die wir suchen«, sagte Turnbull, der Jäger, »ich kann den Klang seines Jagdhorns von jedem anderen hier in diesen Wäldern unterscheiden; mein Befehl lautet, Euch zu ihm zu führen, dass Ihr mit ihm redet!«

Bei dem Gedanken, auf solche Art und mit so geringen Umständen dem Ritter zugeführt zu werden, um dessenwillen sie sich in einer Weise bloßgestellt hatte, deren Kühnheit selbst zu jener minder nüchternen Zeit so ziemlich ohne Beispiel dastand, schoss der jungen Dame das Blut schneller durch die Adern. Im ersten Augenblick, als Turnbull in sein Horn stieß zur Antwort auf das eben vernommene Signal, bestürmten sie Schreck und Scham so sehr, dass sie sich unwillkürlich zur Flucht wandte. Aber ihr Begleiter merkte sofort ihre Absicht und hielt sie mit ziemlich unsanftem Griffe fest.

»Meine Dame«, sprach er, »es geht nicht an, dass Ihr aus der Rolle fallt, die Euch in diesem Drama zuerteilt worden, wenn es nicht schlimmen Ausgang nehmen soll für uns alle, zunächst mit einem Kampf auf Leben und Tod zwischen Eurem Ritter und mir – wobei es sich dann wird zeigen müssen, wer von uns Eurer Gunst sich am würdigsten erweist.«

»Ich will mich in Geduld fassen«, versetzte die Dame.

Im nächsten Augenblick wurde der Hufschlag eines Pferdes vernehmlich und nicht lange darauf drängte sich Sir John de Walton zwischen den Bäumen hindurch. Im Nu erkannte er die Dame seines Herzens. Die Freude über ihren Anblick, die sich auf seinem Antlitz malte, machte wildem Grimm Platz, als er im anderen Augenblick sah, dass sie als Gefangene eines in die Acht erklärten schottischen Kriegsmannes ihm gegenüber trat, der sich ihm während des von ihm veranstalteten Jagdzuges in beispielloser Verwegenheit genähert hatte.

»Elender!«, fuhr er den Schotten an und legte die schwere Lanze zum Angriff ein. »Gib deine Beute frei oder stirb über dem ruchlosen Beginnen, einer Dame Englands Zwang anzutun, der selbst die Sonne mit Stolz gehorsam sein würde.«

Im freien Gebrauch der Lanze durch die Bäume behindert, sprang er vom Rosse und drang mit gezücktem Schwert auf Turnbull ein. Der Schotte aber, mit der Linken den Mantel der Dame haltend, erhob mit der Rechten die Streitaxt, den Schlag des Gegners zu parieren, indes die Dame rief:

»Sir John de Walton, stellt um des Himmels willen alle Gewalttat ein, bis Ihr vernehmt, zu welch friedlichem Zweck ich hierher gebracht wurde, und durch welche friedlichen Mittel sich dieser Kampf endigen lässt. Dieser Mann ist wohl Euer Feind, war mir aber ein höflicher Führer! Schont seiner, bitte, während er Euch sagen wird, zu welchem Zweck und in wessen Auftrag er mich hierher gebracht hat.«

»Von Zwang und Lady Berkeley im gleichen Atem zu sprechen, wäre schon ausreichender Grund zu schwerer Ahndung«, sprach der Schlosshauptmann von Douglas, »allein Ihr befehlt, meine Dame, und ich schone sein unbedeutendes Leben.« Zu Michael Turnbull, dem Jäger, gewandt, fuhr der Ritter fort: »So finde denn Waffenstillstand zwischen uns statt; verkünde mir, was du mir hinsichtlich der edlen Dame zu sagen hast.«

»Dazu reichen wenige Worte«, versetzte Turnbull, »Lady de Berkeley ist, während sie in Schottland umherirrte, in die Gefangenschaft des edlen Lord Douglas, rechtlichen Erben von Schloss und Gut Douglas, gefallen. Sie soll in aller Ehre und Sicherheit an Sir John de Walton oder jeden, den er bevollmächtigt, sie in Empfang zu nehmen, ausgeliefert werden, wogegen Sir John de Walton sich verpflichtet, Schloss Douglas mit allen Garnisonen und Vorposten, Vorräten und Kriegsmaschinen, die sich dermalen dort vorfinden, an Lord James Douglas zu übergeben. Zur Erfüllung der beiderseits eingegangenen Verpflichtungen wird ein Waffenstillstand von vierzehntägiger Dauer geschlossen.«

Sir John de Waltons Erstaunen über den Vorschlag solches Abkommens war beispiellos und mit jener verzweifelten Miene, die ein Verbrecher zeigen mag, wenn er seinen Schutzengel im Begriffe sieht, ihn auf ewig zu verlassen, starrte er auf die Lady. Auch in ihrem Gemüt stiegen ähnliche Gedanken auf, als seien solche Bedingungen ein unübersteigliches Hindernis selbst dann, wenn es sich um den höchsten Gipfel ihrer Wünsche handelte.

»Ich glaube nicht, edle Dame, dass Ihr Euch wundern könnt, wenn solche Worte Zu meinen Ohren dringen, ohne bis zu meinem Geiste zu gelangen. In so tiefer Schuld ich auch bei Ihnen stehe, so muss ich mir ob solcher Bedingung für Eure Freilassung Überlegungszeit ausbitten.«

»Meine Vollmacht«, fiel Michael Turnbull ein, »reicht nur auf eine halbstündige Bedenkzeit. Wie kann Euch die Erfüllung solcher Bedingung schwerfallen? Was legt Euch meine Botschaft anderes auf, als was Euch Ritterpflicht ist? Ihr habt Euch dem Tyrannen Eduard verpflichtet, zum Nachteil von Schottland und seinem Volke, zum größeren Nachteil für das edle Geschlecht der Douglas das Ahnenschloss desselben zu besetzen und zu verteidigen – ist das ein Tun, eines edlen Ritters würdig? Haben Euch Schottland und das Geschlecht der Douglas jemals persönlichen Schaden gestiftet? Muss Euch Freiheit und Sicherheit Eurer Herzensdame nicht unendlich höher stehen? Kann Euch daran liegen, sie den Händen von Männern wieder überantwortet zu sehen, die Ihr zur Verzweiflung getrieben habt und in Verzweiflung antreffen werdet?«

»Von dir habe ich jedenfalls keine Erklärung darüber entgegenzunehmen, wie Douglas die Kriegsgesetze erklären wird oder de Walton sich dazu verhalten will«, rief der Ritter.

»Ihr empfangt mich also nicht als einen Boten aus Freundschaft? Lebt wohl und bleibt dieser Dame eingedenk als in Händen befindlich, die vor Euch sicher sind – kommt, Lady, wir müssen fort!«

Außerstande, ein Glied zu rühren, außer Fassung und fast ohne Bewusstsein stand Lady Augusta da, und als der schottische Jägersmann sie packte und hinwegreißen wollte, entrang sich ihrer Kehle der angstvolle Ruf:

»Hilfe! Sir de Walton, Hilfe!«

Von Zorn und Grimm übermannt, überfiel der Ritter den Jäger und verwundete ihn durch Schwerthiebe, dass er ins Dickicht sank.

»De Walton!«, rief die Dame. »Der Mann war ein Gesandter von Douglas! Was habt Ihr getan? Erschlugt Ihr ihn, so wird es blutige Rache fordern!«

Die Stimme der Dame schien den Jäger aus der Betäubung zu wecken, in die ihn des Ritters Schwerthiebe versetzt hatten. Er sprang auf mit den Worten:

»Seid meinetwegen nicht in Sorge, Dame! Ich will das Mittel nicht sein, Unheil zu stiften. Der Ritter war im Vorteil gegen mich, weil er mich ohne Forderung überfiel. Ich will den Kampf auf gleiche Bedingungen erneuern oder einen anderen Kämpfer senden.«

Mit diesen Worten verschwand er im Dickicht.

»Ihr tatet schwerlich recht, Sir John, Euer und mein Leben solcherweise in Gefahr zu setzen«, rief jetzt die Dame, »denn ich kann Euch, sofern Ihr es noch nicht wisst, sagen, dass Schotten in Menge hier in der Nähe unter Waffen stehen, ja dass selbst die Erde sich geöffnet hat, um feindliche Krieger vor Euch und Eurem Heer zu schützen.«

»Und wenn sie sich öffnet und alle Teufel aus ihrem Höllengefängnis entweichen lässt zur Stärkung unserer Feinde«, rief Sir John, »so will ich mir die Sporen vom niedrigsten Küchenjungen abhauen lassen, wenn ich den Kopf meines Rosses vor ihnen rückwärts wende! In Eurem Namen, Lady Berkeley, trotze ich diesem räuberischen Gesindel zu augenblicklichem Kampfe!«

Kaum hatte Sir John zu Ende gesprochen, als ein Ritter von hoher Figur in schwarzer Rüstung aus dem Dickicht hervorbrach, in welchem der Jäger verschwunden war.

»Eure Forderung wird angenommen, Ritter de Walton, und zwar von James Douglas selbst. Ich als der Geforderte bestimme die Waffen in unserer jetzt von uns getragenen Wehr und bestimme weiterhin als Ort für den Kampf dies Feld hier, wo wir stehen, und als Zeit für den Kampf die Minute, in der wir sprechen!«

»So sei es! Im Namen Gottes!«, versetzte Sir de Walton, obgleich durch das plötzliche Renkontre mit einem so grimmigen Krieger wie Douglas in gewissem Grade verblüfft, so doch zu stolz, eine Ablehnung des Kampfes in Erwägung zu ziehen.

Der Zusammenprall der beiden Ritter, deren Mut und Stärke berühmt waren in beiden Ländern, war furchtbar; die Streiche fielen, wie wenn Kriegsmaschinen sie schleuderten, und nach viertelstündiger Dauer war von Entscheidung oder Sieg noch keine Wahrscheinlichkeit vorhanden. Lady Augusta, Zeugin und Ursache des Zweikampfes, mehr durch den Wunsch, über das Schicksal des englischen Ritters Gewissheit zu erhalten, auf dem Platze gehalten, als aus anderen Rücksichten, versuchte endlich dem Kampf dadurch Einhalt zu tun, dass sie auf das Glockengeläut hinwies, das zur Palmsonntagsfeier in die Kirche lud.

»Um Eurer selbst und edler Frauenliebe willen bitte ich, haltet Eure Hände bloß eine Stunde lang still, bis die gottesdienstliche Feier beendigt ist. Wollt ihr als Christen das allerchristlichste Fest mit eurem Blute beflecken? Unterbrecht eure Fehde so lange, bis ihr Palmzweige zur nächsten Kirche getragen habt als fromme Diener des Herrn und getreu den Regeln und Einrichtungen unserer heiligen Religion!«

»Zu diesem Zweck, schöne Dame, war ich unterwegs nach der alten Kirche von Douglas«, versetzte der Engländer, »als ich so glücklich war, Euch hier zu treffen. Auch habe ich wahrlich nichts gegen einstündigen Waffenstillstand, um zum Gottesdienste zu gehen. Es werden auch, wie ich nicht zweifle, Freunde genug dort zugegen sein, denen ich Euch anvertrauen kann, falls ich in dem Kampfe, der nach dem Gottesdienst wieder beginnen soll, unglücklich sein sollte.«

»Auch ich gehe solchen Waffenstillstand gern ein«, pflichtete Douglas bei, sein Schwert senkend, »umso lieber, als auch ich nicht zweifle, dass fromme Christen genug dort versammelt sein werden, die ihren Herrn im Kampfe nicht überwältigen lassen. Begeben wir uns dorthin und nehme jeder das Schicksal auf sich, das ihm der Himmel sendet.«

Hieraus musste Sir John de Walton entnehmen, dass sein Gegner dort Anhänger zu finden sicher war; indessen glaubte auch er so viel Leute seiner Garnison dort zu treffen, um, jeden Versuch zu einem Aufstande im Keime zu ersticken. Zudem hielt er das Wagnis um deswillen eines Versuches wert, weil sich dadurch vielleicht Gelegenheit bot, Lady Augusta de Berkeley in Sicherheit zu bringen.

16.

An demselben Palmsonntag, an welchem de Walton und Douglas ihre Schwerter kreuzten, saß Bertram der Sänger wieder über dem alten Buche von Thomas dem Reimer. Das Schicksal seiner Gebieterin und die Ereignisse, die sich in seiner Umgebung vorbereiteten, erfüllte ihn aber mit schwerer Sorge, und beständig war zwischen ihm und Gilbert Greenleaf, dem Armbrustschützen, den Sir John de Walton zu ihm befohlen hatte, hiervon die Rede. Die beiden Männer saßen bei einer Flasche Gaskognerwein und einer Kanne englischen Ales.

Gilbert Greenleaf, der von seinem Vorgesetzten Auftrag hatte, den Sänger nicht bloß gut zu unterhalten, sondern auch in dem Schlosse herumzuführen, überhaupt ihm in allem zu willen zu sein und alles zu tun, was ihm die erlittene Haft in Vergessenheit bringen könne, machte seinem Kameraden, nachdem sie tüchtig gezecht hatten, den Vorschlag, sich die vom Wein heißen Köpfe durch einen Gang zur Kirche von Douglas zu ernüchtern. Solchem Vorschlage musste der Sänger, seinem Beruf nach guter Christ, wohl oder übel beipflichten, und in Gemeinschaft mit einem Trupp Armbrust- und Bogenschützen machten sie sich auf den Weg.

Nachdem sich ihre Unterhaltung, wie wohl begreiflich, lange um die gegenwärtige Kriegslage zwischen den beiden Reichen, vornehmlich um die Personen gedreht hatte, die zurzeit die wichtigste Rolle dabei spielten, dem schottischen Fürsten Robert Bruce, der, wiederholt geschlagen und rings von Feinden umstellt, seine Ansprüche auf Schottlands Krone, dem Usurpator Eduard von England zum Trotz, aufrecht erhielt, und seinen wichtigsten Parteigänger, den in die Acht erklärten Grafen James Douglas, dessen Besitztümer sämtlich mit Beschlag belegt worden waren, wie noch viele andere Männer von hohem Ansehen und Range und mit langer Ahnenreihe, kam die Rede auf den Zweck der Wanderung des Sängers zum Schlosse Douglas und auf die Beschäftigung, der er während seines Aufenthaltes daselbst obgelegen hatte.

»Ich möchte wissen, Sänger«, fragte Gilbert Greenleaf, »ob Ihr in der alten Schwarte von diesem Reimschmiede Thomas irgendwas aufgefunden habt, was auf die Sicherheit des jetzt in unserem Besitz befindlichen Schlosses Douglas irgendwelchen Bezug nimmt? Ich habe nämlich zuweilen die Beobachtung gemacht, dass dergleichen verwitterte

Pergamente, gleichviel wann und von wem sie verfasst sind, sehr oft dadurch in Ruf und Ansehen gelangen, weil die in ihnen enthaltenen Prophezeiungen, wenn sie im Lande in Umlauf kommen, erst Anlass dazu werden, dass Komplotte und aus ihnen wieder Kriege entstehen.«

»Es wäre wohl ziemlich unvorsichtig von mir«, entgegnete der Sänger, »wollte ich mich auf irgendeine Prophezeiung stützen, die von einem Angriff auf Eure Garnison spricht; denn ich würde mich dann leicht dem Verdacht aussetzen, Dinge fördern zu helfen, die gerade ich am lebhaftesten zu beklagen hätte.«

»Mein Wort darauf, Freund, dass dies bei mir nicht der Fall sein würde«, rief Gilbert Greenleaf; »ich will weder übles von dir meinen, noch übles über dich an Sir John de Walton berichten, der übrigens auch keinem sein Ohr schenken würde, der ihm mit solchen Dingen nahen wollte; dazu hegt er eine viel zu hohe und ganz ohne Zweifel auch begründete Meinung von deiner Treue gegen deine Dame.«

»Wenn ich das Geheimnis derselben hütete, so tat ich wohl nicht mehr, als jedem treuen Diener die Pflicht vorschreibt. Davon also wollen wir nicht weiter sprechen. Was sodann die von Euch gestellte Frage weiter betrifft, so kann ich Eure Wissbegierde durch die Kunde stillen, dass sich in diesen alten Prophezeiungen allerhand Stellen finden über Kriege im Douglas-Tale zwischen einem Falken oder Häher – dem Feldzeichen, meines Wissens, von Sir John de Walton – und den drei güldenen Sternen oder Knaufen der Douglas. Mehr ließe sich vielleicht noch über diese Gefechte mitteilen, wenn mir bekannt wäre, wo ein als ›Blutsumpf‹ bezeichnetes Kampffeld in diesen Wäldern hier zu suchen sein mag. Soweit ich aus den Worten der alten Schrift ersehen kann, handelt es sich um den Schauplatz schwerer Kämpfe zwischen den Parteigängern der drei Sterne und denen der Sachsen oder des englischen Königs.«

»Den Namen habe ich oft von Eingeborenen dieser Gegend gehört«, antwortete Gilbert; »es ist aber vergebliche Mühe, die Stelle ausfindig machen zu wollen, denn diese verschlagenen Schotten verbergen alles, was auf die Landesgeogrfhie, wie sich die Gelehrten wohl für das, was ich meine, auszudrücken pflegen – Bezug hat, mit größter Sorgfalt vor uns; indessen stehen alle diese unheimlichen Bezeichnungen, deren es nicht wenige in den Grenzstrichen zwischen Schottland und England gibt, ausnahmslos mit schottischen Vorgängen in diesen Grenzbezirken, die nun schon Jahrhunderte dauern, im engsten Zusammenhange. So-

fern es Euch genehm ist, Herr Sänger, können wir die von Euch als
›Blutsumpf‹ bezeichnete Örtlichkeit auf unserem Wege zur Kirche
festzustellen suchen; was uns jedenfalls früher möglich sein wird, als
dieses verräterische Gesindel, das zweifellos einen Angriff gegen uns
plant, ausreichende Streitkräfte hierfür zusammengebracht hat.« Sie
nahmen den Weg durch den dichten Wald, der zwischen Schloss und
Stadt lag, und der sich nach allen Seiten hin weit ins Land hinein erstreckte.

<h2 style="text-align:center">17.</h2>

Je näher sie durch die grünen Gefilde der Kirche im Flecken Douglas
kamen, desto auffälliger wurde dem Sänger die Menge von Kirchgängern
schottischer Nationalität. Aber so viele von ihnen auch Gilbert Greenleaf
fragte, wo man den »Blutsumpf« zu suchen habe, so wenig erhielt er
Bescheid; entweder kannte man die Örtlichkeit nicht, wie hin und
wieder gesagt wurde, oder man wich der Antwort überhaupt aus. Als
aber dann und wann auch ein trotziger Bescheid fiel, man habe am
ersten Sonntag der heiligen Osterwoche doch wohl an andere Dinge
zu denken als Landesfeinden gefällig zu sein auf Fragen, die von eitler
Neugier herrührten, wurde die Lage dem Sänger bedenklich, denn er
hatte noch immer die Beobachtung gemacht, dass Unheil im Werke
sei, wenn Landvolk für vornehmere Leute keine höfliche Antwort mehr
bereit habe, und nun wollte es ihm scheinen, als kämen der Kirchgänger
für einen Palmsonntagsgottesdienst doch gar zu viel, um in der Kirche
Platz zu finden.

»Sicherlich werdet Ihr doch Eurem Schlosshauptmann Bericht erstatten über all die Umstände, die mir hier verdächtig erscheinen«, meinte
Bertram, »über diese Menschenflut, die hierher strömt, und über das
finstere Wesen, das diese Schotten zeigen. Solltet Ihr es unterlassen, so
sage ich Euch schon hier, dass ich es für meine Pflicht halte, Sir John
darüber zu berichten.«

»Still, Kamerad«, versetzte der Angeredete, ärgerlich über dessen
Einmischung in Kriegssachen, »glaubt mir, es ist schon manches
Kommando von den Rapporten abhängig gewesen, die ich zu erstatten
hatte. Mein Rapport war nie anders als klar und bestimmt und den
Kriegsregeln gemäß. Euch gehen doch ganz andere Dinge an, friedlicher

Natur, in die wiederum ich mich nicht mischen möchte oder derentwegen ich in einen Wettstreit mit Euch mich nicht einlassen möchte. Es dürfte meines Erachtens wohl am besten sein, wir kämen einander nicht so ins Gehege.«

»Dazu habe ich auch nicht im Geringsten Lust«, antwortete der Sänger, »hier liegen die Dinge aber insofern anders, als nicht bloß Eure Garnison beteiligt ist, sondern auch die Situation und Freiheit meiner Gebieterin. Aus diesen doppelten Gründen möchte ich wünschen, dass wir so schnell wie möglich den Weg zum Schlosse zurücknehmen, um Sir John de Walton über alles Gesehene Mitteilung zu machen. Für seine Entschlüsse wird es zweifellos von nicht geringer Tragweite sein, wenn er dies alles schnell erfährt.«

»Dagegen lässt sich nichts sagen«, erwiderte Greenleaf, »bloß meine ich, dass Ihr den Schlosshauptmann zu dieser Zeit am sichersten in der Kirche von Douglas antreffen werdet; denn dorthin pflegt er sich bei solchen Anlässen wie dem heutigen mit seinen obersten Offizieren regelmäßig zu begeben, um durch seine Anwesenheit Streit zwischen Engländern und Schotten, der immer schnell da ist, zu verhüten. Bleiben wir also bei unserer ersten Absicht, an der gottesdienstlichen Handlung teilzunehmen, so werden wir unserem Ziele am schnellsten nahe kommen und können dann, falls wir den Hauptmann nicht treffen sollten – was ich aber für ausgeschlossen halte – den kürzesten Weg zum Schlosse zurück einschlagen.«

»Tun wir das schon zur Kirche hin«, rief Bertram, »und wenn auch quer durch den Wald! Denn mir scheint, Greenleaf, als seien Dinge im Gange, die sich mit dem christlichen Frieden, den man dem heutigen Tage schuldig ist, nicht recht vertragen. Seht doch her!«, rief er plötzlich. »Was bedeutet dies Blut hier? Was bedeuten diese Eindrücke tiefer Fußtapfen hier? Sie stammen doch von bewaffneten Rittern her, die einen schlimmen Strauß bestanden haben!«

»Bei unserer Frau!«, rief Greenleaf. »Bertram, das muss man sagen, einen klaren Blick habt Ihr! Wo sind denn bloß meine Augen gewesen, dass sie Euch hierbei den Vorrang ließen? Seht doch! Hier liegen blaue Federn! Doch sicher aus meines Herrn Federbusch, dem ich sie heut Morgen zum Zeichen wiederkehrender Hoffnung anstecken musste. Ei! Dort liegt ja der ganze Busch, vom Kopfe heruntergeschlagen, und sicherlich durch keine Freundeshand! Kommt, Freund, kommt hin zur Kirche, dass ich Euch zeigen kann, wie wir Mannen gewohnt sind, einen

Ritter in Gefahr zu unterstützen, der ein so wackerer Hauptmann ist wie unser Sir John de Walton!«

Sie hatten die Stadt erreicht vom südlichen Tore aus und stiegen nun auf demselben schmalen Pfade herauf, auf welchem Sir Aymer dem gespenstischen Ritter begegnet war. Bald hatten sie nun auch die Kirche erreicht.

Ursprünglich ein stattlicher gotischer Bau, dessen Türme in stattlicher Höhe über die Mauern der Stadt aufragten und auch jetzt noch, wo sie zum Teil in Trümmern lag, Zeugnis von ihrer früheren Größe gaben. Der für die gottesdienstlichen Handlungen vorbehaltene, verhältnismäßig stark beschränkte Raum lag in dem Chorgange, unter dessen Wölbungen die verstorbenen Lords vom Geschlechte der Douglas von ihren Kriegskämpfen ausruhten. Auf dem freien Platze vor dem Portale eröffnete sich ein schöner Ausblick auf einen beträchtlichen Teil des Flusses Douglas, der sich von Südwesten her an die Stadt heranzieht und durch eine von dichtem Wald bedeckte Hügelreihe mit fantastischem Wechsel der Umrissformen begrenzt wird.

Der Wald reichte bis in das Tal hinunter und schloss sich an den düsteren Urforst, der die Stadt umschloss. Um den westlichen Teil der Stadt, von dort aus nach Norden zu eilend, schlängelte sich der Fluss, der den um das Schloss herumlaufenden Graben mit seiner teichähnlichen Ausbuchtung speiste.

Zahlreiche Leute, durchweg vom schottischen Landvolk, trugen als Ersatz für das Sinnbild des Tages Weiden- oder Eibenzweige herbei, fast durchweg die Richtung zum Kirchhofe hin innehaltend, als erwarteten sie dort die Ankunft einer Person von besonderer Heiligkeit oder einer Prozession von Mönchen und Nonnen, zur Erhöhung der Weihe des Tages.

Fast im selben Augenblick, als Bertram mit seinem Kameraden den Kirchhof betrat, wurde Lady Augusta, die Sir John de Walton zur Kirche gefolgt war, nachdem sie Zeugin seines Kampfes mit dem Ritter James Douglas gewesen war, des Sängers ansichtig. Sie bemerkte, dass er sie suchte, aber sie nahm die erste Gelegenheit wahr, ihm durch einen Blick verständlich zu machen, dass er ihr fern bleiben möge. Er beschränkte sich deshalb darauf, sie im Auge zu behalten. Inzwischen war Gilbert Greenleaf dichter an ihn herangetreten.

»Fällt Euch nicht noch mehr auf als draußen, wie viel Menschen mit seltsamen Mienen und in den absonderlichsten Verkleidungen sich um die alten, sonst einsamen Trümmer drängen? Seht doch nur dorthin! Eine richtige Prozession mit Banner und Kreuz; doch ganz gewiss ein Geistlicher von hohem Range, der sie führt? Wartet, ich will mich befragen, wer es ist; vielleicht gibt uns sein Name Bürgschaft für die friedliche Gesinnung der hier in der Kirche von Douglas versammelten Menschheit?«

Er verließ den Sänger, um sich zwischen die Menschen zu drängen. Bald wusste er, dass der heilige Herr an der Spitze der Prozession kein geringerer war als der Diözesanbischof von Glasgow, der nach Douglas herübergekommen sei, um die Feierlichkeit des Gottesdienstes an diesem Tage in einer der ältesten Kirchen des Landes zu erhöhen.

Der Prälat betrat den Friedhof, voran schritten die vier Kreuzträger, eine gewaltige Menge Volks mit Eibischzweigen und Weiden und anderem grünen Schmuck folgte ihm. Ihnen allen erteilte der fromme Vater seinen Segen, und die Schar der Gläubigen neigte andächtig ihr Haupt.

Gilbert Greenleaf schämte sich halb und halb, als er den frommen Eifer der Leute, die auf dem Kirchhofe versammelt waren und aus der Kirche herausdrängten, den Bischof zu begrüßen, des Argwohns, den er gegen sie gehegt hatte. Bertram benutzte die bei dem alten Kriegsmanne wahrscheinlich nicht allzu häufige Anwandlung von Frömmigkeit, die ihn trieb, sich der von dem Prälaten erteilten Segnungen teilhaftig zu machen und eilte zu seiner Herrin hinüber, um mit ihr einen Händedruck zum Zeichen beiderseitiger Freude über dieses Wiederfinden zu tauschen.

Auf einen Wink des Sängers begaben sie sich zusammen in das Innere der Kirche, wo sie bei dem herrschenden Gedränge, unter dem Schutz der in manchen Teilen derselben lagernden tiefen Schatten, leichter unbemerkt bleiben konnten.

Wenn auch das Innere der Kirche in Trümmern lag, so hatte man doch die Waffentrophäen der letzten Lords von Douglas dort aufgehängt, so am unteren Ende das große Wappenschild des vor Kurzem in englischer Gefangenschaft verstorbenen William von Douglas, um das die kleineren Schilde der sechzehn Ahnen gruppiert waren. In herrlichem Glanze schimmerten die Kronen über den schwarzen Feldern der Wappen.

Da der Raum, in welchem sich diese Szenen abspielten, der gleiche ist, wo Sir Aymer de Valence jene Zusammenkunft mit dem Küster gehabt, ist es nicht notwendig, seinen ruinenhaften Charakter weiter zu schildern.

In einem entfernteren Winkel hatte derselbe Ritter jetzt seine Mannen aufgestellt, gerüstet für jeden Angriff.

Sir John de Walton, am entgegengesetzten Winkel der Kirche postiert, ließ die Blicke voll Unruhe über die Menschenmenge schweifen nach Lady Augusta de Berkeley, die er in dem herrschenden Gedränge aus dem Gesicht verloren hatte.

Am östlichen Teile der Kirche war ein Altar errichtet worden, an dessen Seite der Bischof, angetan mit seinen festlichsten Gewändern, neben Priestern und Dienern, seinem bischöflichen Gefolge, seinen Sitz genommen hatte. Alle um ihn her versammelten Schotten schienen seiner Bewegungen zu achten wie denen eines vom Himmel hernieder-gestiegenen Heiligen, während die Englischen, stumm vor Staunen und in Besorgnis, dass von den himmlischen oder irdischen Mächten, am Ende gar von beiden, unvermutet ein Zeichen kommen werde, das Si-gnal zum Angriff gegen sie erwarteten. War doch die Parteinahme der schottischen Geistlichkeit für Robert Bruce und dessen Königtum so energisch, dass ihr von den Englischen kaum die Übung der kirchlichen Zeremonien gestattet wurde, die ihrem Bereich unterstanden. Schon aus diesem Gesichtspunkte war die Anwesenheit des Glasgower Bischofs ein auffälliges Ereignis, geeignet, sowohl Staunen als Argwohn zu erre-gen; ein kirchliches Konzil hatte indessen den hohen schottischen Prälaten vor Kurzem aufgefordert, am Palmsonntag das Hochamt in der uralten Kirche Schottlands zu feiern.

Eine ungewöhnliche Stille in der Kirche, die dicht gefüllt war von einer Menge Volks mit so grundverschiedenen Meinungen, Wünschen und Erwartungen, erinnerte mächtig an eine jener feierlichen Pausen, die so häufig einem Kampfe der Elemente vorausgehen und als Verkün-diger furchtbarer Naturerschütterungen gelten. Alles Getier bringt, je nach seiner Natur, die Empfindungen zum Ausdruck, die nahendes Sturmwetter ihm verursacht; Hirsche und andere Waldbewohner ziehen sich in die finstersten Schlupfwinkel ihrer Domäne zurück; Schafe drängen sich in ihren Hürden zusammen, und die dumpfe Betäubung, die sich der Natur bemächtigt, der belebten sowohl als der unbelebten, ist Vorbotin allgemeiner Erschütterung und Verwirrung, die jäh eintritt, wenn der Blitz, des Donners Vorbote, aus den Wolken zur Erde nie-derzischt.

In unheimlicher Spannung harrten die Schotten, die auf des Douglas Befehl zur Kirche gekommen waren, des Signals zum Angriff, während die Englischen, mit der unter den Landes eingeborenen herrschenden Missstimmung wohlbekannt, unter dem lästigen Eindruck der Ungewissheit den Augenblick berechneten, in welchem der gefürchtete Schlachtruf »Bogen und Partisane« erschallen würde.

Trutzig blickten die beiden Parteien sich ins Auge. Und obgleich der Sturm jede Minute losbrechen konnte, vollzog der Bischof von Glasgow die gottesdienstliche Feier mit höchstem Aufwand von Würde, dann und wann eine Pause eintreten lassend, in welcher er die Volksmenge überschaute, um zu erkennen, ob sich die heftigen Leidenschaften, die in ihr glommen, solange noch zurückhalten lassen möchten, bis er all seine Pflichten der Zeit und Örtlichkeit gemäß erfüllt hätte.

Eben hatte der Bischof den Gottesdienst beschlossen, als eine Person mit tiefbekümmerter Miene zu ihm trat mit der Frage, ob er zur Tröstung eines nahe der Kirche im Sterben liegenden Mannes einige Augenblicke noch übrig habe.

Während über der Kirche eine Grabesstille ruhte, die ihm, wenn er den grimmigen Ausdruck betrachtete, der auf allen Gesichtern lag, auf keinen friedlichen Abschluss des verhängnisvollen Tages deuten konnte, erklärte er sich bereit, den Gang zu dem Sterbenden zu tun, und forderte den Boten auf, ihm den Weg zu zeigen.

In Begleitung verschiedener Männer, die als Douglassche Parteigänger bekannt waren, folgte er dem Boten.

In einem Gewölbe unter der Erde lag auf einem Strohbunde der Körper eines großen kräftigen Mannes, dem aus mehreren klaffenden Wunden das Blut entströmte. Sein Gesicht zeigte einen Ausdruck von Grimm und Trotz, der sich ständig verfinsterte.

Es war kein anderer als Michael Turnbull, der am Morgen des Tages von Sir John de Walton ins Gras gestreckt und von Freunden nach der Kirche geschleppt worden war, dort den Eintritt des Todes abzuwarten.

Die zwischen dem Prälaten und dem Sterbenden gewechselten Worte waren ernsten und strengen Inhalts, wie sie zwischen dem geistlichen Vater und dem Beichtkinde wohl immer lauten, wenn vor den Augen des Sünders eine Welt hinwegrollt und eine andere mit allen ihren Schrecknissen sich auftut, wenn dem Büßenden die Vergeltung, die er für seine irdischen Taten zu erwarten hat, vor Augen schwebt.

»Turnbull«, sprach der Geistliche, »Ihr glaubt mir wohl, wenn ich Euch sage, dass es mich tief im Herzen schmerzt, Euch von Wunden zerfleischt zu sehen, für die es keine irdische Hilfe gibt.«

»Die Jagd ist also aus, frommer Vater«, erwiderte aufseufzend der Jäger, »nun, darum keinen Kummer, denn ich darf wohl sagen, dass ich mich auf Erden nie anders aufgeführt habe, als es sich für einen tapferen Schotten ziemt, so dass unser alter Kaledonierwald durch mich keine Unehre erlitten hat. Selbst in dem jetzigen Falle, der also den Schlussstein meines Erdenwallens bilden soll, würde jener feingeleckte englische Rittersmann nicht solchen Vorteil über mich erlangt haben, wäre der Boden, auf welchem wir kämpften, nicht so ungleich an Vorteilen, günstig für ihn, ungünstig für mich, gewesen. Wäre mein Fuß nicht zweimal ausgeglitten, so würde, selbst trotz des Verrats, den er gegen mich übte, nicht ich jetzt, sondern er wie ein Hund auf blutigem Stroh verenden.«

»Wendet Eure Gedanken von diesem Leben hinweg auf das ewige!«, ermahnte der Prälat. »Möge der Himmel Euch befähigen, solche Eurer Irrtümer zu bereuen, die den Tod oder das Elend von Nebenmenschen veranlassten.«

»Ihr wisst so gut wie ich, frommer Vater«, versetzte der Sterbende, »so gut wie jemand sonst, dass heute in dieser Kirche hier Schotten und Engländer übereinander wachen, dass sie weniger hierhergekommen sind, um Gott ihrem Herrn zu dienen, als in der Absicht, sich miteinander zu messen, den vielen Fehden, welche die beiden Hälften der britischen Insel zerfleischten, eine neue anzufügen. Wie soll sich ein Mann gleich mir anders dabei verhalten, als ich mich verhalten habe? Hätte ich die Hand nicht erheben sollen gegen diese Engländer, die über unser Land gefallen sind wie die Heuschrecken?«

»Ihr wisst, dass ich ebenso denke wie Ihr und zufolgedessen gleiches leide wie Ihr, ich müsste denn kein Schotte sein! Aber betrachten wir uns nicht als die Werkzeuge der vergeltenden Rache, die der Himmel ausdrücklich für ein ihm zugehöriges Amt erklärt. Während wir all das unserem Vaterlande zugefügte Unrecht sehen und fühlen, dürfen wir auch unsererseits nicht vergessen, dass unsere Kriegszüge den Engländern nicht minder verhängnisvoll geworden sind als ihr Einbruch in unser Land uns Schaden gestiftet hat. Möchten die beiden Kreuze des heiligen Georg und des heiligen Andreas den Bewohnern der beiden Reiche England und Schottland nicht länger mehr als Sinnbilder feindseligen Ringens gelten, sondern ihnen Mahnung sein zu gegenseitiger Vergebung und gemeinschaftlichem Frieden!«

Eine Weile lang schien es, als wolle die friedliche Gesinnung, die der Bischof dem Sterbenden predigte, sich über die Menge verbreiten. Bald aber kündete Trompetenschall, dass es im Himmel anders beschlossen stand, und dass der Nationalkrieg, durch den schon so viel Blut geflossen war, an diesem Tage von Neuem den Anlass zu tödlichem Kampfe geben sollte.

Alles griff, als die kriegerischen Klänge durch die Kirche dröhnten, zu den Waffen, als sei es nutzlos, des Zeichens zum Kampfe länger zu warten. Raue Stimmen wurden laut, Lanzen und Partisanen blitzten und Schwerter rasselten in den Scheiden. Zum andernmale schmetterten die Trompeten und die Stimme des Herolds ertönte:

»In Anbetracht, dass zahlreiche edle Ritter zurzeit in der Kirche von Douglas versammelt sind und dass unter ihnen der Anlass zum Austrag durch Kampf und Streit vorhanden ist, stellen die Ritter Schottlands sich bereit, den Kampf mit den Englischen aufzunehmen. Wer besiegt wird im gegenwärtigen Streit, hat auf Fortsetzung desselben zu verzichten und darf in keinem späteren Kriege wieder die Waffen führen. Gleicherweise hat er sich den weiteren Bedingnissen, die durch einen Rat der zurzeit hier anwesenden Ritterschaft bestimmt werden sollen, zu unterwerfen. Bloß die freiwillige Übergabe von Schloss und Stadt Douglas und die Räumung alles schottischen Landes bis zur Grenze und die Entfernung sämtlicher englischen Garnisonen an der Grenze und jenseits der Grenze soll imstande sein, den Kampf zu hindern.«

Diese Herausforderung der schottischen an die englische Ritterschaft war kaum erfolgt, als die Trompeten zum dritten Male schmetterten, diesmal heller noch als zuvor, und die Antwort der englischen Ritterschaft verlesen wurde:

»Gott verhüte, dass Englands Rechte und Vorrechte von seinen Ritter nicht vertreten würden. Die hier versammelten Englischen sind vielmehr bereit, auf die angekündigten Bedingungen so lange zu kämpfen, als Schwert und Lanze aushalten. Von Übergabe von Schloss und Stadt Douglas und Räumung englischer Garnisonen auf schottischem Grund und Boden kann niemals die Rede sein. Dagegen fordern Englands Ritter von James Douglas die bedingungslose Freigabe der widerrechtlich in seine Gefangenschaft gebrachten Lady Augusta de Berkeley. Wird dieselbe verweigert, so soll dies gelten als Ursache zur Eröffnung der Feindseligkeiten.«

Schnell sammelten nun die Führer ihre Mannen um sich. Eine Pause folgte noch, die von keiner Partei gebrochen werden durfte. Dann trat James Douglas einen Schritt vor und rief mit lauter Stimme:

»Ich warte hier, um zu hören, ob Ritter de Walton vom Ritter Douglas die Erlaubnis nachsucht, des letzteren Ahnenschloss zu räumen, bevor der Tag verstreicht, und ob er den Ritter Douglas zu diesem Zweck um Schutz angeht.«

De Walton zog sein Schwert.

»Trotz aller Drohung und allen Einspruchs halte ich das Schloss Douglas als rechtlichen Besitz König Eduards von England und Schottland und werde niemals jemand um den Schutz ersuchen, den mir mein eigenes Schwert verbürgt.«

»Ich stehe Euch als treuer Gefährte zur Seite gegen jedermann der das Schwert gegen Euch erhebt«, rief Sir Aymer de Valence.

»Bogen und Partisanen!«, rief Gilbert Greenleaf mit seiner hellsten Stimme. »Mut, edle Engländer, und greift in Gottes Namen zu den Waffen! Soeben bringt ein Bote Kunde, dass Graf Pembroke sich von Ayrshire her in vollem Marsch auf Schloss Douglas befindet und in knapp einer Stunde bei uns sein wird. Engländer, kämpft tapfer! Pembroke naht zum Entsatz! Lange lebe der tapfere Graf Valence von Pembroke!«

Was von Engländern innerhalb und außerhalb der Kirche zugegen war, griff nun zu den Waffen.

Sir John de Walton hatte sich binnen wenigen Sekunden bis zum Portal der Kirche durchgeschlagen. Die Schotten konnten einer Empfindung von Schrecken nicht widerstehen, die sie beim Anblick dieses berühmten, von seinem ebenbürtigen Waffenbruder sekundierten Ritters überkam. War doch Sir John de Walton mit Sir Aymer de Valence lange genug die Geißel der Gegend gewesen!

Wäre ihm im letzten Augenblick nicht der jugendliche Sohn Tom Dicksons von Hazelside entgegengetreten, so würde er sich den Weg auch zum Portale hinaus ins Freie gebahnt haben. Aber Schlag auf Schlag führte der Jüngling, mit allem Mut und Eifer der Jugend bemüht, den Preis der Tapferkeit zu erlangen, der dem Sieger über solchen berühmten Kriegsmann anheimfallen musste.

»Törichter Knabe!«, rief dieser zuletzt, nachdem er dem Jüngling eine Zeit lang ausgewichen war. »Da du den Tod dem Frieden und einem langen Leben vorziehst, so nimm ihn hin von edler Hand!«

»Der Tod kümmert mich nicht«, sprach der schottische Jüngling mit seinen letzten Atemzügen, »denn ich lebte lange genug, da ich Euch so lange an dem Orte hielt, wo Ihr jetzt steht!«

Der Jüngling sprach diese Worte mit vollem Recht, denn als er zu Boden sank, um nicht wieder aufzustehen, trat hinter ihm James Douglas auf den Plan und setzte, ohne ein Wort gesprochen zu haben, den schrecklichen Einzelkampf gegen den Ritter de Walton fort, den er mit ihm schon vor dem Gottesdienst gefochten hatte, doch mit hundertfältig gesteigertem Grimm. Sir Aymer stellte sich dem Freunde zur Linken, eines Gegners aus der Schar des Douglas gewärtig, um teil an dem Kampfe zu nehmen. Endlich stellte sich auch ihm ein Schotte, Malcolm Fleming, der edelsten einer. Sir Aymer, von Kampfeslust entbrennend, rief:

»Treuloser Ritter von Boghall, tretet heran und verteidigt Euch! Schon lange seid Ihr als Meineidiger eine Schande der Ritterschaft!«

»Meine Antwort«, rief Malcolm Fleming, »auch auf gröbere Schmähung, hängt an meiner Seite!«

Im nächsten Augenblick sausten die Schwerter durch die Luft, und selbst die kriegsgewohnten Zuschauer waren kaum imstande, dem Fortgang des Kampfes mit den Augen zu folgen, der eher einem Gewitter im Gebirgslande glich. Mit furchtbarer Geschwindigkeit folgten die Schläge aufeinander, und wenn auch dies zweite Ritterpaar dem anderen älteren nicht gleichkam, so ersetzte es, was ihm an kunstgerechter Führung des Schwertes gebrach, durch einen Grad von Wut, der dem Zufall einen gleichen Teil des Ausgangs anheimgab.

Das Gefolge der Ritter verhielt sich, als es seine Häuptlinge in so furchtbarem Kampfe sah, nach damaliger Sitte in ehrfürchtiger Ruhe. Zum Beistand für diejenigen, die den Zufällen des Krieges bereits erlegen waren, hatten sich Frauen eingefunden. Tom Dickson, der zu den Füßen der Kämpfenden sein Leben aushauchte, wurde von Lady Berkeley aus dem Getümmel getragen, die durch ihr Pilgerkleid die Aufmerksamkeit weniger in Anspruch nahm als die in ihrer Nähe weilende Margaret de Hautlieu durch ihr Nonnengewand, das sie als Schwester Ursula noch immer trug.

Dem alten Tom Dickson von Hazelside aber, dem vor Ausbruch des Kampfes durch James Douglas die Obhut über die in der Kirche anwesenden Frauen überantwortet worden war, entging der seinem Sohne von der edlen englischen Dame erwiesene Liebesdienst nicht.

»Müht Euch nicht mit derlei nutzlosen Verrichtungen«, rief er der Lady zu, »sondern richtet all Euer Augenmerk nach wie vor auf Eure persönliche Sicherheit! Sir James Douglas wünscht Eure Rettung, und ich betrachte Euch, bei der heiligen Braut unserer Abtei, als meiner besonderen Fürsorge durch den Häuptling überantwortet. Glaubt mir, edle Dame, der Tod dieses Jünglings ist nichts weniger denn vergessen, wenn es sich auch zurzeit nicht ziemen möchte, seiner zu gedenken. Indessen wird die Zeit für die Trauer um ihn so wenig ausbleiben wie die Stunde, da sein früher Tod gerochen werden wird!«

Also sprach der finstere Greis. Dann wandte er die Augen von der blutigen Leiche, die zu seinen Füßen lag, ein Muster von männlicher Kraft und Schönheit, und suchte eine Stellung, in der er die Dame am meisten und besten zu schützen vermochte.

Dreiviertel Stunden hatte der Kampf gewährt. Allmählich gaben die Kämpfenden zu erkennen, dass sie die Wirkung der furchtbaren Anstrengung an ihrem Körper zu spüren begannen. Die Streiche fielen langsamer und wurden mit verminderter Geschicklichkeit pariert.

Als Douglas sah, dass der Kampf sich zu Ende neigte, winkte er dem Gegner, einen Augenblick lang zu ruhen.

»Sir Walton«, sprach er, »zwischen uns besteht meines Wissens keine Todfeindschaft, und dass Douglas sich in diesem Waffengange, obgleich er nichts als Schwert und Mantel besitzt, entscheidenden Vorteils enthalten hat, als sich Waffenglück ihm mehrfach bot, könnt Ihr nicht leugnen. Ich biete Euch nochmals Tausch zwischen Haus und Gut meines Vaters, für einen Ritter genügender Kampfeslohn, und der edlen Lady de Berkeley in ebensolcher Ehre und Sicherheit, als überkämt Ihr sie unmittelbar aus Eures Königs Eduard Händen. Ich gebe Euch mein Wort, dass Euch die höchste Ehre, die sich einem Gefangenen irgend erzeigen lässt, unter peinlichster Vermeidung alles dessen, was einer Kränkung oder Beschimpfung auch nur im entferntesten gleichen könnte, zuteil werden soll, sofern Ihr Schloss und Schwert an James Douglas verabfolgt.«

»Es mag sein, dass solches mir vom Schicksal vorbehalten ist«, erwiderte de Walton, »nie aber will ich es freiwillig suchen! Nie soll von

Sir John de Walton gesagt werden, dass solch verhängnisvolles Wort seine eigene Zunge aussprach, außer im Augenblick höchster Not und Bedrängnis. Aber geschähe dies jemals auch dann von mir, so nur, indem ich gleichzeitig die Spitze meines Schwertes gegen die eigene Brust kehrte. Ihr hört, dass Graf Pembroke im Anmarsch mit seinem Heere auf Douglas zu ist; schon höre ich das Stampfen und Wiehern seiner Rosse. Nein, Douglas! Ich behaupte meinen Platz, solange noch Hilfe nahen kann! Und mein Atem wird lange genug reichen, um den Kampf bis dahin zu führen. Kommt heran, Douglas! Der Euch gegenübersteht, ist kein Kind, sondern ein Mann, ohne Scheu der äußersten Kraft seines Feindes zu begegnen, mag er stehen oder fallen!«

»So sei es denn, Sir Walton!«, rief Douglas, dessen Stirn bei diesen Worten ein tiefdunkles Rot, ähnlich dem Glutrand einer Gewitterwolke, überzog, zum Zeichen, dass er den Kampf nun schnell zu Ende zu bringen gedachte.

In diesem Augenblicke wurde das Stampfen von Rosseshufen hörbar. Im anderen Augenblick sprengte ein wallisischer Ritter, kenntlich durch die Kleinheit seines Pferdes, die nackten Beine und den blutigen Speer, auf den Plan und rief den Kämpfenden mit lauter Stimme zu, den Kampf einzustellen.

»Ist Graf Pembroke in der Nähe?«, fragte de Walton.

»Er steht bei Loudonhill«, sprach der Eilbote, »aber ich bringe Befehle für Sir John de Walton.«

»Ich bin bereit ihnen zu gehorchen, auf alle Gefahr hin«, versetzte der Ritter.

»Wehe mir«, sprach der Walliser, »dass den Ohren solches tapferen Herrn solch unwillkommene Kunde von meinen Lippen kommen muss. Gestern erhielt Graf Pembroke die Meldung, Schloss Douglas werde vom Sohne des verstorbenen Grafen Douglas und allen Einwohnern der Gegend berannt. Daraufhin beschloss Graf Pembroke, mit der ganzen verfügbaren Streitmacht zu Eurer Hilfe herbeizueilen. Aber bei Loudonhill trat ihm der gefürchtete Robert Bruce entgegen, den die Schotten als ihren König erkennen. Graf Pembroke rückte ohne Verzug gegen Robert Bruce unter seinem Eide, nicht eher einen Kamm durch seinen Bart zu ziehen, als bis er England von dieser Pestbeule befreit habe. Allein das Schicksal war wider uns.«

Hier hielt er inne, um Atem zu schöpfen.

»Hurra Bruce!«, rief Douglas. »Er hat dem Pembroke den Überfall im Methuen-Walde wacker heimgezahlt und wird jetzt siegesfroh der nächtlichen Ruhe pflegen. Solange Bruce noch am Leben und noch ein einziger Lord da ist, ihm als seinem König und Herrscher zur Seite zu sein, solange wird, aller Gewalt zum Trotz, die mit so schwerem Verrat gegen ihn verübt wird, Schottland bleiben was es ist, ein selbstständiges Königreich und alle Englischen aus seinen Grenzen jagen! Hurra Bruce und Schottland!«

Alle, schottischen Ritter und Mannen stimmten jubelnd ein in seinen Ruf.

»Was ich Sir John de Walton weiter zu melden habe«, ergriff der Walliser Meredith wieder das Wort, »ist, dass Graf Pembroke gänzlich geschlagen wurde und aus Ayr, wohin er sich unter großen Verlusten zurückgezogen hat, nicht heraus kann. Deshalb sendet er Euch, John de Walton, Verhaltungsbefehle, dahinlautend, dass er suchen möchte, für die Übergabe des Schlosses Douglas die bestmöglichen Bedingungen zu erhalten; denn auf Unterstützung von seiner Seite könne und dürfe Sir John nicht mehr bauen.«

Ob dieser unvermuteten Kunde brachen die Schotten in solches Geschrei aus, dass die Ruinen der alten Kirche zu wanken und die unter ihnen zu dichtem Haufen gedrängten Ritter und Mannen unter sich zu begraben drohten.

De Waltons Stirn legte sich bei dieser Meldung, obgleich sie ihm hinsichtlich von Lady Berkeley die Hände frei machte, in tiefe Falten; denn er konnte hinfort keinen Anspruch mehr erheben auf die ihm vordem von Douglas gestellten günstigen, Bedingungen.

»James Douglas«, rief er, »zufolge solcher für uns schmerzlichen Kunde steht es jetzt bei Euch, die Bedingungen vorzuschreiben, die für die Übergabe Eures Ahnenschlosses gelten sollen. Ich besitze kein Recht mehr, auf jene Bedingungen zurückzugreifen, die Eure Großmut mir eben noch stellte. Gleichviel wie sie lauten werden, so überreiche ich Euch mein Schwert, dessen Spitze ich zur Erde senke zum Zeichen, dass ich es nie wieder gegen Euch richten will, solange es mir, nicht durch Euch selber wieder behändigt wird.«

»Da sei Gott vor«, rief Douglas, »dass ich mich solches Vorteils bemächtige über den tapfersten Ritter, mit dem ich mich jemals im Schwertkampfe maß. Ich übertrage all meinen Anspruch an die Person des in ganz Schottland gefürchteten Sir John de Walton auf die hier anwesende, hohe und edle Lady Augusta de Berkeley, die hoffentlich solche durch Krieg ihr anheimgefallene Gabe aus der Hand eines Douglas nicht verschmähen wird.«

Die von hohem Edelmut diktierten Worte wurden von allen Anwesenden mit Beifall vernommen und versöhnte auch die trotzigsten unter Englands Mannen mit der vom Walliser überbrachten schlimmen Nachricht über den Verlust einer Schlacht durch den Grafen Pembroke. Sir John de Walton blickte auf gleich einem Reisenden, welcher aus den Wolken eines schweren Ungewitters, das ihn während eines langen Vormittags nicht verlassen hat, die Sonne hervorbrechen sieht.

Die Übereinkunft wurde hierauf festgesetzt und abgeschlossen. Die Bedingungen lauteten: Übergabe des Schlosses einschließlich aller Vorräte an Waffen und Munition jeglicher Art an die Schotten; dagegen freier Abzug der Besatzung mit Pferden und Handwaffen nach der englischen Grenze.

Am Palmsonntage des Jahres 1306 erfolgte diese Rückgabe des alten Stammschlosses an das edle Grafengeschlecht der Douglas. Sie war der Anfang zu einer ununterbrochenen Kette von Siegen, durch welche der größte Teil aller Festungen und Schlösser in die Gewalt der Edlen zurückfiel, die für die Freiheit ihres Landes mit eiserner Faust kämpften, bis endlich die berühmte Entscheidungsschlacht von Bannockburn geschlagen wurde, durch welche die Engländer die schwerste Niederlage erlitten, die in ihren Kämpfen um den Besitz Schottlands von der Geschichte berichtet wird.

Über das Schicksal der einzelnen Personen, die in dieser Erzählung aufgetreten sind, ist nur weniges noch zu melden. Den Ritter Sir John de Walton traf eine Zeit lang der herbe Zorn seines Königs wegen der Übergabe des Schlosses an James Douglas. Indessen sprach der Ritterrat, welchem der Fall zur Untersuchung überwiesen wurde, den Ritter von allem Tadel frei, da er das Schloss erst dann übergab, als ihn sein Vorgesetzter, Graf Pembroke, hierzu direkt aufgefordert hatte. Für alles hieraus für ihn erwachsende Ungemach fand er reichen Lohn in der Liebe der edlen Lady, die um seinetwillen die gefahrvolle Reise in fremdes Land unternommen hatte.

Schwester Ursula, oder mit ihrem Geburts- und Geschlechtsnamen Margaret de Hautlieu, fand einen Verehrer in dem kühnen und tapferen Malcolm Fleming, nachdem sie durch das Parlament von Schottland wieder in den Besitz ihrer Güter und ihres Vermögens gesetzt und von der schottischen Geistlichkeit von dem auf ihr lastenden Kirchenbann befreit worden war. Lady Augusta und Lady Margaret hielten in treuer Freundschaft für Lebenszeit zusammen.

Bertram, dem treuen Sänger, wurde reicher Lohn durch Ritter de Walton und Lady Augusta. Er durfte sich unter den Schlössern der Dame, die er im Pilgergewand nach Schloss Douglas geleitete, dasjenige wählen, welches ihm als Domizil am besten gefiel; er hat aber zwischen den einzelnen Schlössern viel gewechselt, getreu dem ihm innewohnenden Wandertriebe, und ist in hohem Alter gestorben. Weit früher als er, und zwar auf dem Felde der Ehre, auf einem Kriegszug im Heiligen Lande, fand der tapfere und ehrliche Armbrustschütze Gilbert Greenleaf den Tod. Er soll mit dem Schlachtrufe »Bogen und Partisanen« die Erde geküsst haben.